Anna Enquist

Die Seilspringerin

Anna Enquist

Die Seilspringerin

Roman

Aus dem Niederländischen
von Hanni Ehlers

Luchterhand

1

Die Abrisskugel ist mit einer schweren Gliederkette an einem alten Autoreifen befestigt, der seinerseits mit einer ebensolchen Kette an dem hohen Kran hängt. Warum? Spannkraft, Gelenkigkeit, Schwenkmöglichkeiten? An dem Gerüst, das an der mächtigen Mauer aus dunklem Backstein steht, ist ein Schild festgeschraubt: »J. H. Sluyk, Abrissarbeiten«. Unten in der Straße versammeln sich Zuschauer: Männer in Regenmänteln, eine Mutter, die einen Kinderwagen schiebt, Hausfrauen mit Einkaufstaschen, die sie zu ihren Füßen auf den Boden stellen. Autos halten an. Ein Mann mit einem geschniegelten Herrenrad bleibt mit dem Fuß auf der Bordsteinkante stehen. Seine Aktentasche hängt mit der Verschlussklappe über der Stange. In der Höhe zittert die Abrisskugel. Der Maschinist betätigt in seiner Glaskabine einen Hebel.

Zwei Polizeiwagen fahren schleunig in die Straße hinein. Die aussteigenden Männer wenden sich mit Gesten, mit geöffneten Mündern an die versammelte Menge. Sie beginnen, einen weiten Halbkreis um die Mauer abzusperren, mit rotweißem Flatterband. Halbherzig, ja unwillig treten die gaffenden Menschen einen Schritt zurück, doch nach Hause gehen sie nicht. Es kommen immer mehr, sie drängen sich zusammen und halten die Augen auf die Kugel gerichtet, auf die Mauer. Dort ist ein Mädchen, das seilspringt. Man sieht ihren Rücken, das volle Haar. Sie wendet sich von den Zuschauern ab und kommt zugleich auf sie zu, denn sie ist nicht flach abgebildet wie auf einem Fresko, sondern hat Volumen, sie ist eine Bildhauerarbeit, befestigt an dieser fünfundzwanzig Meter hohen Wand. Sie ist riesengroß, und sie ist klein, um die zehn Jahre erst. Sehr konzentriert springt sie, ihre Schuhsohlen sind in Höhe ihres Rocksaums sichtbar, aber ihre Beine, in graueren Tönen, stehen gleichzeitig auf dem Boden.

Die Abrisskugel beginnt, in immer weiter werdenden Bewegungen hin und her zu schwingen, beinahe berührt sie die Mauer, doch noch nicht ganz, beim nächsten Mal vielleicht? Es scheint, als hielten die Zuschauer die Luft an, Kopf im Nacken, Kinn nach oben. Dann stößt die Kugel mit Wucht gegen die rechte Schulter des Kindes. Die Menschen in der Straße schlagen die Hand vor den Mund, vor die Augen. Ein paar Ziegel fallen schon herab, und die Polizisten schieben die Zuschauer bis weit hinter das Band zurück. Der Maschinist, hinter seiner Schalttafel, blickt in regelmäßigen Abständen zur Abrisskugel auf. Kopf, Hände, das einen Bogen beschreibende Springseil. Das Mädchen ist wehrlos. Sie lässt sich angaffen und abreißen. Jetzt stürzen Kaskaden von zerbrochenen Ziegeln herab. Ihr Rock, ihre Füße. Es wird hell in der dunklen Straße. Geräuschlos und schnell ist die Mauer gefallen, und die Menschen starren in den zutage tretenden Himmel. Männer mit Schuttschiebern beginnen, die Trümmerteile zusammenzukehren. Die Frau mit dem Baby dreht sich um, der Mann mit der Aktentasche radelt davon, und die Autos fahren aus der Straße hinaus. Dann wird das Bild schwarz.

Wie versteinert bleibt sie am Computer sitzen. Ich könnte das mit Musik untermalen, denkt sie. Mit so einer quasi munteren Sowjetmelodie, freudige Arbeiter, und darunter eine fast verborgene, chromatisch absteigende Passacaglialinie. Für den Kenner. Sie ist schon damit befasst, der Kopf arbeitet, doch der Körper quengelt noch. Was habe ich gesehen, was nicht? Das Gesicht des Mädchens. Für immer verloren. Aber ja, brennende Augen, Tränen. Arme und Beine so schwer, dass Aufstehen nicht geht. Am Ende des Films, wenn eine Pfütze Licht auf die bis dahin schwarze Szenerie fällt – eine triumphierende Kadenz, Es-Dur? Die Gedanken an die Komposition helfen nicht. Kummer hat Besitz von ihr ergriffen.

Na ja, es ist auch nicht schön, ein Kunstwerk zu zerstören. Aber darum geht es natürlich nicht. Andere, verschwiegene Zerstörungen. Geheimnisse, die nicht gelöst werden. Reiß dich zusammen, tu etwas. Den Lebenslauf für diese CD schreiben, das hatte ich vor, ehe ich mich in diesen Stummfilm verirrte. Ich bin schon viel zu spät dran damit. Schließen, neue Datei öffnen, tippen. Haare aus dem Gesicht streichen.

2

»Alice Augustus ist Komponistin. Sie schrieb Kammermusik und Werke für Sinfonieorchester. Ihr Trompetenkonzert wird regelmäßig im In- und Ausland aufgeführt. Für ihr Oratorium *Die Witwer* erhielt sie im vergangenen Jahr den renommierten Großen Kompositionspreis. AA arbeitet als Dozentin am städtischen Konservatorium, mit einer lächerlich geringen Stundenzahl, und findet den Job grässlich, weil sie meist nicht weiß, was sie diesen Kindern erzählen soll. AA verdient heimlich haufenweise Geld, weil sie sehr kurze Musikstückchen für Radio- und Fernsehwerbung schreibt. Ein verlogenes Handwerk – man gewöhnt den Hörer in ein paar Sekunden an eine Klanglandschaft und durchkreuzt dann die entstandene Erwartung mit einem überraschenden Eingriff. Keine Kunst, nichts dabei, und doch Jahr für Jahr ein überwältigender Betrag an Tantiemen. AA betrachtet das als ein Geheimnis, das – wenn es bekannt würde – ihrer Reputation als Tonkünstlerin nicht guttäte. AA ist mit Mark van der Meulen verheiratet, der als Finanzjurist bei einem großen Büro auch schon Geld wie Heu einfährt. Von Musik versteht er nichts, aber das stört AA nicht. Er bewundert dagegen ihre Fähigkeit, mit den Werbejingles Geld zu verdienen. Er kann sie auch nachsingen. Tut er oft. AA versteht von *seiner* Arbeit nichts. Sie interessiert sie rein gar nicht, es ist eine ferne Welt, mit der sie nichts zu tun haben will. Die Ehe ist kinderlos.«

Sie reckt sich. Das Verfassen des Pseudolebenslaufs erleichtert sie, sie fühlt sich weniger bewegungslos, obwohl ihre Stimmung noch bedrückt ist.

»AA wuchs als einziges Kind in einer unterkühlten Familie auf«, fährt sie fort. »Ausgezeichnete schulische Leistungen in den falschen Fächern, früh auffallende musikalische Begabung auf dem falschen Gebiet. Auf dem Küchenfußboden aus schwarz-weiß karierten Fliesen stellte sie als Kleinkind eine Schlagzeugbatterie aus umgedrehten Kochtöpfen zusammen, die sie mit bewundernswertem Durchhaltevermögen aus den Küchenschränken herangeschleppt hatte, ermuntert von Mavis, der Haushaltshilfe, die ihr Kochlöffel und Schaumkellen reichte. Den Butterpinsel, den Seifenklopfer.«

Ich ufere aber schon *sehr* aus. Die Vorstellung ist verlockend, sie kann die Vorfreude aufs Trommeln beinahe fühlen. Das Losbrechen in rhythmische Tonfolgen, das Abwechseln der verschiedenen Klänge – großer Topf, Stieltopf, das Rasseln des Klopfers – purer Genuss, pure Konzentration. Dann das Auffliegen der Küchentür und das verstörte Gesicht der Mutter. Aufhören, aufräumen, Mavis hat ja wohl was Besseres zu tun, und du auch. Aber Mavis hatte doch gelacht und getanzt zu ihrer Musik, oder? Jetzt bindet sie sich beschämt eine Schürze um. Alice sucht ihren Blick – kein Lächeln, kein Augenzwinkern. Irgendetwas ist völlig falsch. Sie, Alice, ist völlig falsch.

»Der Komponist, den AA am meisten bewundert, ist Joseph Haydn. Nicht nur wegen seiner unermüdlichen

Produktivität, seines Vermögens, kommerzielle und individuelle Tätigkeiten zu vereinbaren, seines Trompetenkonzerts …« Auch wegen etwas anderem also. Ihr Telefon klingelt. Mark, liest sie auf dem Display. Seine Stimme öffnet ein Türchen zum Alltag.

»Bist du noch bei der Arbeit?«, fragt er. »Hör mal, ich habe einen Kunden an Land gezogen, er bringt sein ganzes Hab und Gut bei uns unter. Ich werde der Manager seines Dossiers. Er hat gerade unterzeichnet. Ich muss heute Abend mit ihm essen gehen, um das zu feiern.«

»Okay«, sagt sie, »prima, gratuliere. Toll für dich.«

Unterdessen rasen Gedanken durch ihren Kopf: Wir wollten doch, du weißt doch, dass heute, nicht trinken, wir haben eine Vereinbarung, wie kannst du das vergessen? Ja, er hat ein eigenes Leben, wie auch sie ein gesondertes Dasein hat, aber woraus besteht dann das gemeinsame Leben? Doch so genau, so ausformuliert kann sie jetzt gar nicht denken. Das Gefühl, das die Abrissreportage in ihr wachgerufen hat, überfällt sie wieder, und sie sagt nichts, fragt nichts, lässt die kleinen Fünkchen Wut ausgehen. Mark wird bei einem Whisky mit seinem neuen Kunden aufgekratzt und zufrieden sein, und sie muss den Blödsinn ihres idiotischen Lebenslaufs löschen.

»AA wartet schon seit Jahren auf einen großen Auftrag vom Königlichen Sinfonieorchester oder von der Oper. *Die Witwer* eignet sich gut für eine Theaterbearbeitung, davon ist sie überzeugt. Ein abstraktes Orchesterstück wäre noch schöner. Pauken, Trompeten. Vermutlich aber kann sie noch zwanzig Jahre warten, bis so ein Auftrag an eine Frau geht.«

Nicht nörgeln jetzt. Den Unsinn löschen und raus, unter

die Menschen. Es ist nicht gut, wenn ich so viel mit mir allein bin. Ich kann verschwinden, das ist meine Zuflucht und meine Geheimwaffe. Aber gefährlich ist es schon. Sie konnte es schon als Kind: Völlig in einer fantasierten Situation aufgehen, so stark, dass für die Realität keine Aufmerksamkeit mehr verfügbar war. So wie mit der tanzenden Mavis bei den umgedrehten Töpfen auf dem Küchenfußboden. In die Szenerie war sie ganz und gar abgetaucht, und es kostete sie geraume Zeit, ihre hereinstürmende Mutter, mit dem missbilligenden Blick, in ihr Bewusstsein einzulassen. Kinderfantasie, sollte man meinen, legt sich schon auf die Dauer. Nicht bei ihr, sie kann es noch immer. Das kommt ihr zupass, wenn sie eine Komposition entwirft, sie im Kopf überblickt, sämtliche Details bedenkt, ohne das Ganze loszulassen. Da ist sie mittendrin, und außerhalb davon ist nichts. Seit sie weiß, dass das nicht jeder kann, betrachtet sie es als eine Gabe, als ein beunruhigendes Talent.

3

Sie löscht alles bis auf die ersten drei Sätze, zieht ihre Stiefel an und geht ins Freie. Bewölkter Himmel, feuchtes Wetter, aber nicht kalt. Während sie so läuft, weiß sie auf einmal, dass sie bei ihrer Freundin Svea vorbeischauen wird. Ja, gute Idee, das ist fein. Svea ist zwar Kinderchampion – fünf Kinder innerhalb von zehn Jahren, von denen das jüngste erst vier Monate alt ist –, aber auch die liebste Freundin, noch aus der Studienzeit.

Vielleicht kann ich zu ihr etwas sagen, denkt sie, etwas über Enttäuschung, über heute Abend, darüber, wie eigenartig und wackelig ich mich fühle. Wenn ihr Mann da ist, halte ich den Mund. Den geht das nichts an. Oder würde Svea ihm ohnehin alles erzählen, sobald sie sich wieder getrollt hatte?

Das Haus von Svea und Sven – was für ein komisches Paar eigentlich, mit diesen Namen wie aus einem skandinavischen Kinderbuch – sieht schon von draußen warm und gemütlich aus. Gelbliches Licht fällt in den Garten, schwarze Baumstämme beschützen das frei stehende Gebäude. Sie klingelt voller Erwartung und ist froh, als sie Sveas freundliches Gesicht sieht. Baby auf dem Arm mit dem Kopf an ihrem Hals und schlaff gegen ihren Bauch baumelnden Beinchen, ein etwa zweijähriges Mädchen an ihrem

Hosenbein festgeklammert. Macht nichts. Alice ist willkommen, zieht die Stiefel aus und läuft hinter der kleinen Gesellschaft her in die Küche. Was Alkoholisches, denkt sie, aber das geht nicht. Allein schon dieses Stillen. Dann eben Tee, diese seelenlose Plörre, mit der man alles überschwemmen kann. Nicht so kritisch, du bist bei deiner Freundin, und die sieht dich gern, es ist hier behaglich, das macht alles nichts. In einer Ecke der Küche beginnt ein Baby zu kreischen. Sie ist kurz verwirrt – das Kind auf Sveas Arm scheint doch zu schlafen.

»Von meiner Schwester, knapp einen Monat jünger als meins.« Svea hat eine Nuckelflasche aus dem Kühlschrank genommen und stellt sie in einen Topf heißes Wasser. »Bring es vorbei, hab ich zu ihr gesagt, ich bin sowieso zu Hause, brauch erst in zwei Monaten wieder anzufangen. Und dann übernimmt Sven, der kriegt ein halbes Jahr Elternzeit. Na ja, *kriegt*, er nimmt sie. Schule, hm, das ist für uns jetzt ein Segen.«

Das Baby auf ihrem Arm wird wach und beginnt mitzuschreien. Verschiedene Tonhöhen, sie passen sich einander nicht an. Noch nicht.

»Fühl mal, ob das Ding warm genug ist? Gut schütteln und dann einen Tropfen auf deinen Handrücken.« Svea legt ihr Kind kurz auf die Küchenbank, um aus der Reisewiege, die in die Ecke gequetscht ist, das kreischende Baby hochzunehmen. Das landet auf Alices Schoß. Die Milch hat eine Spur weißer Tränen auf ihrer Hand zurückgelassen. Lau. Gut. Sie bettet das Kind auf ihren linken Arm und blickt in das böse Gesichtchen. So viel Unlust, so viel Anstrengung für ein Problem, das einfach gelöst wird, stets wieder. Den

Umgang mit Zeit muss man lernen. Es ist schwer. Es braucht Jahre. Es ist wahrscheinlich nie abgeschlossen.

Nun saugt das Baby an dem Plastiknuckel. Zuerst sehr gierig, mit geschlossenen Augen, aber dann scheint es Vertrauen zu fassen, trinkt mäßiger und schaut seine Fütterin an. Unwillkürlich lächelt Alice. Zu ihrem Schrecken erwidert es das Lächeln und verliert dadurch den Kontakt zur Flasche. Sie spricht ihm leise zu: Nichts passiert, hier, du hast noch eine halbe Flasche vor dir. Svea sitzt ihr gegenüber am Küchentisch und stillt ihr eigenes Baby aus einer prallen Brust.

»Es steht dir«, sagt sie. »Echt, das lässt sich nicht verleugnen, du könntest eine Mutter sein, wenn du willst.«

Ist doch egal, denkt Alice, was ich will. Es wird passieren. Oder nicht. Lass einfach los. Eine angenehme Trägheit hat Besitz von ihr ergriffen. Sie verliert sich in dem Kontakt zu dem fremden Baby in ihren Armen. Die Flasche ist fast leer, das Bäuchlein unter ihrer linken Hand fühlt sich allmählich gespannter an, das Kind fixiert sie weiterhin mit seinen blauen Augen. Svea verlagert ihr Kind auf die andere Seite und fuhrwerkt mit einem Lappen herum, bis sie ihre Position findet. Die Stuhlbeine schrappen laut über den Fußboden. Alices zeitweises Baby erschrickt darüber und verzieht sein Mündchen. Sch, denkt sie, gleich kehrt wieder Ruhe ein, bestimmt. Auf einmal merkt sie, dass sie etwas für das Baby summt, etwas Trauriges, aber nicht zu sehr. Was?

Natürlich, Haydn. Der mittlere Teil aus der Klaviersonate in F-Dur. Ein ungreifbares Lied, der Mann war genial. So traurig, so bedeckt verzweifelt, und doch eine disziplinierte Liedform, nichts daran auszusetzen. All die Wiederholungen dieses absteigenden Themas, alles eine Spur anders, alles schlimm. Und mündend in Ergebenheit. Davon kann ich was lernen, wenn ich es wollte. Aber das ist nicht der Fall, ich werde mich nicht ergeben. Wenn man sich ergibt, ist man doch verloren, oder?

Sie ist davon überzeugt, dass man bekommen kann, was man wirklich will, was man benötigt – wenn der Wunsch nur stark genug ist und man bereit ist zu warten. Als sie etwa dreizehn war, besuchte sie ein Konzert (mit wem? Nachbarsmädchen Els. Wie kamen sie an Karten?), bei dem ein neues Stück von Duk van Dijk, dem berühmtesten zeitgenössischen Komponisten, aufgeführt wurde. Sie sah ihn am Rand der zweiten Reihe sitzen, keine Partitur auf dem Schoß, sondern konzentriert auf das Orchester spähend. Im Anschluss winkte der Dirigent ihm, aufs Podium zu kommen. Das tat er, ohne Geziere und Triumph, sondern freundlich und offenkundig beglückt über die Aufführung. Sorgfältig lief er alle Musiker ab, die ein Solo gespielt hatten, um ihnen die Hand zu geben. Zu jedem sagte er etwas, sah sie. Ein netter Mann, der so ein schönes Stück schreibt und nicht vor Stolz und Eitelkeit strahlt, sondern einfach dankbar ist. Wenn man mit so einem Mann, mit *diesem* Mann zusammen wäre; wenn er am Sonntagmorgen Spiegeleier für dich braten würde, während du zufrieden in seinem Bett liegst – das muss Glück sein. Das will ich.

Denkt man so, wenn man erst dreizehn ist? Sie schon. Ein starker Wunsch. Und Aufschubtoleranz. Etwa zehn Jahre später wurde die Fantasie Wirklichkeit. Van Dijk war Leiter der Fachgruppe Komposition und begann, sich für sie zu interessieren. Ließ sich von ihr fesseln. Wenn man nur will, denkt sie jetzt, wenn man nur warten kann. Langsam kommt sie tief aus ihren Gedanken zurück an die Oberfläche, in die Küche. Baby. Svea. Die etwas gefragt hat, jetzt aber mit dem Rücken zu Alice steht und ihr Kind wickelt. Wenn ich, denkt Alice, wenn ich sie wäre? Der kleine Junge auf ihrem Schoß ist eingeschlafen. Kein Gedanke daran, dass ich ihm gleich die Windel wechsle. Einfach sitzen bleiben. Missgunst ist zu nichts gut. Sie hat keinen Sinn. Energieverschwendung. Hör auf damit. Jetzt.

Haydn, der hatte genug Grund, missgünstig zu sein. Das begabte jüngere Brüderchen, das ihn aus dem renommierten Chor des Wiener Stephansdom vertrieb. Komponistenkollegen, die *wohl* eine solide Ausbildung erhielten und sich nicht wie Bedienstete von einem drittrangigen Dozenten malträtieren zu lassen brauchten, der als Gegenleistung verlangte, dass seine Schuhe geputzt und seine dreckigen Perücken gebürstet wurden. Haydn hätte sich vom Erfolg aller, die es leichter hatten als er, mundtot machen lassen können. Er tat es nicht, denn er hatte einen Wunsch, der stärker war als das verzehrende Feuer der Missgunst.

4

Als sie am späten Abend nach Hause geht, denkt sie noch immer an die Lektionen, die sie von Haydn gelernt hat. Nicht aufgeben, auch wenn dich niemand ermutigt. Im Gegenteil, sie machen schlecht, was du so inbrünstig wünschst.

»Elsje bekommt Flötenunterricht«, sagte Alices Mutter. »An der Musikschule. Ist das nicht etwas für dich?« Alice durfte gar nicht an den gefallsüchtigen Klang der Flöte denken. Auch nicht an die Faltenröckchen der Flötenspielerinnen und ihre Schuhe mit den kleinen Münzen. Aber »Musikschule«? Was mochte dort außer dem Blasen seichter Liedchen noch passieren?

Sie durfte einmal ihre Freundin begleiten, das hielt Mutter für eine gute Idee. Gemeinsam erstiegen sie die hohe Eingangstreppe und gingen durch die schwere Tür. Einen Augenblick blieben sie in dem Gang mit Marmorfliesen stehen. Von allen Seiten drang Musik zu ihnen, hinter jeder Tür wurde gespielt. Sie lief hinter Els her zum Zimmer der Flötenlehrerin. Saß dann still in einer Ecke, während ihre Freundin zu tun versuchte, was die Lehrerin sagte. Ganz leise hörte sie andere Klänge, ein Klavier, etwas anderes, etwas Rhythmisches. »Muss mal kurz zur Toilette«, sagte sie. Aufstehen, zur Tür hinaus, die Klänge waren jetzt weniger gedämpft, und sie ging auf die Suche nach dem Ursprung.

Trommeln! Sie legte das Ohr an eine Tür und entdeckte, dass es Trommeln gab, auf denen man ein Lied spielen konnte, mit verschiedenen Tönen. Sie konnte sich nicht zurückhalten und öffnete die Tür vorsichtig einen Spaltbreit. Nach einer Weile verstummte das Lied, und sie hörte eine Männerstimme.

»Komm ruhig herein«, sagte er. »Gefällt es dir?« Sie nickte und betrachtete sprachlos die riesigen Halbkugeln, zwischen denen er saß. Der Mann lachte, er hatte lange Haare und einen Schnurrbart. Er war mager. Mit hochgekrempelten Ärmeln schwenkte er seine Stöcke durch die Luft. Er erklärte ihr, was sie sah: Pauken. »Das edelste Schlagzeug«, sagte er. Da konnte Alice auf einmal reden, und sie fragte, ob man das auch hier lernen könne, erzählte, dass ihre Mutter nichts davon wissen wolle, dass Mädchen Geige oder Flöte spielen müssten, aber dass sie das nicht leiden könne. Der Paukenmann spielte unterdessen leise einen Rhythmus auf ein paar kleinen Trommeln, die in einer Ecke standen. Er gab Alice zwei Schlägel mit schönen Köpfen aus gespanntem Baumwollfaden. Sie spielten gemeinsam, sie wechselten Krach und Stille ab und kamen lachend zu einem Abschluss. Vielleicht könne sie mit Klavierunterricht anfangen, dachte der Mann, ein Klavier sei *auch* ein Schlaginstrument, mit all den Hämmerchen, die gegen die Saiten schlagen. Und man lerne Noten lesen, Rhythmen notieren, lauter nützliche Dinge. Nach einer Weile, wenn es gut laufe, nehme man dann Schlagzeug hinzu.

»Ich muss zurück zum Flötenunterricht«, sagte Alice. »Vielleicht sind sie schon fertig.« Sie schnellte zur Tür hinaus, ohne sich bei dem mageren Mann zu bedanken. Sie hatte zu viele neue Dinge im Kopf. Das hieß nicht, dass sie nicht dankbar war. Der Paukenspieler hatte ihr auch von Haydn erzählt, der als kleiner Junge die Pauken gehört und gesehen und keine Ruhe hatte, ehe er sich selbst so etwas bauen konnte. Eine Kuhhaut über einem Waschbottich, eine Decke über einem leeren Schränkchen? Das Kind schleppte die schweren Sachen, probierte sein improvisiertes Instrumentarium mit allerlei Schlagwerkzeug aus, doch es gelang ihm nicht, Klänge herauszubekommen. »Spannung«, sagte der magere Mann, »das ist das Geheimnis. Die Häute müssen gespannt sein, siehst du, das machst du hiermit, mit diesen Schrauben. Das wusste Haydn noch nicht. Er war sechs Jahre alt. Ich habe irgendwo gelesen, dass er schon genau die richtigen Bewegungen nachmachen konnte. Und er merkte sich alles. Sehr viel später schrieb er seine Sinfonie mit dem Paukenschlag. Die müsstest du mal hören.«

~

Fast zu Hause, aber in Gedanken noch bei diesem Abend und nicht bei dem, was sie erwartet, wenn sie durch die Tür ist. Warum gelingt es nicht mehr, sich mit Svea allein zu verabreden, so wie früher? Aber was erwartet sie denn eigentlich von so einer Verabredung, was würde anders laufen als bei dem Treffen von vorhin? Aufmerksamkeit für mich, dass sie fragt, wie es *mir* geht, was ich denke, was ich schreibe. Ist es das? Will ich einfach Zuspruch? Ich brauche doch keinen Beifall, um rührig zu bleiben? Vielleicht. Freundschaft bedeutet auch, dass man sich zu erkennen gibt, zu erzählen versucht, was man wirklich empfindet, was wichtig für einen ist. Gegenseitig. Ich über mein Leben und Svea über das ihre. Dass sie wirklich sagt, wie es ihr geht, und mir nicht bloß ihre Lebensweise aufdrängt. Hat sie das getan? Habe ich es nur so empfunden? Früher hatten wir schon echte Gespräche. Echt, wieso echt? Sie hat mir heute Abend vorgeführt, wie ihr Leben jetzt ist, hat mir gezeigt, wie zufrieden sie mit all den Kindern ist, mit diesem Saustall, diesem Lärm. Sie saß strahlend und lachend mittendrin. Sven war mit einem Tross lärmender Kinder hinter sich nach Hause gekommen. Sie hatten alle zusammen an dem riesigen Tisch gegessen, die Babys schliefen trotz des aufgeregten Geplappers. Sie hatte gesehen, wie ihre Freundin die Erzählungen genoss, die Faxen, die die Kinder miteinander anstellten, die selbstverständliche Gutmütigkeit am Tisch. Wie bieder, wie bescheiden auch – Svea hatte ihr Glück gezeigt.

Schlüssel, Tür öffnen. Mark ist noch nicht zu Hause, dunkel, kein Mantel an der Garderobe. Flurlicht anmachen, bald wird er wohl kommen, voller Alkohol und triumphaler Jagdbeutegefühlen. Sie ist müde, sie schleppt sich die Treppe hinauf, absolviert Gesichts- und Zahnpflege so schnell wie möglich. Liegen. Hatte sie Svea von der Backsteinmauer erzählen wollen, von der Kugel im Mädchenrücken, von ihrem bekümmerten Entsetzen nach dem Abriss? Decke über den Kopf, wegsinken, so tief, so weit wie möglich weg von dem, was hier los ist.

5

Wie wird man eigentlich Komponist? Wie wurde *sie* Komponistin, und warum? Der Schlagzeuglehrer an der Musikschule hatte sicher etwas damit zu tun. Es gebe alte Musik, und es gebe neue Musik, erzählte er. Früher sei das Publikum neugierig auf neue Kompositionen gewesen, und heute wollten die Menschen lieber alte Musik hören. Aber wir müssen *weiter*, hatte er kurz auflachend gesagt, die Musik steht nie still, und es gibt immer Musiker, die in ihrem Kopf die Musik hören, die noch nicht existiert. Die kannst du aufschreiben. Das tut der Komponist. Die kleine Alice begriff. Auf einem Urlaub in den Bergen mit der Familie ihrer Freundin Els lauschte sie einer Herde Schafe am Hang des Tals. Zuerst war das Bimmeln der Schafsglocken ein Chaos, doch wenn man weiter lauschte, entdeckte man einen sich verschiebenden Rhythmus, ein überraschendes Spiel mit verschiedenen Tönen, einen faszinierenden Wechsel zwischen Geräusch und Stille. Abends im Bett spielte sie in ihrem Kopf ab, was sie gehört, bedacht, erlebt hatte.

Der Schlagzeuger ließ sie kleine Stücke machen und aufschreiben, sprach mit ihr über Struktur, Zeitverlauf, Dynamik. Auf einem alten Grammofon ließ er sie Musik von früher und von heute hören. Er gab ihr Bücher zu lesen, darüber, wie die Musik aus Kirchen über Paläste bis in Wohnzimmer und Konzertsäle gewachsen war. Sie stellte sich vor, wie die Welt unsichtbar unter einer immer stärkeren Klangwolke begraben wurde. Nichts verschwand. Es kam stets mehr hinzu. Und sie war sich dessen bewusst, sie trug die Musik immer mit sich. Das war nicht verrückt, der Schlagzeuger begriff das. So war sie einfach. Über die Unmöglichkeiten, die zum Beruf gehörten, sprach er nicht: keine Aufträge, kein Einkommen, kein Interesse seitens der breiten Öffentlichkeit. Er ermunterte sie, indem er von der Freude erzählte, die eine gelungene Komposition beim Erschaffer selbst auslöste. Alice brauchte keine Ermunterung. Kurz vor ihrem Abschluss der weiterführenden Schule trat sie durch die Pforte des Konservatoriums.

Eigentlich genauso wie damals an der Musikschule, dachte sie, nur größer, nur virtuosere Musik, die durch die Flure schwebte, bekanntere Namen auf der Tafel am Eingang, auf der die Dozenten ihre Anwesenheit vermerken konnten. Sie blieb in der Eingangshalle stehen – um zu fühlen, ob sie hier heimisch werden konnte? Das war unumgänglich, das wusste sie sofort. Sie folgte einem Pfeil Richtung »Sekretariat«, ging durch eine halb geöffnete Tür und traf auf eine Frau hinter einem breiten Empfangstisch, die einen Stapel Formulare vor sich liegen hatte. Sie hatte einen Stift in der Hand, einen Stift hinter dem Ohr und einen Stift im Mund. Auf jedes Papier setzte sie Häkchen, bevor sie es auf einen zweiten Stapel ablegte. Alice blieb stehen. Es dauerte. Endlich schaute die Frau auf. Geradewegs fragte Alice, ob man hier Komposition studieren könne. Nicht erst »Guten Tag, darf ich Sie etwas fragen, haben Sie einen Moment Zeit?«, sondern gleich: Das ist mein Wunsch.

»Ja sicher«, sagte die Frau, als sie den Stift aus dem Mund genommen hatte, »hier sind eine Menge Komponisten ausgebildet worden. Es ist aber schon ein komplizierter Studiengang, muss ich sagen, sie denken sogar darüber nach, ihn anders aufzuziehen. Warum willst du das wissen? Sollst du es für jemanden fragen?« Alice verstummte wieder. Wenn ein Gespräch anders verläuft, als man erwartet hatte, muss man sich sammeln.

»Ich möchte Komposition studieren.« Die Frau lächelte und legte nun auch den Stift beiseite, den sie in der Hand hielt. »Das erleben wir hier nicht oft«, sagte sie, »ein Mädchen, das sich für diesen Studiengang anmeldet. Bist du dir sicher?« Alice nickte, denn für sie bestand in diesem Punkt kein Zweifel. Zweifeln ließen sie nur dieses Gebäude, die Zulassungsanforderungen, die Billigung seitens ihrer Eltern und der Dozenten hier. An ihrem Wunsch zweifelte sie nicht.

»Du musst mit einem anderen Hauptfach anfangen«, erklärte die Frau. »Die meisten machen Klavier, aber etwas anderes geht auch. Nach drei Jahren, wenn du die Theoriefächer abgeschlossen hast, kannst du zur Kompositionsklasse dazukommen. So war es bis jetzt, aber das wird sich ändern. Es soll ein eigenständiges Hauptfach werden, mit mehr Theorie, als die Instrumentalisten sie bekommen, Pflichtnebenfach Klavier und noch sehr viele andere Sachen. Sie beraten noch darüber. Ich kann dir die alte Broschüre mitgeben, aber davon hast du eigentlich nichts mehr.«

Offenbar sah Alice enttäuscht und entmutigt aus. Sie hatte sich so weit vorgewagt, und es hatte so wenig gebracht. Die Frau sah sie freundlich an. »Weißt du was«, sagte sie tröstend, »ich mache einen Termin für dich bei Herrn van Dijk. Der ist Leiter der Fachgruppe. Er kann dir mehr erzählen. Zum Termin nimmst du mit, was du bis jetzt gemacht hast, dann kann er einen Eindruck von dir gewinnen. Ist das eine gute Idee?« Die Frau wählte eine Nummer auf einem schwarzen Telefon. Alice war schwindlig, sie hätte sich setzen müssen, aber nirgendwo war ein Stuhl. Diffus und weit entfernt hörte sie die Sekretärin: »Ich weiß nicht, was ich sagen kann, das musst du selbst tun, nein, aufschieben geht nicht, damit kann ich ihr nicht kommen, ja, es ist eine Frau, ein Mädchen, sie steht hier und wartet.«

~

So ist es gelaufen. Schwitzend ist sie zu dem Termin bei Duk van Dijk geradelt, er war es, der gefeierte Komponist, den sie als Kind so bewundert hatte. Jetzt hatte sie ihre »Kompositionen« in einer Einkaufstasche hinten auf ihr Fahrrad gebunden und übte in Gedanken, was sie sagen sollte. Sobald sie dem Dozenten gegenübersaß, dachte sie nicht mehr daran, und das Gespräch lief wie von selbst. Er fand es ganz schön, diesen Einstieg über das Schlagzeug, und er besah sich amüsiert ihr Schafsglockenstück. Er gab ihr die Aufgabe, für ihre Zulassung etwas Neues zu machen, es würde ein Gespräch mit den Lehrern der Fachgruppe geben, eine Solfeggioprüfung und ein Diktat. Sie hatte sich ernst genommen gefühlt und war voller Energie nach Hause gegangen. »Sind deine Eltern einverstanden?«, hatte van Dijk noch gefragt. Sie hatte die Achseln gezuckt. Im Grunde war ihr schleierhaft, was ihre Eltern von ihr erwarteten. Schwer genug, selbst zu wissen, was man nun genau wollte. Und gut ist es ja doch nie; besser nicht darüber nachdenken.

Eine kleine, eingeschworene Gruppe von Studenten, hatte er gesagt. Lauter Jungen. Mädchen schienen nicht zu komponieren. Warum das so war, wusste er nicht, darüber müssten sie später noch einmal reden, das war doch eine interessante Frage. Ob sie außer Hildegard von Bingen noch weibliche Komponisten kenne? Ja, Clara Schumann natürlich, das wusste jeder, und vielleicht diese Schwester von Mendelssohn, aber sonst? Alice hatte geschwiegen. Es kümmerte sie nicht, darum konnte sie sich nicht auch noch einen Kopf machen, wenn sie ihre eigenen Ambitionen weiterhin spüren und für sich selbst aufkommen sollte. Wenn sie über ihre Stellung in dieser Klasse voller junger Männer zu zweifeln begann, wenn sie sich bewusst machen würde, dass es für sie keine Vorbilder gab, würde sie vielleicht jetzt schon weglaufen. Es war eine Form von Freiheit, so musste sie es sehen. Keine pflichtgemäße Identifikation mit ihren Mitstudenten, keine Verzweiflung darüber, dass sie sich nicht in Bach oder Beethoven würde spiegeln können. Dieser Duk van Dijk widmete ihr Aufmerksamkeit, und das bedeutete, dass er etwas in ihr sah. Alice unter seinen Schülern. Alice, die Komponistin werden wollte, Alice, die nicht viel sagte, aber schon ihr Werk vor ihm auf den Tisch legte.

6

Sie sitzt in ihrem Arbeitszimmer, dem Zimmer mit den zwei großen Fenstern, wo ihr Tisch steht, der Schrank mit Fachbüchern, der kleine Flügel. Ausblick auf Baumkronen durch das eine Fenster, auf den Garten durch das andere. Das Zimmer ist so groß, dass sie sogar ein wenig hin und her laufen kann. Warum jetzt die Erinnerungen an ihren Einstieg am Konservatorium? Kommt bestimmt durch diesen Film gestern, denkt sie. Ich war wie das Mädchen an der Mauer, ich habe den anderen den Rücken zugewandt. Und jetzt? Menschen verändern sich nicht so leicht. Sie blättert ein wenig durch die Papiere, die auf dem Tisch liegen. Bauchschmerzen. Sie verschränkt die Arme über ihrer Körpermitte. Schlecht geschlafen auch. Mark hat neben ihr geschnarcht und ist ächzend aus dem Bett gestiegen, als sein Wecker geklingelt hat. Sie hat Kaffee für ihn gemacht, trotz ihrer Wut. Wut? Die war schon verflogen, überdeckt, unwirklich geworden. Svea und Sven, die haben eine Ehe, in der sie alles teilen, ihre fünf Kinder und ihre Arbeit als Lehrer an derselben Schule. Ihre Wünsche laufen in allem parallel. Mark und sie lassen einander in Ruhe, der eine nötigt dem anderen keine Aufmerksamkeit ab, und sie respektieren ihren jeweiligen Einsatz und das Interesse für ihre vollkommen verschiedenen Welten. Ich würde es nicht anders wollen, denkt sie, ich würde verrückt werden ohne eigenes Betätigungsfeld. Und doch will ich ihn an Vereinbarungen binden, verlange von ihm, dass er meine Sehnsucht teilt, mit der Inbrunst, die *mir* eigen ist. Das ist eigentlich hundsgemein, ich kann das überhaupt nicht von ihm verlangen. Aber ich brauche ihn, ich kann das nicht allein. Meine Mutter hat recht, ich habe einen schlechten Charakter. Das ist angeboren, unabänderlich. Zum Glück kann ich noch schöne Dinge machen. Es könnte schlimmer sein.

Man nehme die Frau von Haydn – allen Biografen nach war sie eine Schlange, eine bigotte, desinteressierte und viel zu frömmlerische Frau, der das Geld durch die Finger rann. An ihr taugte wirklich nichts. Noch dazu war sie hässlich. Und unfruchtbar. Die Bücher von Carpani, Griesinger und Dies, den treuen Bewunderern, die nach Haydns Tod ihre Erinnerungen und Meinungen aufschrieben, stehen nebeneinander in ihrem Bücherschrank. Alle drei lassen sich erbarmungslos über Frau Haydn aus. Man könnte Mitleid mit ihr bekommen. Musste etwas ins Gleichgewicht gebracht, musste eine akzeptable Erklärung erfunden werden, damit Haydn keine Schuld traf? Er hatte Affären und Freundinnen. Gezwungenermaßen, denn zu Hause war es nicht auszuhalten. Das befanden zumindest die biografierenden Herren. Und: Haydn war verrückt nach Kindern. Die bekam er von seiner Frau nicht. Also war sie ein Monster.

Was denke ich nur für komische Sachen, was lasse ich mich ablenken. Mark ist ein lieber Mann. Man vergisst Dinge, wenn sie einem nicht wichtig erscheinen. Das kann sein, das bedeutet nicht, dass er ein Mistkerl ist. Es bedeutet, dass er anders ist als ich. Er sehnt sich nicht. Er teilt meine Obsession nicht. Sonst würde er vielleicht, genau wie Haydn, auf die Suche nach fruchtbaren Sängerinnen gehen, um seine immense Enttäuschung zu lindern. Oh, hör doch auf mit diesem Ruminieren. Geh ein Stück laufen, geh Einkäufe machen, spiel Klavier.

Ab August haben Bäume und Sträucher denselben Grünton. Dunkelgrün. In den Monaten davor ist das Grün differenziert, von fast gelb bis fast schwarz. Während der Phase von Wachstum und Entfaltung gibt es eine Vielfalt von Erscheinungsformen, verlegt man seine Aufmerksamkeit vom einen aufs andere, fliegt man mit seinem Interesse zwischen verschiedenen Gebieten hin und her. Verliebtheiten, Identität, Berufswahl, Meinungen. Jetzt ist alles um mich herum ein und dasselbe. Es gibt nur ein einziges Thema von Bedeutung, ein dunkles, unerfülltes Verlangen. Dass Mark das nicht teilt, kann ich mir eigentlich nicht vorstellen, aber so ist es. Hat sich Frau Haydn auch so heftig gesehnt? Und wie stand es mit dem Komponisten selbst? Er ertrank in der Arbeit, er entschied sich dafür, andauernd beschäftigt zu sein, lange, lange Tage. Die Anstellung bei Fürst Esterházy war ein Segen, denn sein Brotherr war ein mehr als zugewandter Musikfanatiker. Mit seinem unendlichen Reichtum finanzierte er ein komplettes Orchester, Bläser, Streicher, und eine Gruppe Sänger, die bei Opernaufführungen eingesetzt werden konnten. Bühnenmeister, Kostümnäherinnen, Kulissenbauer. Esterházy errichtete große und kleine Konzertsäle in und um sein Palais und entwarf für jede Saison ein anspruchsvolles Programm. Die Musiker wohnten auf dem prächtigen Landsitz und durften nur selten nach Hause.

Haydn arbeitete an einer Sinfonie, alles musste stets neu sein, Wiederaufnahmen waren eine Schwäche. Er rief seinen Diener, der zugleich sein Kopist war und auch die Partien herauszuschreiben pflegte.

»Fang schon mal an. Lass dir von diesem jungen Burschen bei den ersten Geigen helfen, der schreibt recht sauber. Drei Exemplare für die ersten, zwei für die zweiten Geigen und auch für die Bratschen.«

»Wirklich? So viele?«

»Gewiss. Ich spreche später mit dem Fürsten. Wir brauchen weitere Geiger, gute Geiger. Nicht diese Trompetenspieler, die denken, auch ein bisschen streichen zu können. Und viele, viele Bratschen. Weißt du, die Mittelstimmen sind oft viel wichtiger als die erste Stimme und die Basslinie. Mit den Mittelstimmen kann man die Affekte auslösen, die das Stück beim Zuhörer hervorruft. Man kann Modulationen vorbereiten, ganz subtil. Man kann den Herzschlag der Musik deutlich machen. Es ist ein Fehler zu denken, dass ausrangierte erste Geiger stattdessen die Stimme der zweiten spielen können oder mit einer Bratsche zurechtkommen. Nein! Ich will für die Mittelstimmen gute Musiker haben. Ich bin mir sicher, dass der Fürst seine Börse zücken wird. Warum nicht? Ich habe doch recht, oder?«

»Die gnädige Frau lässt fragen, ob Sie zum Mittagessen kommen«, sagte der Diener. Haydn schüttelte den Kopf. Kam nicht infrage. Die Sinfonie musste fertig werden, und heute Abend stand ein Zusammenspiel mit dem Fürsten auf dem Programm. Esterházy spielte ein unmögliches Streichinstrument, das Baryton, mit unhandlichen Resonanzsaiten, die auch gezupft werden konnten, was die Zahl der

Tonarten, in denen das Instrument einigermaßen akzeptabel klang, drastisch beschränkte. Esterházy hatte sich in das Baryton verliebt, unbegreiflich. Auch eine hässliche Frau ohne gute Eigenschaften konnte man lieben. Darüber dachte Haydn nicht nach. Er war verpflichtet, jede Woche ein Trio zu schreiben: Geige, Bratsche und das vermaledeite Baryton in einer Solo-Rolle. Und die Fähigkeiten des Fürsten waren ziemlich begrenzt. Es war eine Herausforderung.

7

Alice setzt sich an die schräg gestellte Schreibtischplatte und schaut auf die Papiere, die darauf ausgelegt sind. So kann sie ohne Rückenschmerzen alles überblicken. Es ist ein Auftragsstück für einen Jubiläum feiernden Harmonieverein. Berufsmusiker sehen schon mal auf solche Klubs herab und machen sich über die sogenannte Hafabra-Welt lustig, doch so gut wie alle begnadeten Blechbläser haben in der Blaskapelle angefangen. Gut, dass sie an mich geraten sind, ich komme für das Blech auf, immer. Als sie durchgeht, was sie bis jetzt geschrieben hat, versinkt sie in ihre Komposition und beginnt weiterzupuzzeln, mit Bleistift, Radiergummi griffbereit. Ganz weit entfernt hört sie das Telefon. Lass es klingeln. Wo liegt das Ding? Keine Ahnung. Egal. Will nicht unterbrochen werden. Ernsthafte Männer werden diese Melodie spielen. Frauen auch. Posaunen, Trompeten, Hörner. Es muss schwierig sein, aber nicht zu schwierig, so, dass es machbar ist, wenn sie gut üben. Nicht länger als etwa fünfzehn Minuten. Dann ist die Konzentration erschöpft. Es spielen Kinder mit, ich muss dafür sorgen, dass in jeder Instrumentengruppe auch ein etwas einfacherer Part ist, für die Anfänger, für die Alten, die schon fast ihren Ansatz verloren haben, für diejenigen, die gern wollen, aber kaum können.

Sie muss pinkeln und schaut danach aufs Telefon. Auf

dem Anrufbeantworter ist eine Nachricht: »Hiermit erinnern wir Sie an den Termin morgen um 9.30 Uhr bei Doktor van Pasen in der Fertilitätsklinik. Seien Sie bitte eine Viertelstunde vorher anwesend. Mit freundlichen Grüßen.«

Jetzt zerbricht der sichere Kokon, in den sie während der Arbeit gehüllt gewesen ist, und sie fühlt, dass ihr Hosenbund schmerzhaft zwickt. Zehn Tage nach der in Trunkenheit und Ohnmacht verdampften Befruchtung ist sie blutend wach geworden. Sofort die Klinik angerufen, Termin bekommen, für morgen. Der Ärger auf Mark braust siedend auf. Ganz allein stehe ich da, radle morgen Vormittag zu diesem Folterinstitut, das zugleich meine Hoffnung ist, meine Rettung sein soll. Vorgaben nicht erfüllt, sie werden sich danach erkundigen, und ich werde schuldbewusst den Kopf schütteln. Es hat keine Befruchtung stattgefunden, denn mein Mann war betrunken. Er hatte es vergessen. Es ist doch an Ihnen, ihn daran zu erinnern, wird die Frau am Empfang zu ihr sagen, während sie auf ihren Bildschirm blickt. Die Menstruation hat gestern eingesetzt, sagten Sie, dann ist morgen Tag drei des neuen Zyklus, ein neuer Anlauf. Sie bekommen nachher ein Rezept für die Injektionen des kommenden Monats, ich werde die Apotheke anrufen, dann liegt es für Sie bereit. Wenn Sie jetzt kurz im Wartezimmer Platz nehmen, holt Doktor van Pasen Sie gleich ab. Nicht weiterdenken jetzt, ein erniedrigendes Gräuel ist es.

Sie schlendert mit über dem Bauch verschränkten Armen durch das stille Haus. Langsam, kleine Schritte. Das Schlafzimmer, oder ist es eine Kampfarena? Marks sogenanntes Studierzimmer, die Tür steht offen, sie schaut hinein, aber tritt nicht über die Schwelle. Treppe hinunter, das Wohnzimmer mit der Pflanzenfülle im Erker, die Küche mit dem großen Tisch und der Bank, auf die man sich legen kann, wenn einem alles zu viel wird. Die Tür zum Garten. An Essen darf sie jetzt wirklich nicht denken. Zur Ruhe kommen. Wo? Hier bin ich nicht zu Hause. Ja, oben vielleicht, am Komponiertisch. Mein Gott, dies ist mein eigenes Haus, warum bin ich hier eine Fremde? Was will ich denn?

Ich kann es einfach nicht, mich irgendwo zu Hause fühlen. Unvermögen. Das Elternhaus, die hellen Naturholzmöbel, die ästhetisch gefällige Einrichtung, durch die sie sich wie ein unerwünschter Gast hindurchbewegte. Ich habe es nicht mit auf den Weg bekommen. Sich an das Haus eines anderen anzupassen, das gelingt schon. Auf der untersten Treppenstufe sitzend beugt sie den Kopf zwischen die Knie. Wo habe ich mich je wirklich zu Hause gefühlt? Beim Schlagzeuglehrer an der Musikschule früher, vielleicht. Auf dem Konservatorium zum Teil, aber auch da blieb ich ein Fremdkörper. Aus freien Stücken, dachte ich damals, aber war das so? Ich kann überhaupt nicht denken, alles läuft durcheinander, ich bekomme keine Ordnung hinein. Bei Mark war ich doch zu Hause, am Anfang? Schien nur so, durch die Verliebtheit, die verlieh Flügel, ich konnte mich auf jedem Ast niederlassen, in jedem Baum ein Nest bauen. Was für ein Unsinn. Gestern in Sveas Küche war ich eine Außenstehende. Eine willkommene, geliebte Außenstehende. Begnüg dich damit. Das ist das höchste der Gefühle.

8

In der Kompositionsklasse, bei van Dijk, war sie eine extreme Außenseiterin. Und kein bisschen beliebt. Ein Mädchen zwischen den Männern, den Jungs. Van Dijk gab sein Bestes, an ihm lag es nicht, er nahm sie für voll – oder sollte sie nur ein bizarrer Erfolg in seinem Werdegang werden, eine Frau, die er zur Komponistin machte, eine noch nie vollbrachte Leistung? Einmal in der Woche saß sie in seinem Zimmer, gut zwei Stunden lang, und sie beugten sich über ihr Werk. Er gab ihr Aufgaben, Anregungen, vertiefte sich in ihre Klangwelt, versuchte, sie so weit zu bekommen, dass sie einigermaßen artikuliert über ihre Versuche zu sprechen wagte. Der Argwohn verließ sie nie ganz.

Der Gruppenunterricht, ebenfalls wöchentlich, war unselig. Am Morgen konnte sie nichts essen. Mittags schleppte sie sich schwerfällig zur Schule. Manchmal wurde ihr schwarz vor Augen. Wenn sie zu früh in den Klassenraum treten würde, war er vielleicht noch nicht da, und sie würde mit ihren Mitstudenten allein sein. Wenn sie zu spät käme, fiele sie auf. Meistens drückte sie sich auf dem Flur herum und wartete, bis er kam. In dem riesigen Klassenraum stand ein Klavier an der Wand; davor waren Tische und Stühle zusammengeschoben. Van Dijk an der kurzen Seite mit dem Rücken zum Klavier. Hatte man einmal in einer bestimmten

Formation Unterricht gehabt, setzte man sich beim nächsten Mal genauso hin. Vier, fünf Studenten auf der anderen Seite, gegenüber vom Dozenten, dicht beisammen. Alle gekleidet in verschlissene schwarze Klamotten, komische Baumwolljacken, verwaschene Jeans. Alice konnte oder wollte sie anfangs nicht auseinanderhalten. Zu van Dijks Rechter war ein leerer Stuhl, der war für sie. Drei Stühle Abstand zum nächstsitzenden Mitschüler. Sie trug einen knallroten Pullover, Lippenstift im selben Ton, aber niemand schaute hin, niemand sagte etwas zu ihr. Die Jungen waren untereinander in ein Gespräch vertieft. Der Feind, hatte sie damals gedacht. Jetzt, auf der Treppe sitzend, sieht sie das anders. Ein Feind bekommt Aufmerksamkeit; sie bekam nichts, als ob sie unsichtbar war.

Jede Woche besprachen sie im Gruppenunterricht ein Stück eines der Studenten. Sie beteiligte sich nicht an der Besprechung, sie saß gerade aufgerichtet da, ängstlich, aufgeschmissen. Wenn einer von den Jungen etwas über die politische oder soziale Bedeutung seiner Komposition erzählte, hörte sie van Dijk entschieden sagen, dass Musik gar nichts bedeute. Das drang zu ihr durch. Zum Glück brauche ich es nicht selbst zu sagen, dachte sie, bevor sie wieder abschaltete. Gegen Ende der Stunde nahm die Angst vor der nächsten Zusammenkunft zu. Wenn sie bloß nicht an die Reihe kam. Sie wollte am liebsten unter den Tisch kriechen. Sie fixierte die schmutzig grünen Wände, das Klavier, das in eine Ecke gequetscht stand. Einer von den Schwarzjacken bekam den Auftrag, für die nächste Woche etwas abzuliefern. Tasche packen, zur Tür hinaus, auf die Straße.

»Es ist aber schon so gedacht, dass du mal den Mund

aufmachst«, hatte van Dijk in der nächsten Einzelstunde gesagt. »Wenn du allein hier sitzt, hast du immer Ideen und Meinungen. Die kannst du auch in der Gruppe äußern.«

»Sie sehen mich nicht.«

»Dafür tust du ja auch nichts. Das musst du schon. Diese Jungs sind es nicht gewohnt, dass eine Frau mitmacht. Ja, wenn sie etwas aufführen, kommt schon mal ein Mädchen mit einem Cello oder einer Flöte zur Analyse des Stücks. Nie aber eine Frau, die selbst etwas erdacht hat. Sie kennen das einfach nicht, also musst du ihnen klarmachen, dass das auch eine Möglichkeit ist.«

Sie dachte an die eisige Reaktion ihrer Mutter auf eine Bemerkung, die ihr entschlüpft war: »Auf deine Meinung kann ich gern verzichten. Die behältst du besser für dich.« Die Mutter sah durch sie hindurch. Was ist das Schlimmste? Dass sie mich spüren ließ, dass ich dumm war, gefühllos, einen schlechten Charakter hatte – oder war es schlimmer, dass sie mich ignorierte, als spielte ich keine Rolle?

Van Dijk schlug vor, dass er ihr neues Stück auf die Agenda setzen würde. In drei Wochen, sie solle sich schon mal darauf vorbereiten. »Und nächste Woche will ich dich im Gruppenunterricht hören.«

Und so geschah es. Der in der Vorwoche bestimmte Kommilitone zeigte seine Komposition und erzählte darüber. Alice schaute mit in die Partitur, die van Dijk vor sich liegen hatte. Hoffnungslos, hoffnungslos, dachte sie. Als der Komponist zu Ende gesprochen hatte, bat van Dijk um Kommentare. Schweigend starrte sie auf die Noten. »Alice, Was ist dir aufgefallen?«

»Keine Struktur. Das Anfangsthema kehrt nirgendwo zurück. Da ist kein Gleichgewicht zwischen Eröffnung und Mittelteil. Der Schluss ist völlig unvorbereitet.« Den Kopf gesenkt haltend, hörte sie den Jungen verächtlich stöhnen. Einen Moment lang war sie stolz, dass sie sich zu Wort gemeldet hatte, doch das Unbehagen schlug sofort zu. Es war sehr still auf der anderen Seite vom Tisch. Sie schaute auf. Der Komponist starrte sie durch eine Brille mit quadratischen Gläsern in einem schwarzen Gestell an. Schiere Wut strömte ihr durch die zwei Fensterchen entgegen.

»Du hattest schon recht«, sagte van Dijk später. »Struktur, das ist ein vernachlässigter Aspekt, darauf achten Menschen zu wenig. Du kannst von Haydn lernen, bei ihm sind die Zeitmengen im Gleichgewicht, und wenn sie es nicht sind, bedeutet es etwas. Nimm zum Beispiel das Adagio aus dem Quartett, Opus 54 Nummer zwei, glaube ich, so schön, so desolat, aber viel zu schnell vorbei. Warum? Es ist ein Blick in den Abgrund. In den will Haydn dich nicht zu lange hineinschauen lassen. Er sagt: Du gehst zugrunde, das *steht fest*. Aber jetzt noch nicht. Dann kommt das Menuett, und es wird getanzt.« Er schien über seine Ausführungen selbst erstaunt zu sein. Sammelte sich. »Du darfst nicht so direkt sein. Immer mit etwas Positivem beginnen. Enden auch. Es sei denn, es ist wirklich Schrott.«

9

Es ist kalt geworden auf der Treppe. Haydn überschüttete seine Schüler und Kollegen mit Komplimenten und Wohlwollen. Empfehlungsschreiben, Bewunderung aus Höflichkeit oder aufrechter Hochachtung. Er konnte das einfach. Er war sich seines eigenen Wertes sicher. Konnte er sich auch irgendwo heimisch fühlen? Als sein bescheidenes Haus abbrannte – dass etwas in Flammen aufging, passierte in der damaligen Zeit alle naselang –, ließ er es genauso aufbauen, wie es gewesen war. Klein, unkomfortabel, aber vertraut. Und doch war er die meiste Zeit in den Arbeitsräumen vom Esterházy-Palais. Ein Schloss, wo er nicht hingehörte, eine Uniform trug, bezahlt wurde für sein Anpassungsvermögen.

Mit etwas Positivem beginnen Mark gegenüber, nachher. Wer weiß, vielleicht endet es dann auch so.

Den Rest des Tages arbeitet Alice an ihrem Bläserstück. Mühelos, frei. Erst als sie Mark hereinkommen hört, dringt die Aussicht auf den morgigen Tag harsch in ihr Bewusstsein ein. Sie legt die Hand auf die Noten, die sie gerade aufgeschrieben hat, legt ihren Bleistift hin, macht die Schreibtischlampe aus. Nach unten, es muss sein.

Bewölkt und grau müsste es jetzt sein, denkt sie, als sie am nächsten Vormittag aufs Rad steigt. Aber es ist strahlendes Herbstwetter, fast warm. Eigentlich eine ganz nette Radtour, zur Klinik. In diesem Krankenhaus müsste ich mich auch heimisch fühlen nach all den Besuchen. Ich kenne die Leute, und sie kennen mich. Sie haben die besten Absichten mit mir. Na ja, sie kennen eine minderwertige und schamvolle Version von mir. Die Komponistin von *Die Witwer* kennen sie nicht. Eine auf rätselhafte Weise leer bleibende Gebärmutter, das bin ich, wenn ich später dort hineingehe. Die Frau mit diesem sympathischen Mann, werden sie denken, mit diesem schwer zu erfüllenden Kinderwunsch. Die so über die Injektionen klagt und meckert, so mürrisch und abwehrend blickt, oft nicht zu hören scheint, was sie sagt. Diese Böse.

Gestern Abend war sie nicht böse gewesen. Eingedenk ihres Lehrers verhielt sie sich Mark gegenüber positiv, ließ ihn von dem glücklichen Deal erzählen, stellte Fragen und hielt mit ihrem Vorwurf hinter dem Berg. Das gelang so gut, dass er sich für seine Trunkenheit und Unachtsamkeit entschuldigte. Er erkundigte sich nach den Fortschritten bei ihrer Humtata-Serenade, sie landeten im Bett, während sie noch ein Gefühl von kompetenter Komponistin bewahren konnte. Das sackte durch seine Impotenz in sich zusammen.

»Es ist der Zwang«, sagte er. »Es liegt nicht an dir, es kommt daher, dass es sein muss, jetzt. Weil für dich so viel davon abhängt.« Sie war sprachlos. Dabei hing gar nichts davon ab, denn sie menstruierte. Es liegt nicht an mir, sagt er, aber es ist schon meine Schuld. So kann ich es wohl zusammenfassen. Der Zwang kommt von mir, findet er. Es stimmt. Es geht um meine Sehnsucht – er teilt sie zwar ein bisschen, aber eigentlich nur aus Sympathie.

Sie hatte noch stundenlang totenstill neben ihm gelegen, als ob sie vollkommen allein war. Sie versuchte, die Linie des Trompetensolos im Blasmusikstück zu überdenken, doch es gelang ihr nicht. Über den ihr bevorstehenden Termin in der Poliklinik nachzudenken, machte sie elend. Es gibt keinen Ausweg, hatte sie gedacht, ich kann nirgendwohin und nirgendwo bleiben.

Dieses hoffnungslose Gefühl schleppt sie nun auf dem Weg zum Krankenhaus mit. Radelnd, in der Sonne, unter den Bäumen mit den beginnenden Herbstfarben. Jetzt absteigen, das Fahrrad gegen einen Baum lehnen, sich ins Gras am Kanal legen. Die Zeit verstreichen lassen, die Sehnsucht wegfließen lassen wie Wasser in Wüstensand. Du kannst dich doch selbst nicht als Mutter sehen, oder? Na also. Was du da tust, ist Unsinn, Mumpitz, fehl am Platz.

Ihr Tempo verlangsamt sich, aber sie radelt weiter, an das seilspringende Mädchen denkend. Ich kann sie nicht im Stich lassen, weiß sie. Wenn ich alle Termine und Behandlungen absage, bringe ich sie um. Dann ramme *ich* die Abrisskugel in ihren kleinen Rücken und werde nie wissen, wie meine Tochter aussieht. Das geht nicht. Ich muss sie retten. Ich will ihr Gesicht sehen.

10

Am Empfang braucht sie sich nicht vorzustellen. »Frau Augustus«, sagt die Mitarbeiterin, »willkommen, schön, dass Sie jetzt schon da sind, wir machen erst eben alles Administrative. Hängen Sie doch ruhig Ihren Mantel auf, die Schwester kommt gleich zu Ihnen.«

Man wähnt sich hier in einem teuren Laden, einem Nagelstudio, einem Friseursalon, so höflich und freundlich wird man behandelt. Aber sie gehen wüst über deine Grenzen hinaus, sie bemächtigen sich deiner intimsten Flüssigkeiten – Blut wollen sie haben, Pisse in einem Döschen, Schleim aus deiner Möse. Mit einer Selbstverständlichkeit, die dich glatt umhaut, fragen sie die persönlichsten, die geheimsten Dinge: Ausfluss gehabt? Verkehr? Wie oft? Alles in neutralem, zuvorkommendem Ton. Als ob es nichts bedeutet, nichts sagt über die Verhältnisse hier – Hilflose gegenüber Helfern, Ertrinkende und Retter, Verlangende und Erfüller, dieser hygienische Nikolaus. Kinder, die fragen. Bimmelt was die Straß entlang. Lasst uns froh und munter sein. Sie folgt den Liedern in ihrem Kopf. Sofern möglich, schweigt sie gegenüber der Schwester. Als alles protokollgemäß abgehandelt ist, darf sie »Platz nehmen« im Wartezimmer des Arztes. Das tut sie gefügig.

Ein ziemlich langweiliges und konventionelles Wartezimmer ist es, das könnten sie ruhig mal umbauen. Wäre schön, wenn jeder in seinem eigenen Kabäuschen warten dürfte. Jetzt, mit den Stühlen in Reihen entlang den Wänden, kann man schwer vor sich hin schauen, ehe man sich's versieht, fängt man den Blick einer anderen verzweifelten oder hoffnungsvollen Klientin auf. Beides gleichermaßen schlimm. Viel zu viele Menschen, die Klinik ist groß, hier arbeiten etliche Ärzte. Eine stämmige Frau in weißem Kittel steht in der Tür und schaut sich mit fragendem Ausdruck um. Dann nennt sie einen Namen, und ein Ehepaar steht auf. Sie stellt sich mit ihrem Namen vor, »Fortpflanzungsärztin«, fügt sie hinzu. Obwohl Alice die Bezeichnung kennt, lässt sie sie doch kurz erschrecken. Es klingt idiotisch, findet sie, als wäre es ein Witz, für die Fortpflanzung einen Arzt zu benötigen. Dass sich ehrgeizige Medizinstudenten für ein so trauriges Betätigungsfeld entscheiden können. Menschen brauchen Hilfe, um zu schlafen, um zu kacken und auch um sich fortzupflanzen. Sie weiß, dass es so ist, aber sie wehrt sich dagegen, mit aller Macht. Das Ehepaar läuft hinter der Ärztin her. Viele Paare hier. Die Männer sehen ungeduldig und vielleicht auch etwas peinlich berührt aus. Manche werden sich später in ein separates Zimmerchen zurückziehen müssen, um Sperma zu produzieren. »Dafür sind Hilfsmittel vorhanden«, wie es in der Informationsbroschüre heißt. Aber das Unbehagen ist von den Männergesichtern abzulesen. Wie blicken die Frauen? Gelassen. In sich gekehrt. Betrübt, manchmal. Zum Glück läuft hier keine Alles-in-Ordnung-Musik, das würde das Ganze noch schlimmer machen. Warten. Es wird vorübergehen. Wie erstarrt sitzt sie auf ihrem Stuhl, die Arme vor dem Bauch verschränkt.

Van Pasen erscheint im Türrahmen und sieht sie an. Er zieht die Augenbrauen hoch, warum, was ist? Vielleicht hat er erwartet, dass Mark mitkommen würde, findet es enttäuschend, dass ich allein bin. Sie steht auf, er gibt ihr die Hand und geht ihr voran zu seinem Sprechzimmer. Überall Pflanzen, Lianenranken längs der Wände und Bücherregale, Modelle von Segelbooten, Fotos in Holzrahmen. Eine Kaffeemaschine oben auf dem Aktenschrank. Es scheint hier wärmer als in dem kahlen Wartezimmer. Was für ein großer Mann er doch ist, dieser Fortpflanzungsexperte, er zwängt sich mit Mühe in seinen Schreibtischstuhl, stützt die Ellenbogen auf den Tisch und bettet den enormen Kopf in seine Hände, während er sie interessiert ansieht. Nette Augen, denkt sie. Feine Stimme hat er auch, tief, aber nicht gekünstelt tief, und mit einem sandigen Saum. Wenn man ihn hört, vertraut man ihm sofort. Pass auf, das ist gefährlich. Es muss ein Gespräch darüber in Gang kommen, wie es ihr geht, was auf dem Bildschirm steht, auf den er jetzt schaut. Mit Beunruhigung? Missbilligung?

Er spricht, und sie lässt sich von dieser Stimme umspülen. Sie hört kaum, was er sagt. Form über Inhalt, denkt sie noch, ich achte auf die Struktur der Klangwelt. Die Bedeutung entgeht mir. Ja, ich höre so dann und wann einen Ausdruck heraus – Ovulationsinduktion, Eizellenreifung –, aber das beziehe ich nicht auf mich. »Koitusfrequenz, Insemination«, sagt er. Das dringt durch, auf einmal hat sie Mitleid mit Mark. Dieses ganze Getue war nie die Abmachung, im Gegenteil, ihr unausgesprochener Vertrag bestand aus der Freude, dass sie zusammen waren, zu zweit, dass er ohne Schuldgefühle von seinem liebevollen, aber spießbürgerlichen Elternhaus loskam, dass sie sich auf der Grundlage von Gleichwertigkeit akzeptiert und geliebt fühlen konnte. Und dann bringt sie dieses paradiesische Gleichgewicht ins Wanken mit ihrem unbegreiflichen Verlangen nach einem Kind. Wie kann das sein, wenn man selbst so ein unglückliches Kind gewesen ist, so einen abwesenden Vater hatte, so eine launenhafte Mutter? Immer auf der Flucht gewesen, um da herauszukommen, eifrig gesucht nach einem Terrain, auf dem sie in Sicherheit sein würde, unerreichbar für die zerstörerische Kraft der Eltern. Als sie das einmal gefunden hatte, konnte sie mit Mark zusammen sein. Ich sollte mich zufriedengeben damit, wie es ist, denkt sie mit einer gewissen Scham. Ich erdrücke ihn mit diesem unangebrachten Kinderwunsch. Lern doch von Haydn.

»Sind Sie noch da?«, fragt der Arzt. »Ich glaube, ich rede ins Leere. So sollte es nicht sein, das wäre schade um unsere Zeit. Wie finden wir wieder zusammen?« Er sieht sie so freundlich an mit diesen Hundeaugen, dass sie anfängt zu weinen. Es ist der Abstand, denkt sie, er bleibt auf seinem Platz, kommt ihr nicht zu nahe und ist doch beteiligt.

»Es ist schwer für Sie«, fährt der Arzt fort, »aber ich weiß nicht genau, warum. Ist es die Serie von Fehlschlägen der letzten Monate, und jetzt ein weiterer, oder ist etwas nicht in Ordnung mit der Beziehung zu Ihrem Mann?«

Sie nickt. Er gibt ihr ein Taschentuch aus der Box auf seinem Schreibtisch. Jetzt, da er ihre Aufmerksamkeit zu haben scheint, spricht er weiter. »Es kann auch sein, dass Ihr Kinderwunsch etwas ambivalenter ist, als wir dachten. Sind Sie sich dessen selbst überhaupt so sicher? Oder ist es zu einem Streitpunkt zwischen Ihnen beiden geworden, haben Sie sich versteift? Oder er? Vielleicht wäre es eine gute Idee, einmal mit einem unserer Psychologen zu sprechen, Sie könnten einen Termin machen, um die Frage für Sie selbst etwas besser zu klären.« Dann hält der Doktor den Mund und wartet.

»Es ist, als *müsse* ich es«, sagt Alice, »so stark ist es. Ohne Kind bin ich nichts wert.«

»Empfinden Sie das immer so?«

Sie zerknüllt das Taschentuch in ihrer warmen Faust. »Nein. Es überkommt mich manchmal. Sehr stark.«

Er nickt mit diesem großen Kopf. »Sie haben natürlich sehr wohl einen Wert. Für Ihren Mann. In Ihrer Arbeit. Wissen Sie, ich glaube, es wäre gut, wenn Ihr Mann wieder einmal mitkommt. Ist das machbar, denken Sie?«

Unwillkürlich lächelt sie. »Ich werde es versuchen.«

Dann müssen sie einen Termin um die nächste Ovulation herum planen. Alice fühlt, dass sie schon wieder aussteigt, während der Arzt spricht. Sie zwingt sich, aufmerksam zu bleiben, gut zuzuhören, in diesem Zimmer, auf diesem Stuhl, gegenüber diesem Gesicht.

»Gut«, sagt van Pasen. »Sie setzen ab morgen die Injektionen fort, Sie kommen am Tag acht zum Ultraschall, und wir machen einen Termin für die Beratung zu dritt rund um den Eisprung. Sind wir uns einig? Sie wissen doch, dass es immer die Möglichkeit gibt aufzuhören, nicht?«

Alice sagt Ja, aber auf welche Frage? Der Arzt steht auf, er sieht zwischen all seinen Zimmerpflanzen aus wie ein stolzer Gärtner. Er gibt ihr über den Tisch hinweg die Hand und wünscht ihr alles Gute mit den unangenehmen Spritzen und dem Gespräch mit ihrem Mann. Es fühlt sich an, als ziehe er sie hoch, mithilfe seiner Hand hievt sie sich aus ihrem Stuhl, auf ihre Beine, direkt vor den Schreibtisch. Dann geht sie.

Zum Empfang. Termine festlegen. Versprechen, dass sie gleich bei der Apotheke vorbeifahren wird. Sich verabschieden. Einen letzten Blick auf das Wartezimmer werfen, über ihre Schulter. Im Allemande-Tempo weggehen, immer schneller, bis sie in einer Courante nach draußen stürzt. Nase schnäuzen. Nicht wissen, was hier nun eigentlich passiert ist. Alte, freundliche Männer, das bedeutet: achtgeben. Sie ziehen sie in eine Richtung, die *ihnen* genehm ist, und sie lässt sich gern mit Freundlichkeit verleiten. Sie schüttelt den Kopf, um diese Hirngespinste zu vertreiben. Nicht nachdenken jetzt. Nachher wieder die Betäubung durch die Blechbläser. Die Trompetenmelodie kann ich mir gefügig machen. Daran besteht kein Zweifel, da *weiß* ich einfach, was zu tun ist. Die Fahrradreifen wispern durch das Herbstlaub. Sie tritt, sie tritt.

11

»Sind Sie je schwanger gewesen?«, hatte einer der Fortpflanzungsärzte sie gefragt, als sie mit dem Fertilitätsprozedere begann. Sie hatte verneinend geantwortet. Mark saß neben ihr. Sie legten eine Prüfung ab. Ihre Erinnerungen hatte sie nicht in der Gewalt, unter der Anspannung des Tests verschwand bestimmt die Hälfte ihrer Geschichte. Sie log nicht, sie sagte, was in dieser Situation angebracht erschien. Damals schon, zu Beginn, war das Krankenhaus ein unwirtlicher Ort, wo sie sich beobachtet und beurteilt fühlte. Auch damals schon flog ihr das Gefühl von Freiheit zu, wenn sie durch die Drehtür ging und wieder die Außenluft einatmete. Was habe ich gesagt, was habe ich durchblicken lassen – diese Fragen ließ sie im Wind verwehen. Meine Lieben, meine Beziehungen, meine Ehe, davon müssen sie die Finger lassen, das geht niemanden etwas an. Das gehört mir. Da darf sich keiner einmischen.

Immer verliebt gewesen, schon auf der Grundschule. In Jungen aus den Büchern, die sie las – das arme Schornsteinfegerlein aus *Lebende Besen*, den großen Bruder von *Laurienchen*, den jungen Haydn, der nachts mit tränenden Augen Partituren übertrug – und in echte Jungen mit Haut und Knochen, die bei ihr auf die Schule gingen. Es war nicht schlau daraus zu werden, was die Objekte ihrer Verliebtheit miteinander gemein hatten. Mal war es ein großer, hagerer mit schwarzen Haaren aus einer höheren Klasse und mal ein gedrungener, blonder Junge mit eckigem Gesicht, der im Klassenzimmer ein paar Bänke vor ihr saß. Sie waren nie Mitläufer, das hatten sie vielleicht gemein. Jeder für sich hatte etwas Selbstständiges und schien es nicht schlimm zu finden, dann und wann allein zu sein. Mit den Wünschen der Jungen hatte Alices Verliebtheit nichts zu tun; die, die *ihr* nachliefen, interessierten sie nicht im Geringsten. Die von ihr Bevorzugten hatten etwas Unerreichbares, so freundlich, ja sogar nett sie auch waren. Ja, das war ein Kriterium, Freundlichkeit. An den Augen konnte man das sehen. Blau oder tiefbraun, das spielte keine Rolle. Hauptsache, es waren liebe Augen, dann konnte sie weiterfantasieren.

Darum ging es. Wie die Betreffenden wirklich waren, entging ihr vollkommen. Das wurde anders, als ihr Körper sich entwickelte und sich ihre Sehnsüchte konkretisierten, aber da war sie schon auf dem Gymnasium. Dass jemand deine Hand halten wollte, dich küssen wollte, dich eng an sich drückte. Ungekannte Welten eröffneten sich. Vorn auf dem Fahrrad, rittlings auf der Stange, der Junge keuchte in ihre Haare, und sie legte die Hände auf die seinen auf dem Lenker. Immer war es nach einer Weile wieder »aus«, fühlte die Nähe sich mehr und mehr beklemmend an, oder gab es außer dem Küssen eigentlich kein gemeinsames Interesse. Wenn sie einen Jungen einigermaßen kennengelernt hatte, wollte sie nicht mehr, wirklich nicht, war aber dennoch ein paar Wochen oder sogar Monate durch ein unerklärliches Gefühl von Verlassenheit und Abgewiesensein aus der Bahn geworfen. Bis sich der nächste Freibeuter erbot. Sie ließ sich nach dem Schulball, nach Geburtstagsfeiern nach Hause bringen und knutschte an der blinden Mauer ihres Elternhauses. Keuchen, stöhnen, Spucke austauschen. Manchmal sogar einfach nach der Schule irgendwo unter einer Überführung oder einer Brücke. Die Verzückung und die Inbrunst verführten sie. Sie dachte, dass dies das wahre Leben sei.

In der Provinzstadt, in der sie aufwuchs, unterhielten die nicht arbeitenden Mütter ein enges soziales Netzwerk. Als Alice mit vor Erregung geröteten Wangen eine Dreiviertelstunde zu spät aus der Schule nach Hause kam, trotz des unwirtlichen Wetters mit offenem Mantel, erwartete ihre Mutter sie mit starrem Gesicht im Flur.

»Du bist unter der Brücke am Kanal gesehen worden. Mit bis zur Taille hochgestreiftem Rock und dem Pullover unter den Achseln. Das muss ekelerregend ausgesehen haben. Ekelerregend.«

Alice wusste nichts darauf zu entgegnen. Alles, was sie hätte erwidern können, hätte es nur noch schlimmer gemacht und zu totalem Unverständnis geführt. Sie hatte auch gar keine Erwiderung. Ihre Mutter schien außerdem nicht auf Verständnis aus zu sein und sah sie an, als wäre sie ein schmutziges, stinkendes Tier.

»Früher nannten wir eine wie dich ein Hurenluder«, sagte sie, während sie sich umdrehte und in die Küche ging. »Hurenluder!«

Komisches Wort, dachte Alice, wie eine Art Heulen, mit diesen U-Lauten. Langsam lief sie die Treppe hinauf. Sie hatte ihren Mantel nicht an der Garderobe aufgehängt, als würde ihre Mutter sich an allen Gegenständen stören, die von dem ekelerregenden Kind zeugten. Das Kind selbst wusste nicht, was es empfand, was es empfinden sollte. Scham vielleicht. Ihr war kalt geworden unter dem eisigen Blick der Mutter, und sie verspürte einen leichten Widerwillen gegen alles in diesem Haus. Sie packte ihre Schultasche aus, es waren Regentropfen darauf. Den Mantel behielt sie an.

Abends vollzog sich die Mahlzeit in Stille. Die Mutter verschwand mit viel Geklirr von Tellern und Besteck in die Küche. Da erst fiel ein Wort, vom Vater.

»Von jetzt an musst du zwanzig Minuten nach der letzten Stunde zu Hause sein. Alle Feste sind vorläufig verboten. So haben wir es beschlossen.«

Alice nickte. Sie traut sich nicht, es mir selbst zu sagen, dachte sie, oder sie will mich nicht mehr ansehen. Sie schickt ihn vor. Er weiß kaum, worum es geht, und es interessiert ihn auch gar nicht. Frieden mit *ihr* ist das Einzige, worauf er aus ist. Er will keinen Streit mit seiner Frau, will nicht, dass man ihm in den Ohren liegt. Das lenkt ihn ab, und es macht ihn unruhig. Also bilden sie gemeinsam eine Front. Gegenüber mir, dem Hurenluder. Die Mütter in dieser Stadt haben nichts zu tun und sind den ganzen Tag damit beschäftigt herumzuspionieren. Wenn sie etwas Verdächtiges sehen, rufen sie einander an. Man ist nirgendwo sicher. Jetzt wird es bestimmt eine Woche dauern, bevor sie wieder mit mir spricht.

Seufzend ging sie wieder in ihr Zimmer. Hausaufgaben machen, sachte Rhythmen üben mit Bleistiften auf Büchern verschiedener Dicke, für den Schlagzeugunterricht. Still und leise ins Bett. Von dem Jungen fantasieren, mit dem sie unter der Brücke gestanden hatte.

12

Von zu Hause auszuziehen, war eine Befreiung gewesen. Zusammen mit Svea in einer großen Mansardenwohnung: zwei Zimmer und eine kleine Küche auf dem Flur. Kein Erwachsener, der durch sie hindurchsah und sie spüren ließ, dass der Umgang mit ihr lästig war. In der Kompositionsklasse auf dem Konservatorium war das anders, aber dort fühlte sie sich wiederum nur unter ihren Mitstudenten unwohl. Dabei wusste sie durchaus, dass es nicht bloß mit ihr als Person zu tun hatte, sondern vor allem mit ihren Arbeiten. Sie schuf Dinge, mit denen die anderen nichts anfangen konnten. Logisch, dass sie sie ignorierten.

»Kennst du diesen Riedstra?«, hatte van Dijk sie gefragt. »Diesen Trompeter meine ich, er heißt Klaas. Er macht in diesem Jahr Examen und möchte ein Stück dafür haben. Ein zeitgenössisches Stück, am liebsten von einem jungen Komponisten. Schöne Idee, oder? Es soll nicht länger als etwa zehn Minuten werden, und man darf ein paar andere Instrumente hinzunehmen, Schlagzeug, Klavier, was man möchte. Keine Elektronik, das ist bei so einer Prüfung zu kompliziert. Wär was für dich, dachte ich.«

»Wie soll das vonstattengehen, lege ich einfach los?« Über die Bandbreite und die Möglichkeiten der Trompete wusste sie durchaus viel. Immer gut aufgepasst in der Instrumentierungsstunde, von sich aus alles gelesen über Instrumentenlehre, es fehlte ihr nicht an Eifer.

»Vielleicht ist es besser, wenn er selbst einen Komponisten auswählt«, sagte sie zweifelnd. »Es kann doch sein, dass er überhaupt nichts findet an dem, was ich schreibe.«

»Weißt du, was wir machen«, sagte van Dijk aufgeräumt, »ich lade ihn zu einer Gruppenstunde ein, und da könnt ihr alle ein Stück präsentieren, sodass er einen Eindruck gewinnt und sehen oder hören kann, was euch beseelt. Ich bin mir übrigens sicher, dass er sich für dich entscheiden wird. Nimm mal diese Serenade für Posaune und Marimba mit. Hast du davon auch eine Aufnahme?«

Zu der Stunde erschienen nur drei Schüler, die Schwarzjacke mit der Brille mit quadratischen Gläsern, ein Austauschstudent aus Deutschland, der neu war, und sie. Van Dijk saß mit dem Trompeter am Klavier und unterhielt sich, als sie hereinkam. Ein hochgewachsener Mann, Riedstra, der auf seinem Stuhl hängend die Beine meterweit nach vorn ausgestreckt hatte. »Ach, du bist das«, sagte er, als sie sich vorstellte. »Ich habe dich schon mal auf dem Gang gesehen. Fragte mich, was du studierst. Komposition also. Schön!«

Die Brille war als Erster an der Reihe. Er hatte, wie sich zeigte, keine Partitur bei sich, sondern setzte zu einer langen soziologischen Abhandlung über die Trompete an und wie er deren Essenz in Musik umsetzen wolle. Warum er das wollte, die Bedeutung dahinter. Alice sah, dass Klaas Riedstra spätestens nach der Hälfte der Darlegung sein Interesse verloren hatte.

»Kann ich etwas von dir hören?«, fragte er. Nein, das gehe jetzt nicht, sagte die Brille. Sein Werk sei auf die Person und den Anlass, für den er es mache, zugeschnitten, es wäre abwegig, sich jetzt alte Dinge anzuhören. Neu solle es werden, inspiriert vom Hier und Jetzt.

Der deutsche Student hatte ein Band dabei. Van Dijk schob es routiniert in das Gerät, und dann lauschten sie eine Viertelstunde lang düsteren, langsam verrinnenden Klavierakkorden. Alice fand es ganz schön. Gut, dass keinerlei Beschleunigung darin war, nicht harmonisch und nicht rhythmisch. Er wagte was, dieser Junge.

Riedstra setzte sich auf, als Alices Elegie an der Reihe war. Das Abspielen der Serenade umgab von Anfang bis Ende völlige Stille, ob die nun durch Bewunderung oder durch Missgunst verursacht war.

»Ja«, sagte Riedstra, als das Band aufhörte, »nach so etwas suche ich. Hast du Lust, etwas für mich zu machen?« Er sah Alice direkt an. Sie erwiderte den Blick und nickte bestätigend. Riedstra schrieb seine Telefonnummer auf einen Zettel und reichte ihn ihr. Sie solle anrufen, wenn sie etwas zu fragen habe. Dann sprang er von seinem Stuhl auf, bedankte sich bei allen, nahm das Köfferchen mit der Trompete und verschwand schnell auf den Flur hinaus.

Sie arbeitete hart und konzentriert. »Mann, Mann«, sagte Svea, »dieser Kerl hat dich ja ganz schön am Wickel.«

Alice blies die Haare aus ihrem Gesicht. Sie fühlte sich unbekümmert, es war eine Freude, für jemanden zu schreiben, der ihre Ideen begrüßen würde. Es folgten Verabredungen, zuerst in einem Café, später bei Klaas Riedstra zu Hause. Sie hatte in ihrem Stück subtil Fragmente von Haydns Trompetenkonzert verarbeitet. Er sah das augenblicklich. Die Komposition war ihm auf den Leib geschrieben. Alice hatte die ganze Zeit an ihn gedacht. Mit umflorter Trommel, Bassklarinette und Bassetthorn webte sie in der Tiefe ein Fangnetz für ihn, sodass er in der Höhe brillieren konnte. Er bestand sein Examen glorreich, und alle waren voll des Lobes für ihr Stück. Im Anschluss wurde gefeiert, Klaas fortwährend in ihrer Nähe – ohne Kopfzerbrechen glitt sie in ein Verhältnis mit ihm. Sie war willkommen.

13

»Ich möchte dir nicht den Spaß verderben«, sagte van Dijk in der nächsten Stunde. »Es ist ein gutes Stück, schöne Arbeit, wirklich. Trotzdem habe ich das Gefühl, dass du dich zu sehr nach dem Auftraggeber richtest, zu wenig bei dir bleibst. Ich kann es nicht richtig ausdrücken, ich weiß. Vielleicht ist es ja auch eine Gabe, dass du dazu imstande bist, darum geht es nicht. Mädchen, Mädchen, liebe Alice, was will ich bloß sagen? Dass du schreiben darfst, was aus dir selbst kommt, ungeachtet dessen, für wen du schreibst?«

Er seufzte tief. Alice hatte zugehört, aber ob sie ihn verstand? Sie hatte vor allem gehört, dass er »liebe Alice« sagte. Sie betrachtete ihn andächtig. Ein alter Mann, fast vierzig Jahre älter als sie, ein wenig auf seinem Stuhl zusammengesackt, mit dünner werdenden Haaren und einem Netz von Fältchen rund um die Augen. Aber sie war jung, sie schlief mit dem Trompeter und kaufte neue Kleider.

Es dauerte nicht einmal ein Jahr. Die Orchester im eigenen Land wurden eines nach dem anderen wegrationiert oder durch Fusionen zusammengeschoben, nirgendwo war Platz für einen vielversprechenden jungen Trompeter. Ja, in Kanada, da konnte er unterkommen. Er reiste mit dem Stück von Alice im Gepäck ab. Sie fiel knallhart in das Leben vor Klaas Riedstra zurück. Anfangs hörte sie noch hin und wieder etwas – es gefiel ihm dort, das Orchester war gar nicht schlecht, die Kollegen zugänglich, und er fuhr an seinen freien Tagen in den nahe gelegenen Bergen Ski. Er vermisste sie. Alice erzählte ihm von der Schule, woran sie arbeitete, was ihre Dozenten sagten. Schon bald bewegten sich ihre Lebenswelten so weit auseinander, dass die Kommunikation immer schwieriger wurde, bis es unwahrscheinlich geworden war, dass der eine wirkliches Interesse an dem anderen hatte. Wenn er wirklich gewollt hätte, mit mir, wäre er hiergeblieben. So dachte Alice, und wer weiß, vielleicht hatte er ähnliche Gedanken über sie. Wartete sie, bis er schreiben würde: Komm her, ich kann nicht ohne dich sein? Wenn sie ihm schrieb, fühlte sie sich unbeholfen, und alles, was sie zur Sprache brachte, wirkte stümperhaft und überflüssig. Dennoch hatte sie ein starkes Bedürfnis, ihn zu erreichen. Sie begann damit, das Trompetenkonzert zu einem Solokonzert umzuarbeiten, mit Streichern dazu, Hörnern, Fagotten, Oboen, ja sogar Flöten. Sie montierte einen wüsten, unruhigen Mittelteil hinein und schrieb den Schluss zu einem überwältigenden, düsteren Finale um. Das wird ihn lehren, dachte sie.

Van Dijk war still, als sie ihn die vollen Blätter sehen ließ. Er nahm sie mit. In der nächsten Stunde verhielt er sich distanzierter als sonst. Er hält nichts davon, wusste sie, er ist enttäuscht. Aber nein, er hatte ihr Manuskript an seinen eigenen Verlag geschickt. Der wollte es drucken und die Stimmen ausschreiben lassen. Nach ein paar Wochen musste sie die Druckfahnen korrigieren und einen Vertrag unterzeichnen. Dann kam der Tag, da der Briefträger klingelte, um ein dickes Paket abzuliefern. Konzert für Trompete und Orchester. Darunter: Alice Augustus.

»Der Verleger rechnet damit, dass es aufgeführt wird«, sagte van Dijk. »Sie schicken es herum. Sie halten es für ein geeignetes Stück. Verkäuflich.« Sie ließ ein Exemplar an Klaas senden und erhielt keine Reaktion, doch aus der Jahresabrechnung war ersichtlich, dass sein Orchester das Konzert aufgeführt hatte. Tantiemen bekam sie. Weiter nichts.

Svea hatte für Alices Kummer Verständnis gehabt, sie hatte gekocht, sich Spaziergänge ausgedacht, getröstet, wo immer möglich. Doch Verständnis ist endlich, das Wohlwollen nahm ab und wich Ermunterung, Aufstachelung, Ungeduld. Sie sollte es jetzt mal auf sich beruhen lassen, fand Svea, sich wieder zusammenreißen, weitermachen mit ihrem Leben. »Was ist mit dir?«, fragte Alice. »Warum muss ich weitermachen? Ich weiß doch selbst, wann das geht, oder?«

Svea strahlte. Ihr Gesicht war voller, und ihr Blick hatte sich verändert, stärker nach innen gerichtet, bemerkte Alice. »Ich bin schwanger«, sagte ihre Freundin. Obwohl sie Sven öfter im Haus herumscharwenzeln hörte, war es für Alice doch eine komplette Überraschung. Ein Kind. Was fiel ihnen ein. Jetzt habe ich ausgedient, braucht sie mich nicht mehr. Macht sie weiter, und ich bleibe zurück. Es fiel ihr schwer, etwas Nettes dazu zu sagen, und sie hörte selbst, dass ihr Kommentar formell und gekünstelt herauskam. Das Gespräch widmete sich schon bald den praktischen Dingen – wie würde Svea die Mutterschaft mit ihrer Ausbildung vereinbaren, mit der anschließenden Arbeit, und würde sie umziehen? Alice würde allein in der Wohnung zurückbleiben. Insgeheim war ihr das ganz lieb, und in Gedanken richtete sie Sveas Zimmer bereits als Arbeitszimmer ein. Hau ruhig ab, dachte sie, mit deinem Bauch und deinem hingebungsvollen angehenden Vaterlein, es kann mir gar nicht schnell genug gehen. Ich kaufe einen schönen Tisch, groß, verstellbar; ein elektrisches Klavier, einen größeren Bücherschrank. Ich kann es nicht erwarten.

Doch im Unterricht bei Duk van Dijk saß sie plötzlich weinend da. »Was ist denn jetzt los, was ist mit dir?«, fragte er erschrocken. »Du hast einen solchen Erfolg mit deinem Konzert, du wirst herausgegeben, aufgeführt, warum dann diese Tränen?«

Ja, das wusste er natürlich nicht, er kennt von mir nur eine Seite, dachte sie. Eine Frau, die Musik erdenkt, zu der er auf diesem Gebiet eine große Verwandtschaft empfindet. Er weiß, dass ich manchmal verlegen bin, mich als Außenseiterin fühle, aber er weiß auch, dass ich das nicht so schlimm finde. Vom Rest, von diesem schwarzen Mist in mir, hat er keine Ahnung.

»Ich würde mich freuen, wenn du einfach erzähltest, was los ist«, sagte er. »Hast du immer noch Kummer wegen Klaas, ist es das?« Er hatte seine Mappe nicht aufgeschlagen, fragte nicht nach den Entwürfen, die sie mitgebracht hatte, sondern wartete geduldig ab, die Augen auf ihr Gesicht gerichtet. Sie schwieg. »Es wird bestimmt wieder vorübergehen«, fuhr er fort. »Es fühlt sich jetzt vielleicht elend und hoffnungslos an, aber das Gefühl legt sich, das ist sicher. Nach jeder zerbrochenen Beziehung kommt irgendwann wieder ein Gleichgewicht und eine neue Perspektive, das kann ich dir versichern. Ob es nun um eine Freundschaft, eine Liebschaft oder deine Eltern geht. Der Kummer legt sich. Außer vielleicht, wenn es deine Kinder betrifft.«

Da war es an *ihm* zu schweigen. Alice fragte sich, ob er

vielleicht Kinder hatte, die er nie sah. Sie wusste eigentlich nichts über ihn, nichts Persönliches. War das gut oder schlecht? Er blickte jetzt bedrückt, war er ein machtloser Vater? Die Wendung, die das Gespräch auf einmal genommen hatte, ließ sie noch heftiger weinen. Er gab ihr sein Taschentuch. »Meine beste Freundin kriegt ein Kind«, sagte sie, nachdem sie sich die Nase in die makellose Baumwolle geschnäuzt hatte. »Ich weiß nicht, was ich davon halte. Ich habe Angst, dass der Zug für mich abfahren könnte, denke ich.«

Van Dijk richtete sich auf seinem Stuhl auf. »*Zug*? Wovon redest du? Da ist kein Zug. Da ist ein Ozeandampfer, der unbeirrbar auf den Horizont zusteuert, und da bist du drauf! Du bist eine Komponistin, das weißt du doch. Und wenn das deine Leidenschaft, deine Bestimmung ist, solltest du dir Kinder aus dem Kopf schlagen. Es gibt doch nicht einen einzigen bedeutenden Komponisten, der Kinder hat, oder? Na ja, Bach, der hatte wohl an die zwanzig, aber er ist eine Ausnahme. Seither hat kein Komponist mehr ein Kind gekriegt. Das *geht* einfach nicht.«

»Das stimmt nicht«, murmelte Alice mit dem klammen Taschentuch in den Händen. »Mozart hatte doch zwei Söhne? Und Mahler, mit diesem toten Mädchen? Debussy hatte ein Töchterchen, das weiß ich genau.«

Van Dijk zog die Schultern hoch. »Beethoven!«, sagte er. »Brahms! Schubert, Schumann, Bruckner. Und Liszt natürlich. Chopin, Ravel! Und Haydn, Haydn, Haydn. Du bist in ausgesprochen guter Gesellschaft, wenn du kinderlos bleibst. Ein Kind frisst deine Willenskraft und deine Konzentration. Das sind Dinge, die du unbedingt brauchst, wenn du etwas erschaffen willst. Tag und Nacht, du kannst keine Pause einlegen und das Ganze hinten auf dem Herd auf kleine Flamme stellen. Wenn du das tust, verlierst du den Schwung, und dein Gericht ist verdorben, um bei diesem blöden Vergleich zu bleiben. Wenn du ein Kind kriegen würdest, hättest du als Komponistin ausgedient.«

Er buchstabiert es einfach für mich aus, dachte Alice, es ist *seine* Meinung. Wie ich selbst darüber denke, spielt offenbar keine Rolle. Weiß ich im Übrigen auch nicht. Er wird wohl recht haben.

»Weißt du was? Wir gehen mal kurz raus. Ein Bierchen trinken, gegenüber. Lass die Papiere mal hier liegen.«

14

Alice polterte hinter ihm her zum Flur hinaus, noch unfest auf den Beinen nach ihrem Weinkrampf, in Verwirrung über das eigenartige Gespräch, seine Heftigkeit. Die Außenluft schlug ihr kühl ins Gesicht. Er fasste sie beim Arm, um die Straße zu überqueren, und ehe sie sich's versah, saßen sie einander an einem schmalen Tischchen vor dem Fenster gegenüber, zwei volle Biergläser vor sich. Sollte man wohl »Prost« sagen nach so einem Gespräch? Sollte ich ihn fragen, ob er selbst Kinder hat? Hör lieber auf zu grübeln und zu zweifeln, trink was, warte ab, was passiert. Sie lehnte sich auf ihrem Stuhl zurück und sah ihn an.

»Da ist noch was«, sagte ihr Lehrer, »etwas, das viel wichtiger ist: Denk mal an das Kind, so ein Komponistenkind. Das hat einen Vater, der immer in Gedanken ist, von denen das Kind nichts begreift; der etwas auf der Agenda stehen hat, das Vorrang hat. Immer. Verstehst du?«

Sie nickte. Sie verstand das sehr gut. Sie kannte es nicht anders.

»Als Kind hast du ein Anrecht auf totale Zuwendung von deinen Eltern. Wenn du die nicht bekommst, bist du später nicht für das Leben gerüstet. Und das Leben ist so anspruchsvoll und verwirrend, dass du sehr gut gewappnet sein musst, dass du dich in deinen jungen Jahren im Mittelpunkt aller Aufmerksamkeit fühlen musst, jede erdenkliche Hilfe und jedes Verständnis bekommen musst bei den Aufgaben, vor die du gestellt wirst. Diese totale Zuwendung kannst du nicht bieten, wenn du Komponist bist, denn die gilt schon deiner Arbeit.«

Er schaute während seiner feierlichen Ansprache so unglücklich drein, dass sie unwillkürlich die Frage stellte, die sie schon eine Weile beschäftigte.

»Ja«, antwortete er, »ich habe einen Sohn, inzwischen ein erwachsener Mann. Er lebt in Australien. Weiter weg geht fast nicht. Ich sehe ihn nie. Wenn er mal hier ist, trifft er sich mit seiner Mutter. Er ist Zeichner. Er macht Comics. Also steckt die Freude am Erzählenden, am Formgeben schon drin. Vielleicht hat er das von mir.«

»Wenn du weißt, wo er wohnt, kannst du doch zu ihm fahren? Oder ihn am Flieger erwarten, wenn er herkommt. Alle Comiczeichner-Konferenzen abklappern! Dich vor seiner Haustür postieren!«

Müde, gequält sah er sie an. Ihr wurde bewusst, dass sie rot geworden war, dass sie zu laut sprach, dass sie an die äußerste Kante ihres Stuhls vorgerutscht war.

»Woher diese Erregung?«, fragte van Dijk. »Hast du selbst einen garstigen Vater? Wurdest du misshandelt, missbraucht? Darüber beklagen sich junge Frauen heutzutage schon mal. Oder sie lassen es sich in irgendeiner Popeltherapie einreden.«

Er hätte ihr genauso gut, oder vielleicht besser, einen Schlag ins Gesicht geben können. Ich lasse mich nicht zum Schweigen bringen, dachte sie, mir alle diese Meinungen, die er hat, um die Ohren hauen.

»Nein. Ich muss dich enttäuschen. Mein Vater hat mich nie geschlagen und nie missbraucht. Mit keinem Finger hat er mich angerührt.« Sie presste ihre Lippen fest aufeinander.

Van Dijk sah jetzt eher neugierig als böse aus. »Warum redest du von Enttäuschung? Eine komische Wortwahl, finde ich. Es ist doch nur prima, wenn dein Vater dich nicht in deinem Schlafzimmerchen belagert, oder? Warum sollte *ich* darüber enttäuscht sein?« Er hielt inne, um einen Schluck Bier zu trinken. Es war kurz sehr still an ihrem Tisch. In viel leiserem Ton sprach er weiter, während er ihre Hand ergriff.

»Bist du selbst enttäuscht, könnte das sein? Ein Vater, der dich schlägt, ein Vater, der dich sexuell belagert, hat jedenfalls Interesse an dir, braucht dich, hat wie auch immer heftige Gefühle, dir gegenüber. Ist es das?«

Nichts konnte sie mehr herausbringen. Sie nickte schweigend. Er hat ins Schwarze getroffen, dachte sie, es ist idiotisch, aber wahrscheinlich trotzdem wahr. Ich selbst traue mich das gar nicht zu denken: dass ich lieber von ihm belästigt, bedroht, belagert worden wäre als ignoriert. Verwahrlost. Auch so ein modisches Wort. Ich spielte einfach keine Rolle. Und das hätte ich schon gern getan.

Sie tranken ihre Gläser aus und überquerten die Straße zum Konservatorium. Eine Stunde lang beugten sie sich über Alices jüngstes Werk. Van Dijk war sorgfältig und erfinderisch in seinen Kommentaren. Er wollte haarklein wissen, was sie im Kopf hatte, und half ihr dabei zu überlegen, wie sie das in ihrer Partitur realisieren könnte. Nach der Stunde ging sie leichten Schrittes zur Tür hinaus, zu ihrer eigenen Überraschung gut gelaunt und voller Verlangen, an ihrem Stück weiterzuarbeiten. Und das nach einem so gruseligen und heftigen Gespräch. Es war ihr unerklärlich. Sie war nicht böse, nicht entrüstet. Sie hätte ihm gern geholfen, so wie er ihr half. Geholfen, seinen Sohn wiederzufinden. Frieden zu schließen damit, wie sein Leben verlaufen war. Sie erinnerte sich an das erste Mal, da sie ihn gesehen hatte, ein Kind war sie damals. Wie fröhlich er gewesen war, wie nett zu den Musikern, wie erfreut über die Aufführung seines Werks. Wenn man bei Kollegen und Schülern so beteiligt war, konnte man doch kein schlechter Vater sein? So ein Quatsch, das war sehr wohl möglich. Man war immer mehrere Menschen gleichzeitig. Sie jedenfalls.

15

»Ich finde, dass du mal Unterricht bei Haneman nehmen solltest, gerade neu eingestellt. Ein junger Mann. Hat bei Boulez studiert, unter anderem. Das sagt natürlich nichts, aber er ist gut, sehr begabt. Was ich zu erzählen habe, weißt du inzwischen zu gut, es wird Zeit, dass du mal was Neues hörst.«

Sie hatte ihn schon mal in der Kantine sitzen sehen, diesen Neuen, inmitten der Jungs der Kompositionsklasse. Wüster Busch roter Haare über einem blassen, knochigen Gesicht. Nicht in Schwarz, sondern mit einer grünen Hochwasserhose. Lederstiefel. Ein hochgeschossener Waldschrat also. Und dem sollte sie ihre Entwürfe und Pläne zeigen? Van Dijk stand mit dem Rücken zu ihr und kramte in seinen Papieren. Sie war sich plötzlich sicher, dass er genug von ihr hatte. Sie packte ein.

»Also komme ich nicht mehr hierher?«, fragte sie, als sie schon in der Tür stand. Er drehte den Kopf zu ihr. »Nein. Na ja, wenn du mal was Neues hast, kannst du in den Gruppenunterricht kommen, ich halte dich nicht davon ab.«

Nasser Waschlappen, so fühlte es sich an. Verschwommen durch ihre Tränen blickend, polterte sie die Treppe hinunter. Hätte nie mit ihm in die Kneipe gehen dürfen. Viel zu intime Gespräche. Er lernt mich kennen und verliert dann das Interesse. Hätte den Mund halten sollen.

Svea war mit Umzugskartons zugange. Die geht auch weg, dachte Alice, sie verlassen mich alle. Trotz dieses Gedankens musste sie lachen, es war ein Melodram, das Ganze. Jetzt erst mal ein bisschen Geschleppe mit Töpfen und Pfannen, Büchern, Vasen, Sachen, die aus dem Haus mussten.

»Alles gut?«, fragte ihre Freundin. »Hattest du Unterricht?«

»Er hat mich abserviert. Er will, dass ich zu einem andern gehe. Einem jungen, bestimmt sehr vielversprechenden Mann. Wäre gut für mich, sagt er.«

»Und, ist er nett, dieser neue Lehrer?«

Alice zuckte die Achseln. »Er heißt Haneman. Schon mal von dem gehört? Hat irgendwo in Frankreich oder der Schweiz studiert, glaube ich. Er sieht auch aus wie ein dürrer Hahn.«

»Wir haben was von ihm gesungen in der Chorklasse. Motetten, ich fand sie schön. Schwierig, aber schön. Machst du's?«

»Ich werde wohl müssen. Van Dijk will mich nicht mehr sehen. Er habe schon alles erzählt, sagt er. Ich fühle mich belämmert. Was soll ich jetzt tun?«

»Du sollst überhaupt nichts«, sagte Svea entschieden. »Du weißt doch gar nicht, was das zu bedeuten hat. Vielleicht will van Dijk frühzeitig in Rente gehen und bereitet das langsam vor. Die fortgeschrittenste Schülerin muss dann als Erste weg, so was. Oder er hat Angst, dass er sonst zu sehr an dir hängt. Oder er will, dass du selbstständig wirst. Oder er ist krank. Du weißt es nicht, also kannst du dich am besten nach den Fakten richten. Nimm es nicht so persönlich. Wahrscheinlich hat es mehr mit ihm als mit dir zu tun.

Und vielleicht ist es ja nett, bei diesem Hahn. In einem Jahr machst du deinen Abschluss. Du publizierst bereits, sie führen dich auf – worum geht es hier eigentlich? Du brauchst keinen Unterricht mehr.«

Nein, vielleicht hatte sie recht. Geld verdiente sie auch schon, genug, um die Miete für die ganze Wohnung bezahlen zu können, wenn Svea zu Sven zog. Über einen Typen, der bei einem Aufnahmestudio arbeitete, war sie mit einer Werbeagentur in Kontakt gekommen, die Musikhäppchen benötigte. Was sie machte, gefiel ausgezeichnet, sie bekam einen Auftrag nach dem anderen. Lebensversicherungen, Kopfschmerztabletten, Hundefutter – es war ihr einerlei.

16

Beim neuen Dozenten nahm sie ein Streichquartett in Angriff. Er verstand was davon. Er war freundlich. Interessiert. Hilfsbereit. Sie fühlte sich weiterhin mies und bedrückt. Sie schlief zu viel, und sie aß zu wenig. Es kam eine Zeit, da sie nicht mehr in die Schule ging und kaum noch aus dem Bett kam. Svea schleppte sie zum Hausarzt, der ihr eine Überweisung für Psychotherapie ausstellte. Sie geriet an eine etwa sechzigjährige Frau. Sie weinte nur. Die Frau saß ruhig dabei. Zwischen den Weinkrämpfen erzählte Alice von ihrem bisherigen Leben. Von ihrem jetzigen Leben. Reglos saß sie in dem Sessel, jede Woche, fünfzig lange Minuten. Sie begann wieder, etwas zu essen. Sie setzte sich an ihren Schreibtisch, knipste die Lampe an und schaute auf das Stück, das sie bei Haneman machte. Sie ging zum Unterricht. Sie menstruierte wieder. Regelmäßigkeit.

Im Anschluss an die Stunden hing sie in der Schule herum. Manchmal ging sie in einen leer stehenden Klassenraum und übte auf einem abgewetzten Flügel eine Haydn-Sonate. Wenn sie Glück hatte, riss der Klang sie mit, und sie war eine Stunde lang von sich und ihren Gedanken erlöst. Abends, in der leeren Wohnung, las sie in der Sammlung mit Haydns Briefen. Wie untertänig er sich benahm, wie übertrieben seine Höflichkeitsfloskeln und wie vorsichtig die Formulierung seiner Forderungen und Gesuche! Nicht so schnell ärgern, dachte sie, der Mann war abhängig, er musste wohl oder übel. Außerdem gehörte diese Schreibweise in seine Zeit, ich sollte nicht mit den Augen von heute darauf blicken. Trotzdem scheint es so, als hätte er sich überall beliebt machen und jedem zu Willen sein wollen. Bis auf eine. Zu ihrer Überraschung schrieb er einfacher und persönlicher an Marianne von Genzinger, als wäre sie eine liebe Freundin. Er komponierte Klaviersonaten für sie und erläuterte geduldig, wie sie diese zu spielen hatte. Sie bearbeitete Teile aus seinen Sinfonien, sodass sie diese auf ihrem Klavier ausführen konnte. Sie war verheiratet, ihr Mann war der Leibarzt von Fürst Esterházy. Haydn gab ihren Kindern Unterricht. Es blieb alles innerhalb der Grenzen der Schicklichkeit, so schien es. Nur am Ton und am Inhalt der Briefe konnte man erahnen, dass sich Haydn bei dieser Frau wirklich zu Hause fühlte. Seitenlang schrieb er ihr über Essen – was er bei *ihr* wieder Köstliches gegessen hatte und wie sehr er sich danach sehnte. Welche Widerlichkeiten auf seinem Teller lagen, wenn er nicht bei ihr am Tisch saß. Ob er gut schlief oder nicht, und warum. Nach dem Tod seines Schirmherrn Nikolaus, dessen Nachfolger nicht viel von Musik wissen wollte und dem gesamten Orchester den Laufpass gab, flüchtete Haydn zuerst nach Wien und dann nach London. Sein Freund Mozart starb plötzlich, und Haydn wurde von Trübsinn übermannt. Er schrieb trotz seiner Depression weiter an Genzinger, er sah sie vor sich, er hörte sie sprechen, bezeugten seine Briefe. Sie war sein Halt, während alles um ihn her in Auflösung zu sein schien. Ein kummervoller alter Mann in einem fremden

Land, dessen Sprache er nicht verstand. Er hatte enorme Erfolge und verdiente viel Geld, aber er vermisste seine einzige echte Freundin. Aus England schickte er ihr Sticknadeln, die sie brauchte. Diese Tatsache machte auf Alice eigentlich am meisten Eindruck.

Sie suchte die Sonate heraus, die er eigens für Genzinger komponiert hatte, Es-Dur, mit einem imposanten Adagio und einem Eröffnungsteil, in dem Haydn mit seiner Geliebten zu sprechen schien und sich flehend um sie herumwand. »Geht es vielleicht doch?«, fragte der eine die andere. »Nein, es *geht* nicht«, war die Antwort. In absteigenden Linien verwoben sich die Stimmen miteinander, ganz und gar Kummer und Verlangen, in diesen Gefühlen waren sie endlich zusammen. Am Ende schienen sie in trauriger Hinnahme ihres Schicksals vereint zu sein, bis einer von beiden, Haydn, dachte Alice, im vorletzten Takt mit Wucht zu einer wütend ansteigenden Tonleiter ansetzte. Protest, in die Terz mündend, sodass im Schlussakkord doch noch eine verzweifelte Frage durchklang.

Das alles hatte der Komponist für seine Freundin empfunden. So dankbar war er für ihre Aufmerksamkeit, ihre Zuwendung, ihr Vermögen, ihn sich selbst sein zu lassen. So überzeugt war er, dass sie seine Sprache begreifen und teilen würde.

Im kälter werdenden Klassenraum saß Alice und spielte, versunken in ihrer Fantasie über die hoffnungslose Liebe zwischen Haydn und seiner Freundin. Sie hörte erst auf, als es zu dunkel wurde, um die Noten noch lesen zu können. Ein Schatten flog um die Ecke, als sie auf den Flur hinaustrat. Van Dijk. Sein Rücken. Hatte er ihrem Spiel zugehört? Hatte er die unverhüllten Liebesbezeigungen, die Verzweiflung über die unmögliche Leidenschaft gehört? Unsinn, er war zufällig vorbeigelaufen und hatte wahrscheinlich gedacht: Da sitzt wieder so ein mittelmäßiger Schüler und malträtiert ein schönes Stück Musik mit seiner Sentimentalität. Unten angekommen schaute sie sich verstohlen um, blickte sogar kurz durch die Kantinentür. Nirgends zu sehen. Vielleicht war es gar nicht sein Rücken gewesen.

17

Das letzte Jahr vor ihrer Abschlussprüfung; sie versuchte, sich aufzuraffen. Haneman schlug ihr vor, ein Chorstück zu machen. Die menschliche Stimme und ihr Idiom waren etwas, das sie nie tiefgreifend studiert hatte, vielleicht weil Worte so unentrinnbar sind, unmissverständlich, die Musik mit Bedeutung vollstopfend.

»Muss es wirklich auf einen Text sein?«, fragte sie besorgt. Haneman musste lachen.

»Ich denke schon«, sagte er. »Das kann gerade die Kraft des Stücks sein. Und die Begrenzung ist durchaus stimulierend. Ein Gedicht gibt dir schon den Rhythmus vor, die Phrasierung und die Atmosphäre. Es ist eine Herausforderung, innerhalb dessen etwas Eigenes zu errichten.«

Shakespeare-Sonette, regte er an. Die fand Alice viel zu schwierig, die Hälfte davon verstand sie nicht. Als sie sich bei Svea beklagte, die in ihrer neuen Wohnung mit riesigem Bauch breitbeinig auf dem Sofa saß, schaute Sven ins Bücherregal. Er kam mit einer Anthologie deutscher Poesie zurück. Auf Deutsch, nicht übersetzt. »Deutsch ist doch gut, für Lieder, oder?« Alice sah sich das abgegriffene Bändchen an. Sie könne es mitnehmen. Seufzend steckte sie es in ihre Tasche.

Als sie es zu Hause durchblätterte, stieß sie auf ein Gedicht mit dem Titel »Trompeten« von Trakl. Sie wusste sofort, dass es dieser Text werden sollte, die Trompeten riefen sie, daran führte nichts vorbei. Der Unheil verkündende Rhythmus faszinierte sie, und die unzusammenhängenden, angstvollen Traumbilder schienen ihre eigene Musik zu machen. Als habe der Dichter das Ganze nicht mehr zusammenhalten können, ein Bild verdrängte das andere. Ein Männerchor, dachte sie, nicht zu groß. Ein Klagegesang, nicht zu explizit.

Haneman nickte so heftig, dass seine roten Haare flogen. »Ja, ja«, sagte er, »das ist was, gut gemacht, kompakt, hübsche Schlagzeugeffekte mit diesen Plopplauten der Bässe. Wunderbares Ende auch, mit all den Wiederholungen. Bestens geeignet für die Aufführung bei deiner Abschlussprüfung – wenn der Chor mitarbeitet, aber das tun sie bestimmt. Darf ich die Partitur bis zur nächsten Stunde behalten?«

Eine Woche später stieß sie in der Kantine unerwartet auf van Dijk. »Ein starkes Stück hast du geschrieben«, sagte er. Alice ließ vor Schreck ihren Kaffeebecher fallen, heiße Spritzer regneten auf ihre Beine. Auch van Dijks Hosenbeine waren dunkel besprenkelt.

»Lauf jetzt nicht weg. Wir räumen das schnell auf, nichts passiert. Nicht weggehen!« Sie ließ sich auf einen Stuhl fallen und schaute zu, wie er mit Handbesen und Schaufel die Scherben zusammenkehrte und wegbrachte.

»Du fehlst mir«, sagte er, als er zurückkam. »Ich sage es einfach mal. Du fehlst mir. So ist es.«

Sie saßen eine Weile schweigend beisammen. Um sie herum Geschwätz und Gejohle, girrende Sängerinnen, Gepolter mit Instrumentenkoffern, Stuhlbeine, die scharf über den Boden schrappten. Zwischen ihnen beiden: Stille.

»Warum machst du kein Diptychon daraus? Kennst

du das Gedicht von Hölderlin, »Hälfte des Lebens«? Das würde hier gut anschließen.« Alice fischte Svens Anthologie aus ihrer Tasche und las. Er ist selbst schon über die Hälfte hinaus, dachte sie – denkt er *so* darüber, so verzweifelt? Nein, er hält es einfach für ein gelungenes Gedicht. Im Kopf hörte sie schon, beim Einsatz der zweiten Strophe, einen einsamen Tenor aus der Menge emporsteigen: »Weh mir«, und sie knickte eine Ecke der Seite um.

»Ich werde sehen«, sagte sie. »Können wir auch über etwas anderes als die Arbeit reden? Was willst du, warum sitzen wir hier?«

Van Dijk rieb sich über das Gesicht. »Lass uns gehen. Deprimierende Umgebung. Wir gehen Muscheln essen. Austern und Krebse. Komm.«

Dann saßen sie auf einmal in einem hohen Raum unter funkelnden Kronleuchtern – Spiegel über der braunen Vertäfelung, schwarz gekleidete Ober mit silbernen Platten voller Krabben und Muscheln, die sie über dem Kopf hielten, Licht, viel Licht auf dem Weißwein, den Zitronen, den blütenweißen Servietten. Während sie mit der Krebsschere und den schmalen Brecheisen herumhantierte, fand die Metamorphose statt, und Alice verwandelte sich von der Schülerin in die Freundin. Es passierte von selbst, sie tat sich in keinster Weise Gewalt an. Er saß neben ihr, »dann sehen wir dasselbe«, und mühelos erkannte sie in ihm den Mann von damals wieder, als sie ihn zum ersten Mal, als Dreizehnjährige, gesehen hatte. Der Ober lächelte, wenn er eine frische Fingerschüssel oder einen neuen Krabbenknacker brachte. Frieden, selbstverständlicher Frieden, als käme sie nach Hause in eine warme Wohnung, wo auf sie gewartet wurde.

18

»Ich rieche Austern«, sagte Svea, als sie Alices Mantel aufhängte. »Wo kommst du her? Möchtest du Kaffee? Du siehst durchgevögelt aus, liege ich richtig? Aber glücklich. Erzähl!«

Svea studierte das Gesicht ihrer Freundin mit Andacht. Sie mussten beide lachen.

»Er war schon immer verrückt nach dir«, sagte Svea, als Alice zu Ende erzählt hatte. »Er hat sich bestimmt zurückgehalten, weil er dein Hauptfachlehrer war. Jetzt, wo du bei Haneman bist, geht es.«

»Es geht immer«, fand Alice. »Das Konservatorium ist doch ein summender Bienenkorb, lauter merkwürdige Beziehungen. Das lässt einen übrigens härter arbeiten, weißt du, das Trompetenkonzert konnte ich nur schreiben, weil ich so verliebt war, wirklich. Aber da war ich in einen anderen Schüler verliebt, also das zählt vielleicht nicht. Es muss wirklich sehr schlimm sein, wenn sie einen Dozenten rauswerfen, das passiert nie. Schüler, die verschwinden manchmal. Oder sie wechseln den Lehrer.«

»Na, dieser Cellist, gleich dreimal mit einer Schülerin unter dem Flügel erwischt – der hat schon einen Verweis bekommen.«

»Manchmal wird es auch eine normale, nette Beziehung. Oder?«

»Ja, dann heiraten sie und leben noch lange und glücklich. Bei dir ist das natürlich nicht drin, denn van Dijk ist schon hochbetagt, der hat nicht mehr so lange.«

»Ja. Steinalt. Er geht demnächst in Rente! Weißt du, dass ich das überhaupt nicht wahrnehme?« Sie prusteten vor Lachen, Svea hielt sich den Bauch, und Alice hing wie ohnmächtig auf ihrem Stuhl.

»Er wird wohl Vorsitzender deiner Prüfungskommission sein. Was wird er für eine Ansprache halten? Haltet ihr es geheim, bis du von der Schule bist? Erzählst du es deinen Eltern?«

Daran hatte Alice noch keinen Moment gedacht, es fühlte sich an, als stünden ihr Vater und ihre Mutter plötzlich mit im Raum und verursachten einen drastischen Temperatursturz. Aber wieso eigentlich? Ich fühle mich so erleichtert, so unantastbar jetzt; was kann da passieren? Ich sollte sie einfach zur Abschlussprüfung einladen. In so einem Saal voller Menschen verdünnt sich ihr Gift ganz von allein. Ich könnte sie Duk vorstellen. Soll ich dann »mein Dozent« sagen oder »mein Freund«? Sie kicherte.

»Ich weiß es wirklich nicht. Ich muss los. Eigentlich muss ich an dem Chorstück weiterarbeiten, aber zuerst gehe ich schlafen.«

Alles nimmt seinen Lauf, dachte sie, die Zeit rast dahin, und ich rase mit. Die *Klagegesänge* waren vollendet, zwölf Mitstudenten würden sie unter Leitung des Dozenten der Chorklasse ausführen, ein Datum war festgelegt, und die Kommissionsmitglieder waren eingeladen worden. Van Dijk als Vorsitzender, Haneman, ein Theoriedozent und zwei externe Komponisten, einer von einem Schwesterkonservatorium und einer aus Deutschland. Außer dem Chorstück würde ein Instrumentalwerk aufgeführt werden, das Streichquartett, das sie vor zwei Jahren geschrieben hatte. Sie musste ein Kleid kaufen, oder einen hübschen Blazer. Sie musste ihre Eltern in Kenntnis setzen. Oder nicht.

»Fast schon gruselig«, sagte Duk van Dijk, »dass du imstande bist, dich völlig von Menschen abzuwenden. Überhaupt kein Kontakt, nichts! Du lässt sie fallen, und es kümmert dich nicht mal mehr. Eigentlich höchst aggressiv. Oder sehe ich das falsch?«

Alice schwieg. Er greift mich an, er findet es falsch, bösartig, feindselig. Aber so ist es nicht, ich muss das tun, um mich selbst zu schützen. Wenn Menschen dich lähmen oder kaputtmachen, musst du das Weite suchen. Wenn keine Chance auf Anteilnahme oder Verständnis gegeben ist, auch. Wenn sie dich nicht sehen. Dann ist es sinnlos, weiter mitzuspielen, in ihrem kranken Theaterstück. Dann musst du die Flucht ergreifen.

»Was haben sie dir getan. Ist es *so* schlimm?«

Sie sah ihn an. »Gar nichts. Das habe ich dir schon mal erzählt. Sie haben mich nicht misshandelt. Sie haben es wahrscheinlich gut gemeint, im Rahmen ihrer Möglichkeiten. Sie haben nicht verstanden, warum ich weggegangen bin. Künstlerische Flausen, denken sie vielleicht. Charakterfehler. Da war nichts, was mich mit ihnen verband. Meine Mutter betrachtete mich mit Missbilligung und Abscheu, mein Vater mit Gleichgültigkeit. Das hat mich mitgenommen, und ich konnte mich dem nicht länger aussetzen. Nicht, weil ich selbst fand, dass ich mehr wert war, nein, sie hatten vielleicht einfach recht, denke ich manchmal. Ein unmögliches Kind, lästig und belanglos. Kann sein. Ich musste mich retten, so pathetisch das auch klingt. Und das ging nur, indem ich die Sache beendete. Wegging. Nicht mehr mitmachte.«

Er nickte. Er nahm sie in die Arme. Bei ihm kein Abscheu, kein Desinteresse, keine Missbilligung.

19

Jetzt, auf dem Fahrrad, mit dem grauenvollen Krankenhaus im Rücken, fragt sie sich, warum sie an die Beziehung mit ihrem Lehrer zurückdenkt. Weil ich mich auch jetzt wohlwollend betrachtet fühle durch einen älteren Mann mit Macht auf einem Gebiet, in das ich liebend gern hineinwill? Durch diesen Arzt, von dem ich abhängig bin? Soll ich jetzt etwas mit ihm anfangen? Er würde sofort ein Disziplinarverfahren am Hals haben. Diese Dinge haben sich geändert, auch am Konservatorium. Man hat Vertrauenspersonen angestellt, um dem Problem Herr zu werden, das man früher »unerwünschte Intimitäten« nannte. Jetzt nennen sie es »grenzüberschreitendes Verhalten«, darüber kann man bei Beschwerdekommissionen und geheimen Meldestellen Bericht erstatten. Aber es passiert natürlich trotzdem, das ist nicht aufzuhalten. Der Schüler bewundert, der Lehrer sonnt sich in dieser Anbetung. Der Schüler hat ein Unvermögen, einen Rückstand, eine Unwissenheit. Der Lehrer ist der Einzige, der da Rat und Hilfe bieten kann. Zwei volle Stunden pro Woche zusammen in einem geschlossenen Raum, auf den Körper des anderen blickend, die Stellung des Rückens, die Spannung in den Muskeln. Auf die Atmung horchen, eine große warme Hand auf dem Bauch – ein Kuss auf den verschwitzten Hals. Heutzutage bauen sie

Unterrichtsräume mit Fenstern in den Türen, sodass jeder vom Flur aus hereinschauen kann. Aber die Ecken, die zum Flur hin liegen, kann man nicht einsehen. Es ist gut, dass es diese Tribunale gibt, zweifellos. Es wäre noch besser, wenn die Schüler der Ungleichheit besser gewachsen wären und weniger geneigt, Abhängigkeit als Verliebtheit zu interpretieren. Unmöglich. Ich fühle es selbst, und ich bin schon fast vierzig. Ich könnte mir ohne Weiteres einbilden, dass van Pasen meine einzige Rettung ist, der Einzige, der mich bemitleidet, der sich um mich kümmert, der mich versteht. Tag und Nacht an ihn denken, über ihn fantasieren, ohne Beschwernis zu seiner Sprechstunde radeln, im Gegenteil, mit Freuden.

Höhnisches Auflachen, laut, sie erschrickt selbst darüber. Hat die Beziehung mit Duk mir geschadet? Ach wo, das glaube ich nicht. Hat er mich benutzt, um seine eigenen Wünsche zu erfüllen? Bestimmt. Und ich ihn auch. Ich hatte ihn und das, was er mir zu geben hatte, dringend nötig. So eine Abschlussprüfung, ein Horror, wenn man ganz allein dazustehen meint. Ich war nicht allein, er stand hinter mir. Buchstäblich.

~

Sie hatte ihre Eltern eingeladen, eine offizielle Einladung, gedruckt auf schönem Papier. Sie hatte dazugekritzelt, dass sie es nett finden würde, sie dort zu sehen. Nicht dass sie das wirklich so meinte, aber dennoch. Sie waren erst spät gekommen und hatten sich hinten in den Saal gesetzt. Berstend voll war es: Schüler, die mit ihr in den Solfeggiostunden und in der Chorklasse gewesen waren, die in ihren Stücken mitgespielt hatten, der Klavier-Nebenfachdozent, die Lehrer in Kontrapunkt, Harmonie, Instrumentierung. Sogar die Kompositionsjungs waren gekommen. In der vordersten Reihe saß die Prüfungskommission, fünf ernste, kompetente Männer nebeneinander hinter Tischen, auf denen ihre Partituren lagen.

Vier Mädchen spielten ordentlich und gewissenhaft ihr Streichquartett, ein trockenes, akademisches Stück, an dem man ablesen konnte, dass sie das Fach beherrschte. Sie hatte es in der ersten Zeit bei Haneman geschrieben, als sie sich so abgeschoben gefühlt hatte. Jetzt hörte sie peinlich berührt zu. Duk war der Meinung gewesen, dass es sein müsse, eine Probe des Könnens, fand er. Alice war froh, als die Streicher das Podium verließen und der Männerchor auftrat.

Der erste Klagegesang war eine wüste Mischung aus Unheil verkündenden Einfällen. Sie hatte sich völlig gehen lassen, nichts als zu verrückt empfunden. Erst viel später hatte sie die Sache kritisch betrachtet und mehr Linie hineingebracht – wahrscheinlich genau wie der Dichter selbst, seinerzeit. In der zweiten Strophe hatte sie den Klang verändert, um danach besinnungslos einem unbändigen Ende entgegenzusteuern – »Lachen, Wahnsinn, Trompeten«. Sie war zufrieden, dass sie keine echten Trompeten hineinmontiert hatte, viel besser, dass der einsame, durchdringende Trompetenton durch die beiden Tenöre suggeriert wurde. Flüsternd hatte sie den Teil nach dem Getöse abgeschlossen, ausklingend, verschwindend wie die Schatten der Tänzer an der Wand. Sie seufzte und merkte, wie verkrampft sie beim Zuhören dagesessen hatte. Jetzt Hölderlin, auch zwei

Strophen. Im zweiten Teil sang der erste Tenor solo. Nicht sentimental, bloß reine, schiere Verzweiflung. Gut so.

In beiden Gedichten kamen die gleichen Bilder vor: die Mauer, die Schatten, die Fahnen. Davon hatte sie Gebrauch gemacht: Indem sie die gleichen Akkorde, den gleichen Ausdruck und die gleiche Stimmenverteilung anwandte, wurden die beiden Klagegesänge auf unangestrengte Weise zusammengeführt. Das ist so gut, wie ich es kann, dachte sie. Hier hört man, wie ich bin.

Nach dem gewaltigen Applaus ergriff van Dijk das Wort. Was er sagte, ging größtenteils an ihr vorbei, bis ihr bewusst wurde, dass er ihr die Bestnote mit Auszeichnung zuteilte, und Jubel aufkam. Sie hatte es gehört, aber nicht gleich verstanden, es drang erst später zu ihr durch. Sie bekam Blumen, sie musste allen Kommissionsmitgliedern die Hand geben, während das Publikum ohrenbetäubend weiterklatschte. Sie hatte an die Eltern gedacht, dort in der hintersten Reihe.

Zu guter Letzt scharten sich alle in der Kantine zusammen, mit billigem Wein und scheußlichem Salzgebäck. Sie war in dem Gedränge an allen Ausführenden entlanggegangen, um sich bei ihnen zu bedanken. Auf einmal stand sie ihren Eltern gegenüber. Sie nahm sehr bewusst wahr, wie sie sich von einer zufriedenen, kompetenten Komponistin in ein tadelnswürdiges Kind verwandelte. Ihre Mutter hatte schöne Schuhe an, die auf dem abgenutzten Holzfußboden deplatziert wirkten. Was sollte sie jetzt sagen? Sie musste sich für die ganze Aufmerksamkeit, all den Krach, dieses unangebrachte Aufhebens entschuldigen. Sie musste sich schämen. Kein Wort bekam sie heraus.

Da war van Dijk ihr zu Hilfe gekommen. Er legte einfach den Arm um ihre Schultern und erzählte, wie stolz er auf sie war. Er stellte sich vor, er *redete*.

»Wir sind nicht so vertraut mit dieser Musik«, hatte ihr Vater gesagt. Ihre Mutter wechselte in den charmanten Modus, gratulierte van Dijk zur Organisation der Veranstaltung und stellte törichte Fragen über die Kommissionsmitglieder. Er legte Alice die Hand in den Nacken und sagte, dass er sich kurz um die Kollegen kümmern müsse.

»Wieso hast du uns eigentlich eingeladen?« Das Gesicht ihrer Mutter war jetzt starr vor Wut. »Wir kennen hier niemanden. Wir gehen jetzt.«

Alice blickte zur Seite und sah Svea auf einem Stuhl an der Wand sitzen, das Baby auf dem Schoß. Komm her, dachte sie, hilf mir. Sie winkte ihre Freundin heran.

»Svea kennt ihr doch. Sie ist umgezogen. Sie hat gerade ein Kind bekommen.«

Das Baby war ungerührt und schaute mit seinen großen Augen auf die Gesichter um sich her. Alles registrieren, speichern, noch nichts verarbeiten können, vielleicht schon einigermaßen in grobe Kategorien ordnen können – bekannt, unbekannt.

Alices Mutter überschlug sich in bewundernden Kommentaren: so eine blühende junge Mutter, so ein vollkommenes Kindchen, einfach bezaubernd anzusehen, Sveas Eltern würden wohl mächtig stolz und glücklich sein. Alice war wie erstarrt daneben stehen geblieben, erleichtert, dass die Aufmerksamkeit woandershin ging, aber bedrückt darüber, dass sie niemals ein solches Lob erhalten würde. Manche Menschen bekämen besser keine Kinder, hatte Duk mal zu ihr gesagt. Ein Elternschaftsexamen sollten sie ablegen müssen, und wer durchfiel, bekäme ein Fortpflanzungsverbot. Meine Eltern würden glorreich bestehen, dachte Alice, keinerlei Probleme. Harmlose Menschen, nichts dran auszusetzen, schau nur.

20

Sie ist kaum zu Hause, da klingelt das Telefon. Mark. Er will wissen, wie der Arzttermin gelaufen ist und was vereinbart wurde.

Gut, sagt er, das ist gut, so machen wir's.

»Hast du Lust, was zusammen essen zu gehen? Wir könnten uns in das Lokal beim Büro um die Ecke setzen, ich habe bis zwei Uhr keine Termine.«

Wieder zur Tür raus, wieder weg vom Schreibtisch, vom sicheren Dachboden, von der Komponistenillusion? Ja, mach's einfach, du bist doch seine Partnerin, seine funktionsuntüchtige Frau. Musik kannst du immer noch machen. Trotzdem radelt sie mit einem Gefühl von Enttäuschung zu der Verabredung. Sie kommen gleichzeitig an. Mark hat nicht mal einen Mantel an, er ist einfach in seinem schönen Anzug aus dem Büro hergelaufen. Er fährt sich mit der Hand durchs Haar und küsst sie. Er fragt, ob es schlimm war.

»Ich finde alles schlimm dort. Und ich bin nicht sicher, ob es je klappen wird. Ich habe ständig das Gefühl, dass ich das ganze Team enttäusche, dass ich es nicht gut mache. Aber er ist freundlich, van Pasen.«

»Sie sind froh, dass sie arbeiten können«, sagt Mark. »Nach Herzenslust Probleme lösen, dies und das untersuchen und erwägen. Du bist eine Herausforderung für sie, das finden sie herrlich. So kannst du es auch sehen.« Das fällt Alice schwer. »Wir sollten vielleicht selbst entscheiden. Wie weit wir bei ihren Prozeduren mitmachen, meine ich. Wann man es aufgibt.«

Niemals, denkt sie. Ich will das Gesicht meiner Tochter sehen. Ich kann nicht aufgeben. »Ich weiß es nicht«, sagt sie leise. Mark nickt verständnisvoll.

»Es ist schwer für dich. Ständig Blut abzapfen lassen und was weiß ich nicht noch für ein Scheiß. Und diese Spritzen, die du dir selbst setzen musst, wie kriegst du das fertig? Aber irgendwann reicht's, dann hast du alles versucht, und es muss Schluss sein. Ich nehme Kroketten. Und du?«

Ach ja, sie sitzen in einem Restaurant, da muss bestellt und gegessen werden. Jetzt mit dem Kopf dabeibleiben, denkt sie, gib jetzt nur nicht dieser Mutlosigkeit nach, später darf ich wieder an den Schreibtisch, ans Klavier, etwas machen, etwas, wohinter ich stehe und worüber ich mich freuen kann, etwas, das wirklich meins ist. Denk an Haydn, der konnte seinen Erfolg aufrichtig genießen und sich als wertvoller Komponist fühlen. Er hatte viel zu kurze Beine und einen entstellenden Polypen in der Nase, aber aus Angst vor Schmerzen verweigerte er jegliche Behandlung. Schreiend riss er sich von dem Operationsstuhl los. Er schon. Das machte für den Selbstwert nichts aus. Sie hat das alles gelesen und behalten. Er ist ihr Vorbild.

Aber die andere Seite? Mozart, sein junger Nachfolger, nannte ihn »Papa«. Dabei wird Haydn doch wohl etwas empfunden haben. Minderwertigkeit, denn ein richtiger Vater war er nicht. Kummer. Etwas, das Lähmung verursacht.

Wie hat er sich dagegen gewehrt? Ja, dadurch dass er ein guter Lehrer war und enthusiastische Empfehlungsbriefe für die jungen Leute schrieb, die zu ihm kamen. Der Sohn des früh verstorbenen Mozart, Pleyel, der mürrische Beethoven. Half das? Ach wo, der Mangel glühte weiterhin in der Tiefe. Notbehelfe sind es, lumpige Trostpflästerchen.

»Wir können es auch auf andere Weise lösen«, sagt Mark, als die Kroketten auf dem Tisch stehen. »Ein Baby aus China adoptieren. Uns als Pflegeeltern anbieten. Müssen wir aber gut überlegen, denn oft ist natürlich irgendetwas mit diesen Kindern.«

»Redest du eigentlich mal mit jemandem darüber? Wissen deine Kollegen im Büro davon?«

Er blickt von seinem Teller auf und legt sein Besteck hin.

»Das ist bei den Jungs kein Thema. Nein. Wir reden über Deals, über lästige oder nette Kunden, über Boni und wer Gesellschafter werden darf. Urlaub, manchmal. Autos. Ganz schön klischeehaft, was?«

»Und die Frauen? Bei euch arbeiten doch auch Frauen?«

»Da ist nur eine, mit der ich schon mal drüber gesprochen habe. Helma, diese ältere Frau, sie ist schon an die sechzig. Sie fragt manchmal nach dir, und sie hört sich deine Stücke im Radio an, wenn sie da laufen. Einfach nett, mitfühlend. Als ich mal später kam, weil wir morgens in die Klinik mussten, hat sie gefragt, ob etwas sei. Da hab ich erzählt, dass wir in diesem Projekt stecken.«

»Hast du dich auch darüber beklagt?«

»Bestimmt. Sie hat versucht, sich hineinzuversetzen. Sie selbst hat keine Kinder. Nicht mal einen Mann, glaube ich. Sie kam mit allerlei Vorschlägen. Dass man sich auch einen

Hund zulegen kann. Oder Gastfamilie für schwierige Kinder ohne Elternhaus sein kann, an den Wochenenden oder so. Alles nicht sonderlich angebracht, aber gut gemeint. Danach haben wir nie wieder drüber gesprochen, wo du das jetzt so fragst. Das soll außen vor bleiben, das ist etwas, das ich von der Arbeit fernhalten will. Privat.«

Sie schiebt eine ihrer Kroketten zu ihm hin. Er isst gierig und sieht dann auf seine Armbanduhr.

»Weißt du, wir könnten wieder mal eine Reise machen. Irgendwohin, wo wir noch nie gewesen sind, etwas Spannendes. Ich kann ohne Weiteres ein, zwei Wochen freinehmen nach diesem Erfolgsdeal. Wär gut für dich.«

Alice denkt an einen Traum, der ihr schon seit Jahren hin und wieder mal kommt. Ein Spaziergang durch einen Wald, bergauf und dann rechts ab in ein Tal, durch das ein Bach zu einem See fließt. Dort ist eine Biberburg, ein riesiger, scheinbar ungeordneter Haufen umgenagter kahler Baumstämme im Wasser. Jedes Mal weiß sie kurz vor der Abzweigung ins Tal, dass sie in die andere Richtung will, nach links, weiter nach oben, denn dort wird sie finden, was sie sucht. Es gelingt ihr nicht, sosehr sie es sich auch vornimmt. Es gelingt nie.

Verreisen, was haben wir davon? Das geht überhaupt nicht, ich muss zur Klinik, ich muss abwarten, ob die Behandlung anschlägt, hier. Und wenn das der Fall sein sollte, kann ich doch nicht einfach nach Afrika oder China reisen, womöglich habe ich in Tibet, in Ägypten eine Fehlgeburt? Was denkt er sich denn?

»Du könntest auf neue Ideen kommen«, fährt er munter fort. »Je mehr du erlebst, desto mehr Variationen hast du zur Verfügung, wenn du etwas machst. Das hast du selbst mal gesagt. Fremde Musik in fremden Ländern. Eigenartige Klänge, eine andere Welt. Da sind wir dann mittendrin, ist doch fabelhaft. Ich muss zurück, es ist Zeit.«

Sie schaut ihn an, als er hinten im Lokal die Rechnung begleicht. Er sieht wach und stabil aus. Man würde ihm ohne Weiteres sein ganzes Vermögen anvertrauen. »Ich habe einen Kaffee für dich bestellt«, sagt er, als er kurz zurück an den Tisch kommt. »Bleib noch gemütlich sitzen, ich sehe dich heute Abend.«

21

Neue Klänge. Sie sieht Haneman vor sich, der hatte auch so etwas zu ihr gesagt, als sie bei ihm studierte.

»Im Blech bist du schon richtig zu Hause, und jetzt arbeitest du dich an den Chorgesang heran. Aber es gibt so viel mehr. In letzter Zeit ist hier in der Schule eine ganze Abteilung rund um Barockmusik und historisch getreue Aufführungspraktiken entstanden. Du weißt oft nicht, was du da überhaupt hörst. Eigenartige Instrumente: Gamben, Lauten, Cembalo, Traversflöten. Der Dulzian! Die Blockflöte! Die alten Streichinstrumente haben einen relaxten Klang, weil die Stimmung so tief ist. 415! Authentische Bögen, die richtige Bögen sind. Sie wischen eher darüber, als dass sie in die Saite gehen. Ja, ich bin ganz gut im Bilde, weil ich den Blockflötenlehrer gut kenne. Du solltest dir mal eine Ensembleklasse anhören. Sie haben ein ausschließlich prähistorisches Repertoire und freuen sich bestimmt, wenn ein zeitgenössischer Komponist etwas für ihre Besetzung schreibt. Für *ihren* Klang. Wer weiß, vielleicht inspiriert dich das. Mir scheint, dass du immer für Neues offen bist.«

Was mag er meinen, hatte sie gedacht, dass ich für ein Verhältnis mit meinem Lehrer zu haben bin? Nein, nicht gleich so misstrauisch sein, er will mich einfach animieren, herausbekommen, wie ich denke, wie ich arbeite.

So kam es, dass sie eines Nachmittags im Unterrichtsraum des Flötenlehrers landete, um einer Ensemblestunde beizuwohnen. Am Telefon war der Mann nicht überrascht gewesen, Haneman habe ihr Kommen bereits angekündigt, sagte er. Er sprach mit einem ganz leichten deutschen Akzent. Vielleicht in Deutschland studiert, dachte sie, und dann hier freie Bahn dafür, eine nagelneue Abteilung aufzubauen.

Die Tür zum Gang stand offen. Schüler tröpfelten nach und nach herein. Längst nicht alles Mädchen mit langen Röcken und glattem, langem Haar; sie sahen normal aus, die Jungen auch. Manche hatte sie schon mal in der Kantine gesehen. Aber ihre uralten Instrumente hatten sie sorgsam in selbst gestrickte Lappen und weiche Staubtücher eingewickelt. Es herrschte Ruhe. Sie packten langsam aus und nahmen sich Zeit, ihre Notenständer aufzubauen und miteinander zu fachsimpeln. Gemeinsam eine Partitur anzusehen, auf eine Stelle zu deuten, einen Rhythmus zu klopfen.

Der Lehrer, der in der Tat Deutscher war und Tielmann hieß, saß mit Alice zu seiner Seite an einem Tisch. Er betrachtete die Schüler geduldig und wohlwollend, lehnte sich auf seinem Stuhl zurück. Vorurteile, hatte Alice gedacht. Deutsche sind diszipliniert und streng; Studenten der Alten Musik sind weltfremde Stümper, die es auf einer normalen Geige nicht hinkriegen, eine Prüfung zu bestehen. Ich sollte mich davon frei machen und lieber dem lauschen, was er zu erzählen hat. Er hatte kleine schwarze Löckchen und ein scharf geschnittenes Gesicht. Bohrende Augen. Er sprach über Klang, über die Versuche, sich in unbekannte Partituren einzufühlen, über Unsicherheit.

»Es ist eigentlich eine Suche, wir befinden uns in einem

Labyrinth, aus dem man mit unserer heutigen Orientierung nicht herauskommt. Die muss man abstreifen. Ich meine, wir wissen ja nicht genau, wie diese Musik geklungen hat. Wir experimentieren, eine Wahrheit haben wir nicht.«

Sie zwang sich, wirklich zu hören, was er sagte, und stellte Fragen über die Instrumente, wollte wissen, was er selbst spielte.

»Blockflöte«, sagte er froh. »Ja, als Geiger angefangen, aber sobald es ging, zur Blockflöte gewechselt.«

Sie hatte bestimmt verwundert geschaut; er fragte mit einem kleinen Lachen, ob sie das seltsam finde. »Ich wollte blasen, und die Blockflöte hat mich verführt. ›Flauto dolce‹, schrieb Bach, wenn er diesen Klang haben wollte. Alle anderen Blasinstrumente haben einen schwierigen Zugang, oder gar keinen Zugang, wie etwa die Querflöte, über die man hinwegbläst. Das Mundstück der Blechbläser sorgt dafür, dass die Luft nicht geradewegs ins Instrument hineinströmt, nein, nein, da herrschen strenge Einlassregelungen. Oboen und Fagotte werden durch steife Röhrchen angeblasen. Da ist immer etwas – eine Behinderung, die benötigte Lippenspannung oder eine Apparatur – zwischen dir und dem Instrument. Außer bei der Blockflöte. Die Luft aus deiner Lunge fließt ungehindert direkt in diese einfache Holzröhre. Das hört man auch, so einen unschuldigen, fast kindlichen Klang findet man nirgendwo sonst. Was du in dir hast, kommt sofort heraus. Die Blockflöte ist eine offene Kloake!«

Er lachte zufrieden. Alice war verblüfft. Ein gefährliches Instrument, es konnte einen sofort verraten, es sang durchdringend und klar heraus, was der Spieler in seinem Innersten verbarg. Dafür wollte sie schon gern schreiben. Eine offene Kloake bot Möglichkeiten.

~

Sie greift zu ihrer Tasche, zieht ihren Mantel an und geht aus dem Lokal. Sie lässt das Gespräch mit Mark und diesen ganzen unangenehmen Vormittag, die hilflose Patientin, die sie war, hinter sich. Sie geht nach Hause. Am Komponiertisch wird die Rettung kommen, wird sie einen Triumphgesang schreiben, eine Fanfare.

22

Einmal zu Hause empfindet sie eine überwältigende Müdigkeit. Schlecht geschlafen und jetzt ein strapaziöser, lausiger Tag. Kurz aufs Sofa legen, mit Blick auf den Garten, wo sich Vögel um die Meisenknödel drängen, die sie kürzlich aufgehängt hat. Ein Grüppchen Sperlinge, ein Specht, ein grüner Sittich. Mit ihrem Alltag beschäftigt, wie Mark. Warum hilft mir das nicht? Ich könnte mich doch durch seine Haltung beruhigen lassen. Er unterstützt mich ja wirklich, aber wenn das Ganze misslingt, wird *er* nicht dran kaputtgehen, er lebt einfach weiter. Sollte mir ein Beispiel nehmen.

Auf dem Fußboden neben ihr liegt der Stapel Bücher über Haydn. Sie greift zu den Briefen und blättert zur Londoner Zeit. Sechzig Jahre alt war Haydn damals, genauso alt wie van Dijk, als Alice und er zusammenkamen. Haydn war von Trauer erfüllt, weil Esterházy, sein treuer Förderer, gestorben war. Und kurz danach Mozart, der vielleicht einzige Musiker, zu dem er eine echte Seelenverwandtschaft empfand. Trotzdem setzte er zu einem fremden Land über, dessen Sprache er nicht sprach. Er würde dort Geld verdienen und sich bewundern und verehren lassen können. Erstaunt liest Alice, wie Haydn sich zu den Pferderennen mitschleppen ließ – und sie weiß, wie viel Angst er vor Pferden hatte! –, zu luxuriösen Landhäusern, zu Boudoirs ihn anbetender Damen. Wie er seine Erlebnisse bis ins kleinste Detail registrierte: was er zu essen bekam, welche Kleider er anzog, wen er kennenlernte. Schwer zusammenzubringen mit seiner depressiven Verfassung, er konnte, scheint ihr, all das Lob, das ihm gezollt wurde, wirklich genießen. Der selbstbewusste Komponist und der betrübte Freund standen einander nicht im Weg. Wie war das möglich? Später, als er wieder in Wien war, starb auch seine einzige echte Freundin Marianne, die mit den Sticknadeln, mit der Sonate in Es-Dur. Warum war er nicht vor Elend zusammengebrochen? Nein, er war nach London zurückgereist, mit beschwertem Gemüt vielleicht. Einsam, sicher. Aber auf dem Weg zu neuem Ruhm.

Sie legt das Buch auf ihren Bauch und schließt die Augen. Ein sechzigjähriger Mann, der versucht, im Hier und Jetzt zu leben. Die Konzerte, die Ehrerweisungen, das Neue, das Inspiration verschafft. Genau wie Duk, seinerzeit. Ein Verhältnis mit jemandem, der fast vierzig Jahre älter ist, ist eigenartig. Die eine hat noch fast keine Vergangenheit, und der andere viel zu viel. Die zur Verfügung stehende Zukunft unterscheidet sich erschreckend. Grund genug, sich blind in die Gegenwart zu stürzen. Und genauso war es gewesen. Zu Beginn die unbändige Verliebtheit, die bei Alice erst in voller Stärke aufkeimte, als van Dijk sie ohne jede Vorbereitung an Haneman verwies. Im Laufe der Zeit das zunehmende Ringen darum, ihrem Verhältnis eine Form zu verleihen. Im ersten Jahr ging er noch so gut wie täglich ins Konservatorium, um zu unterrichten. Er ließ sie in seinem Haus zurück, sie konnte tun, was sie wollte. Trotzdem hatte sie ihre eigene Wohnung behalten und arbeitete am liebsten dort. Dann und wann verbrachte sie einen Nachmittag in einem Tonstudio, um ihre Werbejingles einzustudieren und aufzunehmen, immer mit einem Gefühl von Heimlichtuerei. Es gehörte sich nicht, war ein Opfer an den Mammon, und musste verborgen bleiben. Duk lachte darüber und fand es irgendwie stark. Er war so glücklich mit ihr, dass er alles großartig fand. Über den Altersunterschied und seine rasch näher rückende Pensionierung dachte sie nicht nach. Er sah gut aus – entspannt, aktiv – und hatte eine beinahe jugendliche Ausstrahlung. Nicht weil er sich zu kindhaft kleidete, mit spanischen Stiefeln oder einer Kinderkappe auf dem Kopf, sondern wegen seiner Art sich zu bewegen und dem wachen Blick. Wenn sie beide nach einem Arbeitstag nach Hause kamen, spielten sie das zufriedene Paar beim Drink. Als gäbe es eine Zukunft.

Ihre Beziehung hielten sie vorerst geheim, nur Svea wusste Bescheid. Die war so mit ihrem zweiten Kind beschäftigt, dass die Wahrscheinlichkeit, sie könne sie verraten, gering schien. Duk hatte schon lange keine Eltern mehr, und Alice hatte sich so sehr von den ihren entfremdet, dass sie keine Notwendigkeit sah, ihnen mit Duk einen Besuch abzustatten und zu erzählen, woher der Wind wehte. Die Geheimhaltung trug zur Entwirklichung bei, sie lebten in einer Welt, die der Realität entkam und in der Zeit keine Rolle spielte.

Darüber, wie es sein würde, wenn er schließlich in Rente ging, dachte sie selten nach. Würde er wieder komponieren? Zu Hause sitzen und warten, bis sie nach einem Tag des Schreibens an ihrem eigenen Tisch zurück zu ihm kam? Würde er wollen, dass sie ihm Gesellschaft leistete, mitging in Museen, Spaziergänge mit ihm machte? Würde er wissen wollen, was sie tat, mit was sie beschäftigt war, wie sie das in Angriff nahm? Wenn ihre Gedanken so weit vordrangen, zuckte sie die Achseln. Sie würde sehen. Das Haar um seinen Scheitel wurde ein bisschen dünn. Im Medizinschränkchen im Badezimmer standen seltsame Döschen mit Vitaminen und Nahrungsergänzungsmitteln, über die sie hinwegsah. Den fehlenden Kontakt mit dem geheimnisvollen Sohn in Australien kommentierte sie nicht. Der Junge war älter als sie, ein schauerlicher Gedanke. Dass Duk genauso alt war wie ihr eigener Vater, ignorierte sie auch, geschweige denn, dass sie über die Bedeutung dessen nachdenken konnte. Nein, hier und jetzt. Sie hatte einen Mann in ihrem Leben und in ihrem Bett, einen vitalen Mann, der glücklich und munter zu sein schien. Sie war zufrieden.

Dann kam seine Verabschiedung. Reden vom Direktor, von Haneman, der Duk als Leiter der Abteilung nachfolgen würde. Ein Empfang in der schäbigen Kantine, ehemalige Schüler, Kollegen, Komponisten aus In- und Ausland. Und sie. Sollte sie als seine Frau, seine Partnerin neben ihm stehen, oder mischte sie sich ein bisschen unter die Leute, um mit allerlei Bekannten oberflächliche, ausweichende Schwätzchen zu halten? Was wollte er? Was wollte sie eigentlich selbst?

Es spielte keine Rolle. Sie bewegte sich durch das vertraute Gebäude, sprach mit diesem und jenem und fand sich auf einer Holzbank neben Haneman wieder.

»Kollegin«, sagte er, »du siehst gut aus, wenn ich so frei sein darf. Läuft es gut mit deiner Arbeit, bist du mit irgendwas befasst?« Er sah sie forschend an, als sei er beunruhigt, dachte sie. Er weiß es natürlich. Ich muss ein Zugeständnis machen. Dass ich noch nicht zu einem Stück für die Barockmusiker gekommen bin, sondern dass ich immer noch über den rätselhaften Klang der Blockflöten nachdenke.

»Sorg dafür, dass du auch jetzt rege bleibst«, fuhr Haneman fort. »Ich möchte dich gern bei der Abteilung einbeziehen, wär das was für dich? Von Zeit zu Zeit mal zum Gruppenunterricht kommen, etwas über deine Arbeit erzählen, etwas zu den Schülern sagen? In diesem Jahr haben sich zwei Mädchen angemeldet, ein Rekord!«

Er spricht in Fragen oder Ausrufen, bemerkte sie. In der Ferne sah sie Duk im Gespräch mit dem Direktor. Er schaute sich um, sah sie auf der Bank sitzen und kam in ihre Richtung.

»Was meinst du«, fragte Haneman, »wäre es Duk unrecht, wenn ich dich einbinde, wo er nun von hier weg ist?«

Was sagt er da? Darauf wäre sie gar nicht gekommen, was für ein komischer Gedanke. Natürlich würde Duk es begrüßen, wenn sie am Unterricht beteiligt wurde, wie kommt er darauf, dass es anders sein könnte? Duk zog einen Stuhl zu sich heran und setzte sich Haneman gegenüber. Alice sah einen Schatten über sein Gesicht ziehen, als der ihm erzählte – locker, beiläufig –, dass er dabei war, sie zu überreden, hin und wieder eine Stunde zu geben, mitzureden. In Gedanken richtete sie sich gerade auf. Keine Lust auf Theater, auf Unterstellungen, auf Beckmessereien zwischen Kollegen. Während des Empfangs konnte sie nicht nachdenken. Also ging sie sich ein Bier holen und würde schon sehen, wie sie die Männer antraf, wenn sie zurückkam.

~

Jetzt, da sie erschöpft auf dem Sofa liegt, wundert sie sich über ihre damalige Naivität. Vielleicht hatte sie allen Kampf, alle Konkurrenz und Rollenverwirrung ausblenden wollen. In der Beziehung mit Duk musste sehr vieles auf Abstand gehalten werden, auf beiden Seiten. Da blieb nur ein begrenztes Gebiet, wo sie einander finden konnten. Nach der Pensionierung beschleunigte sich das Ganze. Zunächst fiel es ihr nicht auf, er war eifrig mit dem Ordnen und Aufräumen seines Archivs beschäftigt. Schmuddelige und abgegriffene Arbeiten seiner Schüler, Bodensatz von dreißig Jahren Kompositionslehre. Sie hatten darüber gelacht, und er hatte ihr die gewaltigen Stapel gezeigt. Wegwerfen? Nein, zu arg, diese Kinder haben ihr ganzes Seelenheil hineingelegt, das kann doch nicht zum Altpapier!

Alice war die Idee mit der Bibliothek gekommen, und Duk schleppte die Stapel dorthin, damit sie in den Schularchiven beigesetzt wurden. Er blies den Staub von seinen eigenen Partituren, die unter den Stapeln der Arbeiten seiner Schüler zum Vorschein gekommen waren. Er ordnete, er legte sie auf ein Regalbrett in Sichtweite.

Sie fuhren nach Paris, um sich das Ensemble von Pierre Boulez anzuhören, auf der Straße Austern zu essen, lange Spaziergänge zu machen. Er schritt mit festen Beinen aus und mäßigte das Tempo ein bisschen, damit sie mit ihm mitkam. »Mein Mädchen«, nannte er sie. Er legte den Arm um ihre Schultern. Sie passte genau unter seine Achsel.

23

Verdammt, denkt sie, als sie vom Sonnenlicht auf ihren Augenlidern geweckt wird. Strahlendes Wetter an diesem Scheißtag. Sie dreht sich unwirsch auf die andere Seite, und Mark schlägt die Augen auf. Er gibt ein fragendes Ächzen von sich.

»Muss mir heute wieder eine Spritze geben«, murmelt sie. Er streichelt ihre Wange und schläft wieder ein. Vergrätzt steigt sie aus dem Bett. Warum haben wir hier keine Vorhänge. Warum tue ich das? Warum weiß ich mir keinen Rat? Geh Kaffee kochen, beginn den Tag, Schritt für Schritt, es ist nichts, na los. Die Ampullen stehen im Kühlschrank. Die Gebrauchsanweisung wieder heranziehen, mit diesen gruseligen Abbildungen? Bloß nicht, ich weiß es auch so. Alles mit ins Badezimmer nehmen. Hände waschen. Sterile Nadel auspacken. Auf dem Klodeckel Platz nehmen. Kopf auf die Knie legen und laut brüllen. Nein, nein, sorgfältig die Spritze aufziehen, Ampulle weglegen, sodass sie nicht auf den Boden knallt, Schultern gerade, Stelle aussuchen. In die Oberschenkel, sagen sie in der Klinik, oder eine Bauchfalte, geht auch. Nicht am Nabel, da wimmelt es von Nerven. Ehe man sich's versieht, trifft man etwas Essenzielles, hat tagelang Schluckauf oder kann plötzlich das Bein nicht mehr heben. Drei Fingerbreit vom Nabel entfernt, sieh dich vor. Dann also die Beine dieses Mal? Zu mager, zu dünn. Und mit so 'nem dicken Knochen drin, man kann ihn fühlen. Was, wenn du ihn mit dieser scharfen Nadel streifst, da fällst du in Ohnmacht vor Qual.

Jesus, was für ein Gejammer. Als wenn es was Besonderes wäre, stell dich nicht so an. Der durchschnittliche Diabetespatient macht das sein ganzes Leben lang jeden Tag. Migränekranke beklagen sich nicht darüber, sie sind nur froh. Da soll ich mich hier hysterisch aufführen? Beherzt nimmt sie eine Falte ihres relativ flachen Bauchs zwischen die Finger der linken Hand. Drohend hängt die Rechte mit der Nadel darüber. Sie schluckt. Eine Haut hat man nicht für nichts. Die Haut bedeutet Abgrenzung, Schutz. Wenn ein Löchlein darin ist, musst du getröstet werden, ein schönes Pflaster bekommen, kurz auf dem Schoß sitzen. Das Durchbrechen dieser Grenze darf nicht zur Gewohnheit werden. Es ist eine Intrusion, ein Angriff. Hörst du jetzt mal auf?, fragt sie sich. Spitze der Nadel schräg auf diese Haut setzen, Augen zu, zustechen. Schmerz, aber nicht wirklich schlimm. Jetzt langsam den Kolben der Spritze eindrücken. Gut so, siehst du, es ist nichts, es ist schon vorbei.

Kerzengerade sitzt sie an ihrem schrägen Tisch, um weiter an der Fanfare zu arbeiten. So schont sie ihren Bauch. Sie versucht, ihre Gedanken auf die Arbeit zu richten, doch sie fächern sich auf, verlaufen in alle Richtungen, und sie ist nicht imstande, sie aufzuhalten. Satzfetzen und Bilder drängen sich auf. Duk, der mit flacher Hand den Staub von den alten Partituren seiner Schüler klopft. Seine Stimme, die munter sagt: »Eins fängst du immer!« Ein Kind, meinte er, *ein* Kind aus einer lärmenden Klasse, in der eine Lehrerin wie Svea jede Woche Musikunterricht gab. Sie, Alice, darf gar nicht daran denken, an so eine Horde schreiender Kinder, die Lieder lernen sollen, aber keine Ahnung haben von Tonhöhe oder Phrasierung. Alle guten Absichten würden im Radau, in der Unruhe verloren gehen. Aber dieses eine, hatte Duk gesagt, dieses eine, das von dem Lied berührt wird, das beinahe weinen muss bei einer traurigen Modulation, das von sich aus an der richtigen Stelle Luft holt. Für das Kind tust du es. Du bist selbst so ein Kind gewesen, du bist von diesem Schlagzeuglehrer, zu dem du einfach hineinspaziert bist, an Bord geholt worden. Oh nein, hatte sie gedacht, ich habe alles selbst gemacht. *Ich* habe die Tür aufgedrückt, hinter der ich nichts zu suchen hatte, *ich* bin durch das Tor dieses Konservatoriums gegangen, wo ich alles andere als willkommen war, *ich* habe diese Gruppenstunden ertragen, wo sie durch mich hindurchsahen. Duk hatte über sie lachen müssen. Natürlich habe sie vieles selbst gemacht, sie sei ihrem Talent, das sie schon bei sich vermutete, aber noch nicht überblicken konnte, treu gewesen. Das hätten die Angler getan, die sie geduldig eingeholt hätten. Die hätten ihr auf den Weg geholfen, oft gegen allerlei Vorurteile. Er selbst habe sie verteidigt, gegen diesen Deutschen in ihrer Prüfungskommission, der sagte, dass er noch nie ein Stück von einer Frau gehört habe, das irgendetwas darstellte. Er habe die Jungen aus der Kompositionsklasse auf ihr Verhalten angesprochen, gesagt, dass sie ihr zuhören sollten, dass sie *auch* Erfahrung und Ideen habe. Er sei immer für sie aufgekommen. Sie hatte die Schultern hochgezogen. Kann schon sein. Aber ich habe es selbst gemacht. *Ich* habe diese Stücke geschrieben, *ich* habe mir einen Namen gemacht, auch wenn es ein Frauenname ist, *ich* verdiene Geld mit dem, was ich erdenke.

Warum kam es damals zu diesem Gespräch? Die sich verändernden Umstände sicher. Er in Rente, ich mit meiner Ausbildung fertig. Ich bekam hin und wieder einen Auftrag, er musste wieder zu seiner Fähigkeit zu schreiben zurückfinden. Es ging nicht um Rivalität, glaube ich, um Missgunst oder Eifersucht. Vielleicht hatte es unterschwellig mit dem großen Altersunterschied zu tun. Es war nicht von einer unangenehmen Atmosphäre umgeben, es war eher gewöhnungsbedürftig als leidig. Er hatte sich auch schnell wieder gefangen, erinnerte sie sich. Fing an, sich selbst kleine Aufgaben zu stellen, eine Fuge zu schreiben, eine Instrumentation zu machen. Ehe er sich's versah, hatte er wieder seine Werkzeuge zur Verfügung und arbeitete genauso eifrig wie sie.

Bis es passierte. Nicht weiterdenken jetzt.

24

Sie war aber doch ein gutes halbes Jahr lang wöchentlich zur Psychotherapie gegangen, in ihrem letzten Ausbildungsjahr. Anfangs apathisch, gleichgültig, aber nach und nach mit einer eigenartigen Mischung aus Angst und Erleichterung. Die Therapeutin war so alt wie ihre Mutter. Der kannst du wirklich nicht vertrauen, hatte sie gedacht. Sie muss sich ruhig verhalten, das liegt an den Berufsvorschriften, genau wie die doppelte Tür und die Taschentücherbox – aber dass sie mich verurteilt, daran zweifle ich nicht. Dennoch hörte sie andächtig zu und behielt fast alles, was ich erzählte. Sie gab nie einen Befehl – »Iss« oder »Geh zur Schule«. Sie fragte, ob ich mir erklären könne, was mich abhielt. Langes Schweigen war unheimlich, zu Beginn. Es hatte sie verzweifeln lassen. Später merkte sie, dass ihr immer irgendein Gedanke kam, wenn sie sich die Zeit ließ und sich nicht mit einem missbilligenden inneren Kommentar im Weg stand. Die Therapeutin hatte oft denselben Blazer an, braun, mit glänzenden goldenen Hufeisen darauf. Ihre Mutter kleidete sich wesentlich besser, hatte Alice gedacht. Das Sprechzimmer machte einen abgewohnten Eindruck, aber an den Pflanzen war nie ein vertrocknetes Blatt. Keine Perfektion also, und offenbar war es gut genug, sicher genug, um weiterhin zu kommen. Genau zu wissen, dass es in einer knappen Stunde wieder vorüber ist, war anfangs angenehm. Später fand sie es manchmal schwer. Der Nächste wartet bestimmt schon. Austauschbar, mich ersetzt sofort ein anderer. Weggeschickt.

Dass van Dijk sie zurückgewiesen hatte, war gleich zu Beginn zum großen Thema geworden. Als die Frau sie fragte, wann sie sich als Kind so gefühlt habe, wurde die Parallele zu ihrer Mutter hergestellt. Das sei das Schema, in das Alice alle ihre Beziehungen presse, hatte die Therapeutin erklärt. Sie könnten einmal überprüfen, ob das in den heutigen Beziehungen denn überhaupt stimme. Vielleicht dächte dieser Lehrer ganz anders darüber. Er ist nicht die missbilligende Mutter oder der desinteressierte Vater. Es ist auch die Aufgabe von Eltern, ihr Kind loszulassen und der Entwicklung ihren Lauf zu lassen. Das ist nicht ein Im-Stich-Lassen, sondern es bietet Möglichkeiten. Denken Sie einmal darüber nach.

Ganz langsam dämmerte bei Alice die Erkenntnis, dass sie selbst vielleicht dem anderen die Missbilligung zuschrieb. Weil sie das nun mal so gewohnt war, weil sie es durch die Erfahrungen in ihrer Kindheit nicht besser wusste. Wie sollte es anders sein?

»Tja, er sieht Sie vielleicht als eine vielversprechende, geliebte Schülerin, die weitere Entfaltung brauchen kann? Er lässt Sie aus Anteilnahme los, nicht aus Abscheu, könnte das sein? Sie hören ihn sagen, dass Sie besser zu einem anderen gehen sollen, und schließen daraus sofort, dass es wieder das alte Lied ist. Sie werden weggeschickt, weil Sie nicht genügen. Da sind Sie wieder in vertrauten Bahnen.«

Als sie verinnerlicht hatte, dass sie selbst eine Rolle spielte bei diesen tieftraurigen Abschiedstheatern, die ihr widerfahren waren, entspannte sie sich auf eine Weise, die sie zuvor nicht gekannt hatte. Sie atmete tiefer, saß fester auf ihrem Stuhl, hatte ein glatteres Gesicht und weniger zugekniffene Augen. Sie konnte sogar der Therapeutin dankbar sein, ohne sich deswegen zu genieren. Aussprechen konnte sie es aber nicht. Sie schwieg. Sie begann, sich nach Duk zu sehnen. Sie verliebte sich, nicht nur ein bisschen, sondern grenzenlos, über alle Maßen, als sie einmal zum Gruppenunterricht gegangen war und merkte, dass er sich darüber freute.

»Wie verhält es sich eigentlich hier«, hatte die Therapeutin gefragt, »haben Sie Angst, dass ich Sie auch ablehne?«

Ja und nein. Sie wusste es nicht oder wagte nicht, darüber nachzudenken. Sie füllte die Stunden mit Geschichten über ihr ungestüm wachsendes Verhältnis mit Duk aus. Ob sie Missbilligung hervorrufen wolle, fragte die Frau, eine Provokation, eine Sabotage der Therapie? Glatteis. Wartete sie in der Tat auf den Moment, da die Therapeutin genug davon hatte und sie wegschickte? Die Situation entwickelte sich zu einer Sackgasse, bis die Therapeutin ihr zu bedenken gab, ob sie sich vielleicht in die Verliebtheit geflüchtet habe, um nicht an der Therapie, an *ihr* zu hängen, und Alice aufstand und aus dem Zimmer lief. Nicht mehr zurückkehrte. Bei Duk einzog. Die Therapeutin schrieb einen Brief, nach einem Monat einen weiteren. Schließlich antwortete Alice wachsweich, dass sie viel davon gehabt habe, aber jetzt gern selbst, allein weiterwolle. Es kam eine Nachricht, dass sie willkommen sei, sollte sie ihre Meinung ändern. Willkommen, dachte Alice, von wegen! Sie hat mich doch selbst verjagt mit diesen dämlichen Fragen, was will sie denn?

~

Vielleicht sollte ich dem Rat von van Pasen folgen und mich an so einen Psychologen aus dem Klinikteam wenden, denkt Alice seufzend an ihrem Arbeitstisch. Was würde ich bei so jemandem loswerden wollen? Diesen idiotischen Kinderwunsch, für den ich mich schäme. Die Bestürzung, die ich bei dem Film über das in Stücke gerammte Mädchen empfand. Den Hader, das Getriebensein. Ich kann nicht mal normal Kummer haben. Nein, damit kann ich den Therapeuten des Fortpflanzungsteams bestimmt nicht kommen. Die werden mich nicht retten, sondern haben nur die Fortpflanzung im Sinn.

Die Post fällt mit einem kleinen Plumps durch den Briefschlitz. Sie sieht den Briefträger davonradeln. Hör auf mit diesen komischen Gedanken. Es gibt gar keine Rettung. Haydn hat es auch selbst hingekriegt, weiterleben, komponieren, Gewinn und Verlust hinnehmen. Sie steht schwerfällig und vorsichtig auf. Aus dem Komponieren wird jetzt nichts mehr, lass es gut sein. In die Küche, um Kaffee zu machen. Auf der Fußmatte liegt ein großer cremefarbener Umschlag.

25

Mark hat Essen vom Traiteur mitgebracht. »Du musst verwöhnt werden«, findet er. »Du hast doch wohl Hunger? Hast du den ganzen Nachmittag gearbeitet?«

»Keinen Strich getan. Nur rumgesessen. Gib mir mal ein Glas Wein. Und du? Irgendetwas erlebt?«

»Ja, kann man so sagen. Ein Kollege, Bram, erinnerst du dich? Der hat ein adoptiertes Kind, habe ich erfahren. Einen kleinen Jungen, aus Indien. Er ist jetzt drei oder so. Sie haben auch zwei eigene Kinder, aber angesichts der Überbevölkerung hätten sie das dritte anderswo hergeholt, wie er sagte.«

»Und?«

»Schwierig. Deshalb hat er davon angefangen. Das Kind spricht nicht, sie mussten heute Nachmittag mit ihm zu irgendeinem Forschungsinstitut. Ein liebes Kind, das nicht, er hat ein Foto gezeigt. Aber er spricht eben kein Wort. Als sie ihn bekamen, war er schon ein Jahr alt, oder älter, das ist nicht ganz klar. Eine Frage der Eingewöhnung, dachten sie, erst mal sehen, so ein Kind ist natürlich verwirrt. Und Gott weiß, welchem Elend er entkommen ist. Hoffnungslose Sache, scheint mir. Bemitleidenswert.«

Das ist ja ganz was Neues, denkt Alice. Entsteht in dieser juristisch-ökonomischen Bastion Raum für Probleme, die *nicht* zu lösen sind? Alles ist dort mit Geld und Expertise zu lösen, und jetzt halten Machtlosigkeit und Unvermögen Einzug. Was bedeutet das für Mark; sollte ein Riss in diesen glückseligen Panzer aus Optimismus und Unantastbarkeit kommen? Ein Kind? Okay. *Kein* Kind? Auch gut. Und finde ich es schön, wenn er ein Gefühl für unsere Ohnmacht bekommt und darunter zu leiden beginnt? Ich habe mich vielleicht wegen dieser Unerschütterlichkeit in ihn verknallt. *Ich* bin diejenige, die leidet, nicht er. Gemeinsam über die Kinderlosigkeit bekümmert sein – ein Gedanke, der ihr ein Graus ist, der sie beängstigt, den sie sofort ganz weit wegschiebt.

Lustlos stochert sie in dem Brei aus Krabben und Fischstückchen auf ihrem Teller. Sie stempelt den Geruch als Gestank ab und verspürt sofort Übelkeit. Wie primitiv, denkt sie, er sagt etwas, das mich trifft, und ich reagiere physisch, es macht mich körperlich krank. Das kann auch an dem Dreckszeug liegen, das ich täglich spritze. Hormone! Was das alles anrichtet?

»Dir ist nicht danach, hm? Geh mal schön ins Bett, du siehst so geschafft aus. Ich gehe noch eine Runde laufen, es ist trocken.«

Er kippt ihre Essensreste in den Abfalleimer, nimmt die volle Tüte heraus und macht eine neue hinein. »Sonst stinkt es hier.« Mit dem zugeschnürten Müllbeutel in der Hand geht er auf den Flur.

»Da liegt Post für dich! Ungeöffnet!«

Er geht nach oben, um sich umzuziehen, und kurz darauf hört sie die Haustür zuschlagen. Seine Schritte verklingen auf dem Gartenweg, bis es völlig still ist.

Der Brief kommt vom Königlichen Sinfonieorchester, auf dem Kuvert ist ein bescheidenes Krönchen. Alice setzt sich damit an den abgeräumten Tisch. Sie kennt den künstlerischen Direktor des Orchesters vage und findet ihn unsympathisch. Auf hohem Ross, von sich eingenommen. Das Orchester hält sich für das beste der ganzen Welt, und der künstlerische Direktor sich selbst auch. Was mögen sie von mir wollen? Ich bekomme bestimmt ein Almosen, eine kleine Wiedergutmachung. Ein Festival mit Werken von weiblichen Komponisten, drei Tage lang – im kleinen Saal natürlich, denn dahin kommt kein Schwein zum Zuhören. Oder ich soll ein Artikelchen über das Werk eines weltberühmten Kollegen schreiben, das demnächst aufgeführt wird. Ich wüsste nicht, was schlimmer ist. Soll ich den Brief zurückgehen lassen? »Adressat unter dieser Anschrift unbekannt«. Ginge.

Sie nimmt ein Messer, um das Kuvert zu öffnen, was ein ziemlicher Akt ist. Qualität: schweres Papier und solider Leim. Dann hält sie ein in Drittel gefaltetes Blatt in den Händen. Sehr viele getippte Buchstaben. Sie kann den Blick nur mit Mühe auf die Worte richten; es dauert einen Moment, bis sie scharf sieht.

»Sehr geehrte Frau Augustus, liebe Alice«. Ja, zum Kotzen, so eine Anrede, aber was soll der Mann sonst schreiben? Sie als musikalisches Hurenluder titulieren? Hör auf, er weiß nichts von deinen kommerziellen Ausflügen. Die Melodien für Fischstäbchen und Deodorant wurden von Katie Duck komponiert. Ein männliches Pseudonym war ihr zu weit gegangen, aber ihren damaligen Kompositionslehrer wollte sie schon würdigen. Ohne gründliche Recherchen kommt man gar nicht dahinter. Jetzt lies doch mal, was sie wollen, los.

Sie zwingt sich, den Brief von Anfang bis Ende durchzulesen. Das hundertjährige Jubiläum steht bevor, das wird sie zweifellos wissen. Ach ja? So wichtig? Aber sie kann nicht leugnen, dass sie sich schon mal gefragt hat, wer zu diesem Anlass einen Auftrag bekommen würde. Immer heikel für so ein Orchester, jemanden auszuwählen. Alle anderen fühlen sich übergangen und werden nachtragend. Einen älteren, renommierten Kollegen oder vielmehr einen jungen Hund? Einen Bewohner dieser inzestuösen städtischen Blase im Westen oder einen Außenstehenden aus der Provinz? Sie können die Entscheidung für den einen oder den anderen vermeiden, indem sie einen Ausländer nehmen, mit einem Namen, der den Selbstwert der örtlichen Kollegen schrumpfen lässt. So eine Wahl verletzt dann wiederum den Nationalstolz. Es ist nie richtig. Lies weiter!

Bewunderung für die konstante Qualität Ihres Werks, liest sie. Dann dürfen sie das Werk auch gern häufiger aufs Programm setzen. Nie was von Bewunderung gemerkt. Trompetenkonzert, das famose Oratorium. Ja, ja, wird wohl. Komm zur Sache. Direktion und künstlerische Kommission erwägen, ja, nicht »beschließen«, sondern »erwägen«, Ihnen einen Auftrag zur Anfertigung einer Komposition für großes Orchester anlässlich des anstehenden Jubiläums zu erteilen. Das Werk sollte ungefähr eine halbe Stunde dauern. Honorierung entsprechend den Regeln der Komponistenföderation.

Das Hurenluder wird gehorchen. Der Kunde verlangt, sie erfüllt alle Wünsche. Anschließend zückt der Kunde seine Geldbörse. Sie spürt, dass sie innerlich bereits zusagt. Großes Orchester! Acht Kontrabässe, Tuben, Kontrafagott, eine gewaltige Schlagzeugbatterie, hoch oben auf dem Podium. So weit sind sie noch nicht, sieht sie, als sie weiterliest. Die künstlerische Kommission hat sich beraten, und in dieser Beratung kam unter anderen *ihr* Name auf. »Unter anderen«! Der Brief scheint nicht den definitiven Auftrag zu beinhalten, sondern eine Einladung, sich mit ihm, dem künstlerischen Direktor also, und mit der Kommission zu besprechen. Ihre Vorstellung, ihre Pläne zu unterbreiten. Auf der Grundlage dieser Besprechung soll schließlich die definitive Entscheidung getroffen werden. Termin mit der Sekretärin vereinbaren. Die Kommission kommt am Donnerstagvormittag zusammen.

Aufspielerei, denkt sie. Sie machen dich klein. *Lasse* ich mich kleinmachen? Ich könnte ihnen zurückschreiben, dass sie mich kontaktieren dürfen, wenn sie sich einig sind. Es gibt genügend CDs, Aufnahmen und Partituren von meinen Werken. Damit können sie sich behelfen, scheint mir. Dem hab ich wirklich nichts hinzuzufügen. Vorerst mal liegen lassen, diesen Brief.

Als sie im Bett liegt und nicht einschlafen kann, ist sie schon mit der Komposition beschäftigt. Sie denkt an Haydn mit seinem späten Meisterwerk *Die Schöpfung*. Chor, Solisten dazu, das werden sie nicht wollen. Aber so eine gewaltige Orchesterbesetzung bietet genügend Möglichkeiten, und ohne Text zu arbeiten, verleiht große Freiheit. Hatte Haydn einen Auftrag? Nein, van Swieten, der Musikliebhaber, der ihm den Text des Oratoriums besorgte, trommelte zwölf reiche Grafen und Barone zusammen, die jeder einen hübschen Betrag beisteuerten. Haydn machte sich begeistert an die Arbeit. Irgendwo – wo?, keine Ahnung – hatte sie gelesen, wie er grübelnd an seinem Klavier saß bei dem Versuch, das wild wogende Meer einzufangen. Akkorde, gebrochene Akkorde, Arpeggios, missmutig machte ihn das. Bis er triumphierend die See über das ganze Klavier rollen ließ, ein gewaltiges Rauschen und Brausen mit flüsternden Ruhepunkten dazwischen. Er betrachtete es als sein Meisterwerk, er war stolz darauf und ließ sich bei dessen Aufführungen ohne Scham bejubeln. Aber ich will an die Arbeit, dachte sie auf der Schwelle zum Schlaf, ich will etwas Großes ganz nach meinem eigenen Entwurf schaffen. Mit einem Choral in der Mitte. Wo denkst du hin. Doch. Sie schläft.

Bis sich Mark in einem Duft nach Shampoo neben sie schiebt. Sie lieben sich. Sinnlos, denkt sie noch kurz, es ist zu früh, kein Ei verfügbar, ist noch am Reifen. Dann denkt sie nicht mehr.

»Was stand in dem Brief? Was Nettes?«

Mit geschlossenen Augen erzählt sie von der doppeldeutigen Botschaft der Orchesterdirektion. Ein Auftrag in Aussicht, aber zuerst ein Verhör. »Werd ich echt nicht machen.«

»Klar doch. Reine Formalität. Sie nehmen dich, du bist die Beste. Weißt du genau.«

Sie kichert. Dann lässt sie sich in den Schlaf weggleiten, sorglos, wie ein zufriedenes Kind.

26

In die Klinik, der x-te Ultraschall mit gespreizten Beinen, Inspektion der Bläschen, der Eier – es wird, sagt die Laborantin, machen wir noch ein Weilchen weiter so, und dann können wir die Ovulation anregen, Sie dürfen herunterkommen, Achtung, die Bügel. Hör auf, halt die Klappe, denkt Alice, während sie sich wieder anzieht. Diese ganze Freundlichkeit, diese Zugewandtheit, das ist unangebracht, es führt zu nichts, was kann ich mir dafür kaufen?

Dann wieder in ihrem eigenen Badezimmer, die Spritze in der zögernden Hand. Angenommen, es glückt dieses Mal, angenommen, es ist in meinem Inneren so gemütlich, dass sie bleiben will. Angenommen, sie wird eines Tages geboren, will meine Tochter sein. Kinder stellen irgendwann Fragen, zwangsläufig, schließlich gibt es eine Welt zu entdecken und einzuordnen. Soll ich dann sagen, wie es abgelaufen ist? Von den Schmerzen, der Mühe, den schrecklichen Spritzen erzählen? Alles habe ich für dich gegeben, nichts von diesem Elend war mir zu viel, denn ich sehnte mich nach dir, ich wollte nichts, nichts, nichts anderes als dich.

Sie erschrickt über diesen Gedankengang. Das Kind, ihre Tochter, wird wütend werden. Sie sieht das Mädchen dasitzen, komischerweise in diesem Badezimmer, auf dem Badewannenrand, während Alice selbst noch, oder wieder, auf dem zugeklappten Klodeckel hockt.

»Du lügst«, sagt das Kind. »Es ging überhaupt nicht um mich. Du wolltest einfach ein Kind, egal was für eines. Du wusstest doch überhaupt nicht, dass *ich* es war, oder? Na bitte! Du hast es für dich selbst getan!«

Wütend stürmt sie aus dem Badezimmer, vierzehn ist sie, sie trägt ein hellblaues Hemdchen und Jeans. Mit ihren Turnschuhen macht sie einen gedämpften Trommelwirbel auf der Treppe. Diese makellosen Schultern, dieser konzentrierte Blick, diese grüngrauen Augen – natürlich warst du es, denkt Alice, nur nach dir, nach dir allein habe ich mich all die Jahre gesehnt.

»Es hätte jedes blöde Kind sein können, das weißt du genau. Ich *hasse* dich!« Die Haustür knallt zu.

Alice hat die Spritze fallen lassen. Sie hebt sie auf. Es ist nichts kaputtgegangen. Desinfizieren? Keine Lust. Was macht das schon. Mit einem mutlosen Seufzer kneift sie eine Falte in ihre Bauchhaut und sticht ohne weiteres Zögern die Nadel hinein. Es muss sein. Ich werde nicht darüber nachdenken. Aufstehen, Hose zumachen, Pullover über das ganze Elend ziehen, ins Arbeitszimmer gehen. Die Bläserserenade mit ihrer Fanfare wartet. Der Brief mit der ehrenvollen Einladung ist auf den Boden gefallen. Schön liegen lassen. Jede Ablenkung ist Ballast.

Es ist, als verschwinde sie in den Noten, die sie geschrieben hat. Sie? Die ratlose Version ihrer selbst, die enttäuschte Mutter des erbosten Kindes, die unsichere, viel zu alte Frau, die sich Hormone spritzt, die von der Röntgenassistentin und dem Fortpflanzungsarzt abhängig ist. Die Frau am

Schreibtisch hat einen kerzengeraden Rücken und eine feste Hand. In ihrem Notizbuch sucht sie die Akkordfolge, die sie für ihre Fanfare verwendet hat. Ein Büchlein im Format eines Terminkalenders mit Notenlinien anstelle der einfachen Linierung. Ganze Stapel hat sie davon, alle voller Einfälle, Erfindungen, Entwürfe für Kompositionen. Sie bewahrt sie auf einem Regalbrett hoch oben im Bücherregal auf. Das erste Büchlein bekam sie von Duk geschenkt, in Paris. Als er sah, wie sehr sie sich darüber freute, gingen sie in das Geschäft zurück, und er kaufte noch drei weitere. Ein schwarzes, ein rotes, ein marmoriertes. Seitdem hat sie immer eines bei sich, tief unten in ihrer Tasche. Sie hat an der Gewohnheit, ihre Einfälle zu notieren, auch dann festgehalten, als die Beziehung aus war. Betrachtete sie sein Geschenk als die Suggestion eines fürsorglichen Lehrers? Als Projektion seiner Angst, in seinem Alter vergesslich zu werden? Nein, eine kollegiale Liebesgabe war es gewesen, ein Zeichen, dass er sie für voll nahm und einen Blick dafür hatte, was sie brauchte.

Sie ist zufrieden mit ihrem Stück und widmet sich sorgfältig der Instrumentierung. Eine herrliche Phase im Kompositionsprozess: Die Struktur steht, es wird in jedem Falle ein Stück zustande kommen, und die Arbeit an den Details ist schlechtweg eine Freude. Warum liegt mir so sehr am Blech, Instrumente, die man mit Krieg und Tod in Verbindung bringt? Als ob ich mich dadurch abschrecken ließe, kommt gar nicht infrage. Haydn, der hatte Angst vor Krieg und Revolution. Er flüchtete nach England – ja, für Geld und Ruhm, gewiss, aber auch weil es auf dem europäischen Festland gefährlich brodelte. Was, wenn das Chaos der

Französischen Revolution nach Wien herüberwehte? Trotz seiner Einwände gegen die feudalen Arbeitsbedingungen, unter denen er jahrelang gearbeitet hatte, wäre es ihm nicht in den Sinn gekommen, dass die Abschlachtung seines Fürsten eine gute Idee sei. Ihm graute vor Gewalt. Er würde kündigen, wenn die Situation ihm nicht mehr zusagte.

Nachdem er aus England zurückgekehrt war, war er sein eigener Herr und verdiente genug, um freigebig an Familienangehörige und alte Dorfgenossen auszuteilen. Er schrieb sein Meisterwerk, während sein Papagei bei ihm im Zimmer saß. Dann diese umwerfende Premiere mit wohl vierhundert Ausführenden. Der Eindruck, den das Oratorium auf die Zuhörer machte, war überwältigend; nun konnte er es ruhig angehen lassen. Seine Frau, die Geschmähte, die Unfruchtbare, starb, und er wohnte mit seinem hingebungsvollen Bediensteten und Kopisten Johann Elßler in einer Wiener Vorstadt. Endlich Ruhe und Frieden, sollte man meinen. Aber es kam Krieg, und die französischen Truppen saßen in Schönbrunn. Haydn hatte geschwollene Beine und klagte über seine nachlassende Kraft. In seinem Garten spielte er mit den Nachbarskindern.

Ein schwacher, alter Mann, dachte Alice, während sie in der Biografie blätterte. Die Franzosen begannen, die Stadt zu bombardieren, und eine ihrer angsteinflößenden Kanonenkugeln schlug nahe Haydns Haus ein. Er bewahrte Haltung und versicherte den Kindern, dass nichts geschehen könne, solange *er* dabei sei. Doch als die Bombardierung gar nicht mehr aufhören wollte, zitterte er wie Espenlaub und war außer sich vor Nervosität, so erzählt Elßler. Wien kapitulierte, und Haydn blieb sterbensbang. Dennoch kleidete er sich jeden Morgen sorgfältig an und setzte seine Perücke auf. Eine Beschwörung, dachte sie, mit Samtmantel und Spitzenkragen wird dir niemand zu nahe kommen. Wie wird er erschrocken sein, als ein riesiges Pferd in seinen Garten galoppierte. Ein schnaubendes und stampfendes Geschöpf mit einem uniformierten Offizier darauf. Ein Franzos! Der Mann band das Tier an einem Pfosten des Gartenzauns fest, und Haydn wusste vor Elend nicht mehr aus noch ein. Nie war er, seit er als Junge einmal von einem Pferderücken gefallen war, auch nur in der Nähe eines Gauls gewesen, außer bei den Pferderennen in England, in sicherer Entfernung auf der Tribüne. Und was wollte dieser Husar, mit einer Jacke voller Tressen und einem Schwert an der Seite – ihn arrestieren und gefangen nehmen?

Der Husar wollte dem größten Komponisten Europas seinen Respekt und seine Dankbarkeit bezeugen. Er ließ den alten Mann wieder auf seinem Stuhl Platz nehmen und setzte sich selbst ans Klavier. Was geschah? Der Mann fing an zu spielen, und endlich entspannte sich Haydn; lächelnd erkannte er seine eigene Musik, und mit geschlossenen Augen lehnte er sich zurück, als der Husar eine grandiose Interpretation einer Arie aus *Die Schöpfung* darbrachte. Viril, energisch und zugleich feinfühlig und von musikalischem Verständnis zeugend. Der Komponist weinte.

Auch Alice seufzt zufrieden. Sie schlägt das Buch zu, froh, dass der ängstliche Alte durch sein eigenes Werk zu so tiefer Ruhe fand. Jetzt konnte er wohl sterben, und so geschah es auch, kurz nach dem verblüffenden Besuch des Franzosen. Er schlief ruhig ein, stand in den Büchern, um nicht mehr aufzuwachen.

Das Klingeln des Telefons reißt Alice aus ihren Überlegungen.

»Hallo?«, sagt sie zögernd, mit den Gedanken noch in Wien. Eine korrekte Frauenstimme stellt sich freundlich vor und erkundigt sich, ob sie wirklich mit Frau Augustus, der Komponistin, spreche? Um den Brief gehe es, den Brief vom künstlerischen Direktor des Orchesters, den habe sie doch hoffentlich erhalten? Die Frau ist die Sekretärin des Direktors, entschuldigen Sie den Anruf, sie wolle Alice nicht aufscheuchen, jedes Verständnis für dringende Arbeiten, aber die künstlerische Kommission sei *so* neugierig, *so* ungeduldig. Sehr gern wollten sie in nächster Zukunft ein Gespräch anberaumen, das heißt, falls Alice beschließen solle, auf die Einladung, eine Jubiläumskomposition zu machen, einzugehen, was natürlich alle von Herzen hofften.

»Oh«, sagt Alice verblüfft, »steht es denn schon fest, dass ich das machen soll, meine ich?«

»Aber sicher«, antwortet die Frau dezidiert. »Hatten Sie das nicht so verstanden? Das tut mir leid. Vielleicht hatten wir uns nicht deutlich genug ausgedrückt. Entschuldigen Sie.«

Was nun? So empört und beleidigt war sie gewesen, für nichts. Habe ich nicht genau genug gelesen, rege ich mich zu gern auf? Bestimmt, ich bin über so gut wie alles böse. Diese zufriedene Ergebenheit Haydns, über die ich gerade las, liegt bei mir in weiter Ferne. Ein Termin kommenden Donnerstag, mit der vollzähligen Kommission und dem Direktor, sie schreibt es in ihren Kalender. Zum Glück ist das ein Tag ohne Kliniktermine. Die Sekretärin wird sie am Künstlereingang erwarten und sagt, sie freue sich, sie kennenzulernen. Auf Wiederhören und einen schönen Tag noch.

Lieber Gott, denkt Alice, wie bringt so eine kultivierte Frau das über ihre Lippen? Na ja, einerlei, der Auftrag ist unter Dach und Fach. Wie ist es möglich? Ob ich jemanden aus dieser künstlerischen Kommission kenne? In solchen Zirkeln sitzt ja immer irgendwer, der sich aus den Solfeggiostunden oder der Kantine an dich erinnert. Leicht fühlt sie sich, schwerelos tanzt sie die Treppe hinunter. Die erboste Fantasietochter hat sie vergessen.

27

Wie merkt man, dass man schwanger ist? Sie bekam nichts davon mit, hatte wahrscheinlich nie ernsthaft darüber nachgedacht. Wie in einem Rausch lebte sie mit Duk, jeder Tag war ein ruhiges Fest, jede Nacht eine sichere Verzückung. Zusammen lebten sie in einem kleinen Stückchen Zeit, die Vergangenheit umfasste die Zahl der Jahre, die sie einander kannten, und die Zukunft war aufgrund von Duks Alter begrenzt. Sie genossen den Tag und kniffen vor dem Abend die Augen zu.

Dann und wann menstruierte sie, aber die Daten behielt sie nicht im Auge, und es fiel ihr nicht auf, wenn sie einen Monat übersprang. In dem Jahr, in dem sie bei Haneman studierte und es ihr so schlecht ging, dass sie in Therapie musste, hatte sie kaum menstruiert, diesem Umstand aber wenig Beachtung geschenkt. Gespannte Brüste und einen Widerwillen gegen Kaffee nahm sie zwar wahr, aber Bedeutung maß sie dem nicht bei. Sie könne den ganzen Tag schlafen und habe ständig Hunger, erzählte sie Svea. Dass sie zu hart gearbeitet hatte, dass Duk sie nachts manchmal wach hielt, das musste es sein.

Das Baby schlief, die zwei kleinen Kinder saßen auf dem Fußboden und sahen fern. Svea und Alice, am Küchentisch, schauten einander an.

»Das ist nicht dein Ernst«, sagte Alice. »Schwanger? Ich?«

»Hast du etwa geglaubt, das ginge nicht, weil Duk schon so alt ist?«

Schlaffer Samen, dachte sie, ja, vielleicht ist mir diese Möglichkeit kurz durch den Kopf gegangen. Aber dass ich Mutter werden könnte, ist bizarr. Dafür muss man doch erst eine Mutter *haben* können, wissen, wie das ist, sich nach so einem Zweierbund sehnen können. Das ist so weit von meiner Realität entfernt, dass ich es mir nie ausgemalt habe.

»Wie hast du es denn mit anderen Freunden gemacht?«

»Na ja. Kondom. Manchmal.«

Svea sah ihre Freundin mitleidig an.

»Wie kann es angehen, dass du derart naiv bist? Das sieht dir doch gar nicht ähnlich, bei anderen Dingen bist du so sorgfältig, so rational. Ich kapier das nicht.«

»Für dich ist es normal«, sagte Alice langsam, mit Mühe. »Du bist von Natur aus Mutter, schon immer gewesen. Du willst das, und du weißt es auch von dir. Ich sehe mich nicht auf diese Weise. Das ist absolut nicht meine Welt.«

»Übelkeit auch, wenn du aufstehst?«

Alice zog die Schultern hoch. Dass man beim Aufwachen immer kurz über den Widerwillen hinwegmusste, war ihr vertraut, und ein vages, schnell verfliegendes Gefühl von Unpässlichkeit schloss sich dem logisch an.

»Ich habe noch so ein Ding rumfliegen, im Arzneischränkchen. Wir können mal eben testen, wenn du willst, oder?«

Eine Brutstation ist das hier, ein Zuchtlaboratorium, dachte Alice, voller Gerätschaften und Material zur Anwendung auf dem Weg zum Produktionsziel. Svea hatte sich erhoben und kramte im Badezimmer; Geräusch von Metall auf Glas, dann schnelle Schritte zurück in die Küche. Triumphierend hielt sie eine Schachtel von der Apotheke in die Höhe. In eine Blumenvase pinkeln. Ein bisschen taumelig mit der Ernte aus der Toilette laufen. Svea, die geübte Laborantin, übernahm die Regie. Sie heftete den Blick auf den Streifen, das Orakel, während sie warteten. Alice saß mit hängenden Schultern dabei. Es geht mich nichts an, es ist Sveas Ding, es gehört zu diesem Haus, später radle ich wieder weg, und es ist nichts passiert.

»Jaha, genau wie ich gedacht habe, du bist schwanger!«

Sie hörte es zwar, aber fühlte nichts. Sie blieb unbeweglich sitzen und blickte voller Unglaube zu ihrer Freundin hin. Die beugte sich zu Alice, um ihr einen Kuss zu geben, und sagte: »Gratuliere.« Dann drehte sie sich um und machte sich daran, an der Küchentheke Äpfel und Bananen zu Brei zu zerdrücken. Sie schaufelte die Pampe in zwei Plastikschälchen. Die Kinder wurden vom Fernseher losgerissen und setzten sich an den Tisch. Svea band ihnen Lätzchen um, und sie begannen, mit kleinen Löffeln in dem Mansch herumzupatschen.

Alice stand auf, erstaunt, dass sie noch stehen konnte. Sie wollte raus, als könne sie vor der Schwangerschaft flüchten, indem sie größtmöglichen Abstand von dieser Küche nahm, von diesem Haus, das ganz und gar der Fortpflanzung geweiht war. Aber als sie in ihrem eigenen Haus in Duks Armen stand, wusste sie nicht, was sie auf seine Frage, was denn los sei, antworten sollte. Etwas Fürchterliches, vor dem sie weglaufen musste, eine Bedrohung, die sie erstickte. Sie war in einem klebrigen Netz gefangen, aus dem sie sich unmöglich befreien konnte. Sie atmete schnell und flach. Er hielt sie fest.

Zu guter Letzt erzählte sie es natürlich doch, an diesem Nachmittag, mit bebenden Lippen und zittriger Stimme, aber deutlich genug. Schwanger. Ein Baby würde kommen. Sie saßen zusammen auf dem Sofa. Er hatte die Hand auf ihren Arm gelegt. Stille.

»Das Allerschönste«, sagte er, vor sich hin redend, »das Schönste, was passieren konnte.« Er sprang auf und zog sie mit. Er tanzte mit ihr durchs Zimmer, immer wieder rufend, dass sie jetzt Eltern werden würden, dass sie ein Kind bekamen, ein Kind! Alles würde gut werden, noch besser, als es ohnehin schon war, sie in der Blüte ihres Lebens, und er nun voll und ganz bereit für die Vaterschaft, alle Zeit auch, nein, besser ging es einfach nicht. Eine neue Chance sei es für ihn, für sie, ein wunderbarer Anlass für Wachstum, Entfaltung, Entdeckung. Er weinte. Wenn auch nur einen kurzen Moment.

Das Netz um Alice verflüchtigte sich. Konnte sie seiner Freude trauen, ging es tatsächlich um die Ankunft eines Kindes, ihres Kindes? Zögernd, Schritt für Schritt, begann sie, mit ihm mitzufühlen, sich in Anflügen vorzustellen, wie es sein würde, ihr anschwellender Körper, seine Fürsorge, ihrer beider Involviertsein bei dieser neuen, dieser absolut überraschenden Wendung in ihrem Zusammensein. Nach etwa einer Woche war sie überzeugt. Er war sich sicher, dass es etwas Gutes war, dass sie dem gewachsen waren, dass es ein glücklicher, begnadeter Schritt in ihrer Beziehung war. Er wollte sie heiraten. Er wollte jetzt endlich einmal ihre Eltern besuchen. Er dachte über die Einrichtung ihres Hauses nach, den Ort für das Kinderzimmer. Er begleitete sie zum Hausarzt, um über den weiteren Ablauf und die Entbindungsmöglichkeiten zu sprechen. Es war eine Idylle, in die sie sich hineinsaugen ließ. Wenn er es so empfand, musste es wohl wahr sein, ohne Frage. Sie würde Mutter werden. Wirklich.

28

Für das Gespräch mit der künstlerischen Kommission entscheidet sie sich für elegante Stiefeletten. Komisch eigentlich, dass man sich überlegen muss, was man für so einen Anlass anzieht. Wie schaut man auf sich selbst, wenn man sich mit solchen Überlegungen rumschlägt? Durch wessen Augen? Sie möchte Eindruck machen, aber welchen Eindruck und auf wen? Wenn es nur um den Eifer und die Hingabe auf ihrem Fachgebiet ginge, könnte sie besser in einer alten Jeans und einem verschlissenen Oberhemd erscheinen, der Arbeitskleidung. Das müsste den Kollegen doch Vertrauen einflößen. Aber sie wählt ihre Kleidung mit Sorgfalt aus, eine schöne Hose, einen gut sitzenden Blazer. Was will sie damit sagen? Dass sie in der Welt zu Hause ist, nicht nur hinter ihrem Schreibtisch. Dass sie sich zu benehmen weiß, verhandeln kann, sich nicht einschüchtern lässt. Ihre Unsicherheit beim Lesen des Briefs – es ist ein Wettbewerb, ich muss eine Prüfung ablegen! – soll weit in den Hintergrund rücken. Sie wird sich ohne Vorurteile anhören, was sie bei diesem Orchester vorhaben, und in Ruhe mit sich zurate gehen, ob sie sich dem anschließen kann. Dafür sind diese Stiefeletten, dafür ist dieser Blazer gedacht.

Auf dem Fahrrad denkt sie flüchtig an die Touren in die Klinik, wie anders sie sich dann fühlt und wie eigenartig das ist. Die Angst, der Zweifel und der Widerwillen, die sie überkommen, wenn sie zu einem Ultraschall oder einer Konsultation unterwegs ist, erscheinen ihr jetzt seltsam, als wäre das nicht *sie*, diese zaghafte Frau. Die Frau, die jetzt zum Konzertsaal radelt, ist selbstbewusst und empfindet eine Art Vergnügen, eine entzückte Erwartung. Mit Musikern beratschlagen, auf ihrem eigenen Gebiet, Möglichkeiten ausloten, Chancen bekommen und ergreifen.

Die Sekretärin steht in der Tat da und erwartet sie, im Rock, auf Stöckelschuhen. Alice lächelt. Es muss Unterschiede geben, eine Komponistin sieht anders aus als eine von der Verwaltung. Sie gehen nebeneinanderher zu dem kleinen Foyer, wo die Beratung stattfinden wird. Man hat einen großen Tisch hingestellt, und um den sitzen die Kommissionsmitglieder, manche mit Papieren vor sich, andere im Gespräch mit einem Sitznachbarn. Sie erkennt einen Posaunisten, einen grüblerischen Mann, mit dem sie früher schon einmal zusammengearbeitet hat. Er fand sein Instrument unmöglich, immer Probleme mit dem Zug, hatte er oft wiederholt. Auch jetzt sieht er trübsinnig aus, aber er grüßt sie freundlich. Der künstlerische Direktor kommt mit einer Mappe unter dem Arm herein. Enge violette Hose mit zu kurzen Beinen, bestimmt extra, damit die gelben Socken zu sehen sind, denkt sie. Hör auf jetzt, es geht um die Musik. Eine Befruchtung ist das, es wird etwas in mich hineingepflanzt, und das wird in den kommenden Monaten wachsen, detaillierter werden, immer deutlicher, ein Stück mit einem spezifischen, eigenen Charakter, größer und größer, bis es bereit ist, nach draußen zu kommen. Idiotischer Vergleich. Pass auf, sie sagen etwas. Ja, ja, eine Komposition von einer knappen halben Stunde, am liebsten für die komplette Orchesterbesetzung, froh sind sie auch, dass sie es machen will, Erneuerung, mit der Zeit gehen, sie ist jung, sie ist eine Frau.

Am Tisch sitzt *eine* weitere Frau, eine finnische Bratschistin. Alice kennt sie von früher, sie war in dem Quartett, das bei ihrer Abschlussprüfung spielte. Sie erinnert sich an ein Gespräch über Männer und Frauen in der Musik, wie anders das in Finnland war, im Vergleich zu den hiesigen Gegebenheiten. Eine Frau als Dirigent, als Orchesterleiter, als Komponist – das sei in Finnland ganz normal, hatte die Bratschistin erzählt. Sie war nicht schweigsam und depressiv, wie man es von einer Finnin erwarten würde, sondern meistens heiter, und posaunte ungezügelt ihre Meinungen hinaus. Sie vertiefte sich in alles, was ihr begegnete, und nichts überstieg ihr Fassungsvermögen. Alice mochte sie und bewunderte sie. Die Finnin zwinkert ihr zu und reckt verstohlen den Daumen in die Höhe. Sie findet es normal, dass sie mich auswählen, denkt Alice erfreut, sie sieht das nicht als einen Versuch, politisch korrekt zu erscheinen, oder als ein Mittel, internen Streit unter männlichen Komponisten zu vermeiden. Sie findet es selbstverständlich!

Sie lehnt sich zurück und lauscht dem Gespräch, ohne zu registrieren, was gesagt wird. Es klingt wie die Vögel morgens in ihrem Garten. Gezwitscher rund um die Meisenknödel und das Streufutter, ein Spatz fliegt hin, andere folgen, der erste schnellt piepsend auf einen Baum, ein Zögern bei den übrigen, dann ein Schwarm hinter dem ersten her; eine kleine Meise erscheint, die für sich allein freie Bahn auf dem Futterbrett hat. Auf dem Boden wuselt eine Amsel, um die heruntergefallenen Körner zu fressen.

»Das Programm«, sagt der Direktor mit erhobener Stimme. Seine Stimme ist etwas zu hoch, denkt Alice, keine natürliche Überlegenheit. Strengt sich zu sehr an. »Womit sollen wir das Auftragsstück kombinieren? Ich denke an unsere Spezialitäten: Wagner, Brahms, eventuell Korngold. Vorschläge?«

Alles Mögliche rollt über den Tisch, die Stimmen der Musiker mischen sich zu einem aufgeregten Summen und Brummen, aus dem plötzlich ein klarer Ton aufsteigt. Das ist Lisa, die Finnin.

»Haydn natürlich. Die Sinfonie mit dem Paukenschlag. Monumental!«

Alice sieht den Direktor zögerlich nicken. Das ginge, scheint er zu denken. Schön langsamer Teil, mit diesen Variationen.

»Und danach das Trompetenkonzert von Alice«, fügt der Posaunist hinzu. »Und dann das Auftragsstück nach der Pause, dafür ist das Publikum dann wohl bereit.«

»Zum Abschluss Haydns Trompetenkonzert, den Solisten hat man ohnehin schon, und für *das* Konzert bleiben die Leute garantiert sitzen, da hat man dann keine, die in der Pause weggehen.« Das ist wieder Lisa. Alice sieht sie dankbar an. Wunderbares Programm, nicht mehr daran rütteln. Zwei Stücke von ihr, ist das zu raffgierig? Aber es ist rundum gut, es ist großartig, das Podium mit Haydn zu teilen, ich *will* es so.

Der Direktor kritzelt etwas auf seinen Notizblock, richtet eine letzte Frage an die Runde und schließt die Sitzung. Er rafft seine Unterlagen zusammen, Details kommen später, murmelt er noch, Daten, Dirigent, Solist, und vielen Dank für die Beiträge. Alle stehen auf, manche schnellen davon, die Spatzen, denkt Alice, andere bleiben noch auf einen Schwatz. Der Direktor zupft seine violetten Hosenbeine zurecht und fragt sie, ob sie sich mit dem Programm, dem vorläufigen Programm, anfreunden kann? »Voll und ganz«, sagt sie, »das war ein goldener Griff der Kommission. Von dir!«

Dann ist er weg, und sie bleibt mit Lisa zurück. »Jetzt noch der Solist«, sagt die. »Das muss natürlich eine Größe sein. Bei diesem Orchester. Sie werden nicht Klaas Riedstra aus Kanada holen, mit dem zieht man kein Publikum an.« Alice erschrickt. Das fehlte noch, ein alter Liebhaber, der an ihrem Abend spielt, nein, es ist schon kompliziert genug.

Sie reden noch kurz über früher und über heute, Lisa gefällt es in der Bratschengruppe, sie wird hierbleiben und echt nicht nach Finnland zurückgehen, kein Gedanke daran. Sie ist allein, kein Partner, keine Kinder. Sie wohnt außerhalb der Stadt, großer Garten, kleines Häuschen. Alice erzählt, dass sie eine Zeit lang mit Duk zusammen war, und Lisa nickt, das lag schon immer in der Luft, findet sie. Wenn du etwas willst, musst du dranbleiben und darfst dich nicht von der Meinung anderer beirren lassen. »Wenn ich auf meine Eltern und Lehrer gehört hätte, wäre ich in Helsinki. Aber du bist jetzt verheiratet, nicht? Mit einem Juristen?«

Vierziger sind wir, denkt Alice, oder fast. Das Ruder kann noch herumgeworfen werden, Lisa erwägt das auch. Ein Studium, etwas mit Kulturmanagement, der ganze Laden hier könnte anders, abenteuerlicher organisiert werden. Hat Alice Pläne für eine grundlegende Neuerung? Alice verneint. Feigheit ist einfach. Obwohl sie dieser großherzigen Frau gern ihre Not mit dem hoffnungslosen Fruchtbarkeitsunterfangen klagen würde. Hat sie Angst, dass Lisa ihr die Sehnsucht nach einem Kind ausreden würde? Vielleicht. Die Angst, dass sie um Worte ringen wird, überwiegt. Und wer wird so etwas verstehen, diese ganzen Mühen und Schmerzen für *was*? Für etwas Unsicheres, für eine Bedrohung des jetzigen ruhigen Zustandes. Unvermögen, sich mit seiner Lebensphase abzufinden, sich zufriedenzugeben mit dem, was man hat.

»Ich kann mich an deine Eltern erinnern«, sagt Lisa. »Sie waren bei deiner Abschlussprüfung. Nicht sonderlich enthusiastisch. Leben sie noch?«

Zum Glück, ein anderes Thema. Obwohl sie vielleicht doch etwas gespürt hat, die finnische Lisa, etwas von Generationen, Kindern und Eltern. Jetzt will ich nach Hause, nach Herzenslust über den Auftrag nachdenken, den Kopf tief in diesen herrlichen Sand stecken. Sie verabschieden sich voneinander. Lisa hebt den Kasten mit ihrer Bratsche von einem Stuhl. Alice befühlt kurz den schönen Schal über Lisas Schultern. Handgewebt, Pastelltöne. »Finnisch«, sagt Lisa mit einem kurzen Lachen. »Schöne Sachen haben sie dort schon. Fein, dass wir uns wiedersehen!«

Der Nachhauseweg auf dem Rad befreit sie von den ambivalenten Gefühlen, die das Gespräch mit der Kommission geweckt hat. Je näher sie Fahrradschuppen und Haustür kommt, desto mehr freut sie sich auf das Stück, das sie machen wird, den Bericht über die Zusammenkunft, den sie Mark geben wird, das gemeinsame Trinken auf diesen Aspekt der Zukunft. Mit geradem Rücken betritt sie das Haus, ihre Stiefeletten klacken beschwingt auf den Fliesen.

29

Vor fünfzehn Jahren, als sie mit der Finnin Kontakt hatte, war sie mit Duk zusammen gewesen. Sobald diese Beziehung endlich ungehemmt ausgelebt werden konnte, hatte sie sich darin verloren. Sie sah nahezu niemanden mehr. Die schlimmsten Gemeinplätze wurden wahr, sie fühlte sich glücklich, und er auch, davon war sie überzeugt. Die Schwangerschaft war die Krönung des Ganzen. Sie strahlte, als hätte sie ihre Bestimmung gefunden.

Svea, bei der sie hin und wieder vorbeischaute, konnte das sehen und sagte etwas dazu. Sie erkennt das Gefühl, dachte Alice, wenn jemand etwas über Mutterschaft weiß, dann sie. Hinter dem Kinderwagen liefen sie durch den Park, die älteren Kinder waren in der Kita, und das Baby schlief zufrieden. Bald laufe ich auch so, bald habe ich so ein hilfloses Kleines und werde verstehen müssen, was in diesem zerbrechlichen Köpfchen vor sich geht. Nachempfinden, das Richtige tun, *wissen*.

»Und Duk«, fragte Svea, »ist der auch so begeistert?« Erstaunt sah Alice sie an. Dass sie daran zweifelte, wie kam sie dazu? Sveas Stirnrunzeln beunruhigte sie.

»Wie meinst du das? Er freut sich natürlich unheimlich.« Sie setzten sich auf eine Bank an der Sandkiste. Alice sah eine grüne Plastikschildkröte und ein kaputtes Eimerchen im schmutzigen Sand liegen. Es war kein Mensch da, Wolken bedeckten den Himmel, und es drohte zu regnen.

»Ja«, sagte Svea, »er freut sich bestimmt, das glaube ich gern. Aber du – hast du daran gedacht, dass dein Kind, wenn es zehn ist, einen fünfundsiebzigjährigen Vater haben wird? Dass dieser Vater mit beginnender Demenz und Prostatakrebs ins Pflegeheim kommt, wenn dein Kind anfängt zu studieren? Scheint mir doch keine schöne Aussicht zu sein.«

Alice schwieg. Von den Bäumen tropfte Feuchtigkeit, aber es war kein Regen.

»Er ist sehr vital«, sagte sie nach einer Weile. »Lebenskräftiger als zu der Zeit, als er noch an der Schule arbeitete. Nein, ich denke natürlich nicht darüber nach, über so ein Unheil. Ich sehe ihn aufleben, und ich gehe davon aus, dass das anhält. Warum sollte er dement werden? Er wird ein lieber und aktiver Vater sein, da bin ich mir sicher.«

»Ich will dich ja nicht entmutigen oder dir Bange machen. Es besteht einfach ein enormer Altersunterschied zwischen euch, das kannst du nicht verleugnen. Es hat mir zu denken gegeben, das ist alles. Aber letztens stand ein Mann in der Zeitung, der neunzig war und noch Tennis spielte. Geht auch.«

Das Baby wurde wach und wollte trinken. Alice saß in Gedanken versunken neben ihrer Freundin, die dem Kind halb unter ihren Mantel verborgen die Brust gab. Ein Eichhörnchen stob in die Sandkiste, und Krähen schimpften sich hoch oben in den Baumkronen gegenseitig an. Wir sind Tiere, dachte Alice, damit beschäftigt, Nahrung zu finden, Junge großzuziehen, den Jahreszeiten zu folgen. Ein Tier hat keine ängstlichen Zukunftsfantasien, ein Tier, ich auch, geht im jetzigen Zustand auf. Ich bekomme ein Kind, ich habe ein sicheres Nest, und es gibt einen Mann, der bei uns bleibt. So ist es. Svea sollte den Mund halten. Haydn kam erst im hohen Alter richtig zur Blüte. Selbstständig, frei, über seine besten Eigenschaften und Talente verfügend. Von wegen Demenz. Ja, zuletzt wurde er kraftlos, davon hatte sie gelesen. Die Menschen in jener Zeit wurden nicht alt, Haydn war eine Ausnahme. Vielleicht verlor er durch seine Angst vor der französischen Besatzung seine Lebenslust. Vielleicht war er niedergeschlagen, weil er keine Nachkommen hatte.

Das Baby machte ein Bäuerchen und wurde wieder im Wagen verstaut. Sie verließen den Park.

»Möchtest du dir meine Wiege ausleihen?«, fragte Svea. »Ich habe noch viel mehr von diesem Babykram, und bis ich das Nächste bekomme, bist du schon wieder fertig damit.«

»Mal sehen. Jetzt geh ich nach Hause. Wir telefonieren.«

Duk hatte Orangen für sie ausgepresst, nahm ihr den Mantel ab und drückte sie auf das Sofa. Dann nahm er aus einem Karton drei kleine Trommeln. Glänzendes Holz, in zwei Farben. Die Häute waren mit Metallbändern gespannt. Er stellte sie nebeneinander auf den Boden, groß, mittel, klein. Er klopfte darauf. Mit ein wenig gutem Willen hörte man einen Dreiklang. Die Trommeln erzeugten angenehme Laute, fast tierhaft. Kleine Pauken, dachte sie. Ganz was anderes als die Töpfe und Pfannen, auf die ich als Kind gehämmert habe. Er hat sie mit Sorgfalt ausgewählt, ein erstes Geschenk für unser Kind. Für uns beide eine Chance, etwas auszubessern. Er nimmt die Vaterschaft auf, was immer das auch bedeutet, und ich werde Teil einer richtigen Familie. Ein Schauder durchlief sie, der verflog, als Duk einen Rhythmus auf den Trommeln spielte. Sie stellte sich ein fröhliches Kleinkind vor, das, eine Trommel zwischen den gestreckten Beinchen, mit beiden Armen auf die gespannte Haut schlug, das sein Ohr auf die Trommelhaut legte, um zu hören, wo es herkam, dieses schöne Geräusch. Warum nicht? Sie sind dazu bereit, es ist gut hier, sie bereiten sich vor, das Kind wird willkommen sein, mehr als willkommen.

Duk setzte sich neben sie und legte die Hand an ihren Bauch. »Ich glaube wirklich, dass ich glücklich bin«, sagte er. »Noch nie so etwas erlebt. Verrückter kann's kaum gehen. Aber das wird es natürlich schon. Ich zimmere auf dem Dachboden ein zweites Arbeitszimmer. Da stellen wir ein elektrisches Klavier rein, dann kannst du arbeiten, wenn unser Kind schläft. Und ich hebe ein Loch für eine Sandkiste aus.«

Sie legt den Kopf an seine Schulter. Die Hand meines Mannes, dachte sie, eine starke Hand, die Bretter sägt und mit einem Spaten den schweren Boden beackert. Zögernd streichelte sie seine Finger mit den behaarten Gliedern und den kurzen Nägeln.

»Ich leg mal ein bisschen Musik auf«, sagte er. »Bin gleich zurück.«

Streichquartett, ein früher Beethoven vielleicht. Klare, ruhige Musik, überhaupt nicht beethovenartig. »Was ist das?«

»Opus achtzehn, Nummer fünf, glaube ich, ja, das ist es, A-Dur. Auf alten Instrumenten, tiefe Stimmung und so. Schön, nicht? Meistens ist Beethoven böse. Mozart ist lieblich. Und Haydn?«

»Menschlich. Immer.« Es kam entschieden heraus. Da war seine Hand wieder. Auf der Seite des rechten Zeigefingers ein Knubbel, durch das jahrelange Schreiben mit Hunderten Bleistiften. Tintenspritzer auf dem Handrücken, er hat mit Ausziehtusche Noten geschrieben. Zeit ist ein Konstrukt, dachte sie, Zeit ist eigentlich das, was man fühlt, ein ruhiger, harmonischer Stillstand mit einem unhörbar leisen Herzschlag im Hintergrund. Lass es so, lass es mal so bleiben.

30

Sie kam in ein leeres Haus, nach einem Besuch bei Haneman am Konservatorium, wo sie sich über ihren Beitrag zum Gruppenunterricht besprochen hatten. Ihre Tasche ließ sie neben das Sofa plumpsen und horchte in die Stille. Eben hinlegen, eben dem Wunsch nach Schlaf nachgeben.

Sie erwachte vom Geräusch lauter Schritte im Flur. Die Tür flog auf, und da stand Duk, mit zerzaustem Haar und einem schwer zu deutenden Ausdruck im Gesicht. Unwillkürlich schob sie die Hüfte Richtung Rückenlehne, um ihm Platz zu machen. Auf einmal war ihr kalt, und sie schlang die Arme um ihren Bauch. Duk setzte sich zu ihr. Er berührte sie nicht, sondern stützte sich über sie hinweg mit einem Arm an der Lehne ab. Behielt den Mantel an. Ballte die andere Hand auf seinem Knie zu einer Faust, dass die Knöchel weiß hervortraten. Er wollte etwas sagen, das sah sie, aber es kam kein Laut über seine Lippen. Räuspern. Augen zukneifen und wieder aufsperren.

»Ich habe nachgedacht«, sagte er endlich. »Und ich habe einen Beschluss gefasst. Ich verlasse dich. Eine andere Lösung gibt es nicht. Du hast ein Leben vor dir. Du darfst nicht an mich gebunden sein. Ich bin ein alter Mann, ich werde dich am Boden halten, während du eigentlich ausfliegen müsstest. Das ist Fakt.«

Alice lag regungslos auf dem Sofa. Sie dachte an die drei kleinen Trommeln, was sollte dann mit denen werden? Was meint er, ausfliegen, wieso muss ich ausfliegen? Was heißt das?

»Du bleibst hier wohnen. Ich habe was zur Miete gefunden. Ich werde natürlich für dich sorgen, mit Geld, für das Kind auch. Nächste Woche ziehe ich um.«

Alice schwieg. Sie versuchte zu denken. Er lässt mich sitzen, uns, mich und das Kind. Ich habe etwas falsch gemacht, etwas ist grundverkehrt. Sie dachte es, doch ohne es zu verinnerlichen. Duk stand auf und ging. Die Treppe hinauf, in sein Arbeitszimmer. Sie schlief wieder ein, und als sie wach wurde, hing ein unheimliches Dämmerlicht im Zimmer. Lampen an, Wasser lassen, Schürze umbinden, Essen kochen. Was ist los, was ist mit ihm geschehen? Er muss das erklären.

Sie saßen zu zweit am Tisch. Den Mantel hatte er zum Glück ausgezogen. Sie konnte nicht essen. Sie schaute unverwandt in sein Gesicht.

»Warum reagierst du nicht? Lässt sich nicht darüber reden? Hast du eigentlich eine Vorstellung davon, wie schwer es für mich ist, dir so etwas zu sagen?«

»Ich verstehe es nicht. Du warst glücklich, hast du gesagt.«

»Ich bin für dich ein Klotz am Bein. Wie kann ich da glücklich sein? Ich liebe dich. Du bist fünfundzwanzig. Ich möchte dich freilassen. Begreif das doch.«

»Sechsundzwanzig, ich will nicht frei sein.«

»Du verstehst es falsch. Du denkst, dass ich dich nicht mehr will und deswegen gehe. Es ist verdammt noch mal genauso wie damals die Sache mit Haneman: Ich fand, dass du noch einmal bei jemand anders studieren solltest, und du fühltest dich gleich abgewiesen. Du beziehst alles auf dich. Als läge es an dir.«

Alice stand auf. »Ich geh zu Bett.« Umdrehen und weg, das ganze Zeug auf dem Tisch stehen lassen.

Mitten in der Nacht legte er sich brüsk auf sie, umklammerte sie mit seinen Armen und drückte sein nasses Gesicht an ihren Hals.

»Ich *kann* es nicht. Ich weiß, dass ich dich loslassen muss, aber es gelingt mir nicht. Hilf mir doch!«

Mit trägen Bewegungen machte sie sich von ihm los und setzte sich auf. Er blieb in machtlosem Schluchzen liegen. Sie schwang die Beine zur Seite und stand auf. Kerzengerade.

»Du bist für mich ein Klotz am Bein, sagst du. Hättest du nicht mal nachfragen können, ob ich das auch so empfinde? Es ist eine fabelhafte Argumentation, sehr altruistisch, über jede Kritik erhaben. Aber ich glaube kein Stück davon.«

Damit hatte sie seine Aufmerksamkeit. Er hörte auf zu weinen und schaute ihr ins Gesicht. Aus Eis, dachte sie. Ich bin aus Eis, nichts kann mich berühren.

»Es ist dir nie gelungen, Vater deines eigenen Sohnes zu sein. Du hast selbst jetzt noch zu viel Schiss, den Kontakt zu ihm zu suchen. Mich verlässt du, weil *wieder* eine misslungene Vaterschaft droht. Dir geht es kein bisschen um meine Entfaltung oder Entwicklung oder was für einen Unsinn du auch vorschiebst. Du hast Angst, jetzt wo ich schwanger bin. Es ist Angst. Es ist reine Feigheit.«

Duk drückte den Kopf ins Kissen und hielt sich die Hände auf die Ohren. Alice wartete kurz, aber es kam keine Reaktion. Da verließ sie das Schlafzimmer, um sich unten aufs Sofa zu legen.

~

Jetzt, in ihrem eigenen Arbeitszimmer, in ihrem eigenen Haus, fragt sie sich, warum die Erinnerung an Duk so heftig zurückkehrt. Weil ich Lisa gesehen habe, bestimmt. Aber wie ist es mir gelungen, diese Schwangerschaft vor allen, und vor allem vor mir selbst, verborgen zu halten? Nicht einmal bewusst verschwiegen, gegenüber Mark und bei den Aufnahmegesprächen in der Klinik. Einfach nie daran gedacht. Das ist nicht normal, das ist lächerlich. Die Situation damals war verletzend, schmerzhaft, schrecklich. Also hab ich alles, was mich daran erinnerte, vergraben, bis es so war, als wäre nichts geschehen. Und jetzt überfällt es mich. Ob das durch diesen Auftrag kommt? Wenn man etwas Neues anfängt, was man wirklich sehr gern machen möchte, muss man sich für Einfälle durchlässig machen. Eine Luke wird geöffnet, und aus der Tiefe kommt eine Kolonne von Bildern, Klängen und Gedanken herauf, von denen man kaum wusste. Das ist das Material. Ich muss keine Angst davor haben. Ich werde nicht verrückt, oder ich bin es längst. Ich bereite mich auf eine Komposition vor, die mir offenbar sehr wichtig ist. Im Zuge dessen kommt alles Mögliche an die Oberfläche, was ich tief und weit verschüttet habe. Darüber muss ich nachdenken. Es ist seltsam. Und sehr unbehaglich, dass ich ungewollt gelogen habe. Eigentlich ist Svea die Einzige, die weiß, dass ich schwanger war. Sie hat nicht einmal Sven davon erzählt – sie wusste nicht, ob ich damit einverstanden wäre, sagte sie, und betrachtete es daher als ein Geheimnis. Ich werde es beim nächsten Mal van Pasen erzählen müssen. Sehr peinlich. Er wird mich sicher wegschicken. Werde ich dann schon sehen. Ich bin wieder auf Abwegen. Der Auftrag, den muss ich in Angriff nehmen. Sprache ist schrecklich, Worte nivellieren alles. Ungreifbare Emotionen von wesentlicher Bedeutung werden zu billigen Gemeinplätzen. Ich muss die Luken aufstoßen, gut auf das achten, was dann zutage tritt, keine Angst haben. Was kommt an die Oberfläche? Wut. Sie schicken dich weg. Sie zerstören alles, was Belang und Schönheit in sich trägt. Die Abrisskugel in den Rücken des Kindes. Fallende Steine, ein Regen, ein Schauer. Das Schlagzeug muss der Motor des Stücks sein, von Anfang bis Ende durchlaufen. Alles steckt darin, die Raserei, die Zerstörungswut, der ohrenbetäubende Lärm, der einen krank macht, die totale Verwüstung – und auch die Verheißung, das Licht, der flüsternde Herzschlag eines wachsenden Babys, der mitreißende Rhythmus, den ein Kleinkind auf seiner Trommel spielt, entschiedene Schritte, die sich nicht aufhalten lassen, die weitergehen, was auch geschieht.

Na, das kommt nicht wirklich voran. Wenn ich so weitermache, bringe ich nichts zu Papier. Nein, nicht gleich überkritisch sein, mich selbst zum Schweigen bringen. Diese Schlagzeugbatterie ist ein guter Fund, daran kannst du festhalten. Auf diesem Gerüst kann ich den Rest aufbauen, was immer das auch sein wird. Lieber Gott, was für ein Elend ist das. Ein herrliches Elend, das schon. Bin ich durch diese Hormonspritzen aus der Bahn geworfen? So undiszipliniert war ich noch nie. Alles scheint lose zu sein, biegsamer, flüssiger als früher. Ich zerfranse, stoße auf Dinge, die ich nicht von mir kenne. Und morgen werde ich wieder wie ein gehorsames Kind in dieser Klinik erscheinen. Vielleicht meine Sünde beichten, wenn van Pasen da ist zumindest. Mich zurechtweisen lassen, mich bestrafen lassen. Jetzt, hier an diesem Tisch aber fühle ich mich frei, einem abscheulichen Universum Form zu verleihen. Das werde ich auch tun. Ich muss diese Worte loswerden, ich muss denken, fühlen in Klang. Dynamik. Knallgeräusche, Paukenwirbel. Tastende Melodiefetzen. »Da war noch keine Harmonie«, sagte Haydn, als er den Beginn von *Die Schöpfung* komponierte. Er wagte etwas, er wollte sich an keine Regel halten. Er machte seine eigenen Regeln. Ein Vorbild, dem man mit Respekt folgen sollte. Wir bauen auf den Fundamenten des jeweils anderen, daran ist nichts Falsches. Alles, was mir hilft, ist gut. Vorerst noch.

31

Am nächsten Morgen muss Alice in die Klinik. Kontrolle. Vaginaler Ultraschall. Danach ein Gespräch, nicht mit van Pasen, der muss operieren, aber mit einer jungen Frau. »Ich bin Assistenzärztin in der Ausbildung zur Gynäkologin«, sagt sie. »Es läuft gut mit der Entwicklung der Bläschen; in drei Tagen können wir die Ovulation anregen. Die Injektion dafür liegt schon zur Abholung in Ihrer Apotheke.«

Die Frau hat ein ernstes Gesicht, umrahmt von dickem dunkelblondem Haar. Freundliche braune Augen. Sie trägt keinen weißen Kittel, sondern eine Bluse mit einer Strickjacke darüber.

»Muss jeder das machen, der Frauenarzt werden will?«, fragt Alice.

»Ein kurzes Praktikum zu Beginn der Ausbildung, ja, das machen wir alle. In der letzten Phase, die dauert zwei Jahre, kann man Fortpflanzungsmedizin als Schwerpunkt wählen. Spezialisierung.«

Alice fragt sich, warum sie den Impuls verspürt, Fragen zu stellen. Weil die andere dann keine Gelegenheit hat, *sie* zu befragen? Vielleicht einfach, weil sie neugierig ist auf die Beweggründe, sich für dieses seltsame Fachgebiet zu entscheiden.

»Und, gefällt es Ihnen?«

Die junge Ärztin seufzt und bleibt kurz still.

»Eigentlich finde ich es fragwürdig. Es fließt sehr viel Geld in die Behandlungen, die oft keinen Erfolg haben. Die Wissenschaft bringt es weiter, das stimmt. Und wir sind ein Universitätsklinikum, da wird experimentiert, das gehört sich so. Ich habe mich für diese Richtung entschieden, weil ich die Atmosphäre in der Fachgruppe angenehm fand. Und der Ausbilder, Doktor van Pasen, ist großartig. Was wir hier machen, finde ich aber immer zweifelhafter. Was natürlich nicht so sein sollte. Es ist das gute Recht der Patienten, diese Behandlung zu wollen. Es *geht*, also wird es auch gemacht. Manchmal denke ich, dass die Fortpflanzung überschätzt wird, als zähle man nur, wenn man Kinder bekommt. Man erlebt hier viele tief enttäuschte Menschen, und man sieht, wie schwer es für die meisten ist, sich mit dieser Enttäuschung abzufinden. Unmöglich zu akzeptieren – das können Menschen nicht mehr, scheint es. Ich schwinge die Moralkeule, ich weiß, das gehört sich wirklich nicht. Sorry.«

Als Alice wieder zu Hause an ihrem Arbeitstisch sitzt, denkt sie an die Frau zurück, die unglücklich ist mit ihrer Ausbildung, mit den Patienten, die sie enttäuschen muss, mit den zahllosen Fällen, die nicht gut ausgehen. Unterdessen arbeitet sie an ihrer Schlagzeuglinie. Durch das ganze Stück hindurch soll ein fast unhörbarer, unauffälliger kleiner Rhythmus tönen, oder gerade eben nicht tönen. Ja, in meinem Stück, da schon. In meinem Bauch ist es still. Ich war mir dessen nicht bewusst, damals, denkt sie, während sie mit weichem Bleistift Noten auf einen einzelnen Balken zeichnet. Ich war so niedergeschmettert über das Verhalten von Duk, dass ich diese ganze Schwangerschaft vergaß. Wie ist das möglich, was für ein Hornochse bin ich gewesen. Sie zieht die Schultern hoch. Sie arbeitet weiter an dem geheimnisvollen kleinen Herzschlag.

~

Sie konnte nicht schlafen, auf dem Sofa, während sie Duk oben in ihrem Bett wusste. Sie warf ein paar Sachen in eine Tasche und wartete auf den Tagesanbruch. Sobald es hell wurde, schlich sie sich zur Tür hinaus, zu Svea. Die Kinder waren immer früh wach, Svea also auch. Die setzte sie gleich auf einen Stuhl in der Küche, zwischen die Brei essenden Kleinen. Sven schlafe noch, sagte sie. Erst als Alice erzählte, was passiert war, musste sie schließlich weinen. Svea reichte ihr ein Geschirrtuch, um ihre Wangen zu trocknen. Die Kinder verschwanden ins Wohnzimmer und gingen spielen.

»Er ist so ein Arschloch. Ich bin so naiv, dass ich wieder auf ihn reingefallen bin. Mich wegschicken, dann wiederkommen und flehen, und als ich daran zu glauben beginne, kriege ich einen weiteren Tritt versetzt. Er denkt, dass ich in dem Haus von ihm wohnen bleibe. Da hat er sich geschnitten. Und auch nicht in dieser Scheißwohnung, die er für sich gemietet hat. Eher gehe ich zur Heilsarmee, echt.«

Sie durfte natürlich bei Svea übernachten, vorläufig. Bis sie sich ein bisschen beruhigt hatte und nachdenken konnte. Unter dem Dach war ein schönes Zimmer, sogar mit einem Badezimmer daneben. Svea weckte ihren Mann, damit er sich um die Kinder kümmerte, und ging, einen Stapel Bettwäsche und Handtücher unter dem Arm, mit Alice die

Treppen hinauf. Sie machte das Bett, und Alice schaute aus dem Fenster. Kastanienbaum. Grauer Himmel.

»Hast du daran gedacht, dass Duk vielleicht recht hat? Vierzig Jahre Altersunterschied sind nicht nichts. Vermutlich hat er Angst, dass er dir zur Last fällt. Oder fallen wird. Er meint es bestimmt gut, aber er hätte sich das mal früher überlegen können. Das ist das unglücklichste Timing, das er sich aussuchen konnte.«

Alice registrierte die Worte zwar, aber reagierte nicht. Sie zog sich aus und schlüpfte unter die frisch bezogene Decke. Svea würde in ein paar Stunden nach ihr sehen, sagte sie. »Weiß Duk übrigens, dass du hier bist?«

Alice schüttelte den Kopf und zog die Decke über ihr Gesicht.

So hatte ihr Aufenthalt begonnen. Alice schlief viel und aß hin und wieder das Essen, das ihre Freundin ihr vorsetzte. Duk hatte irgendwann angerufen. »Ich habe es kurz gehalten«, sagte Svea, »aber jetzt weiß er, dass du hier übernachtest und dass du dir selbst eine Wohnung suchst. Er hörte sich matt an, er sprach sehr langsam.«

Einen Lichtblick in dem Elend bot schließlich ein Hausboot. Ein Kollege von Sven zog bei seiner Freundin ein und wollte sein Boot vermieten. Sven pries dieses Schiff in den höchsten Tönen, es sei Elektrizität vorhanden und sogar ein Telefonanschluss. Er würde mit Alice hinfahren, damit sie das Ganze besichtigen konnte, sobald sie sich aufraffen könne.

Ihre Partituren musste sie natürlich haben. Und Kleidung, Bücher, Platten, Kram, den sie immer mitgeschleppt hatte. Svea begleitete sie in das Haus, sie hatte mit Duk vereinbart, dass er nicht da sein würde. Verbissen durchpflügte Alice Zimmer und Flure und füllte Taschen und Plastiktüten mit ihren Habseligkeiten. Die glänzenden kleinen Trommeln ließ sie stehen. Sie stopften alles in Sveas Auto. Alice knallte die Haustür zu und warf den Schlüssel durch den Briefschlitz. Sie fuhren gleich zu dem Boot weiter, um dort alles auszuladen. Niedrige Fenster, durch die man ringsum aufs Wasser sah. Spärliche, geschmackvolle Einrichtung. Alice saß auf dem Fußboden – hell, Birke – zwischen ihren Arbeitsmappen. Was nun? Haneman anrufen, um sich krankzumelden. Der Werbeagentur die neue Telefonnummer durchgeben. Einen wärmeren Pullover kaufen. Allesamt Eingebungen, die einem realen Dasein entsprangen, einem Leben, das sie führte, bevor das Gebäude zusammenkrachte und er sie in dieses Vakuum geschubst hatte.

»Du musst Duk diese Nummer geben«, sagte Svea. »Er ruft immer mich an, aber ich möchte nicht die Mittlerin sein. Ich bin viel zu wütend auf ihn.« Alice stellte sich vor, wie das Telefon klingeln würde, wenn sie hier allein auf die Enten hinausspähte. Würde sie abnehmen? Das wusste sie nicht. Konnte sie Svea eigentlich vertrauen? Wusste sie auch nicht. Svea war für Duk eingetreten, »eine vernünftige Entscheidung«, hatte sie gesagt.

Das niedrige Bett stand direkt vor einem breiten Fenster. Wenn es regnete, würde sie die Tropfen und Rinnsale über die Scheibe jagen sehen. Überall Wasser, und sie dazwischen. Unnahbar. Ganz allein mit einem Gefühl, an das sie nicht herankam.

32

So hatte ihr Untergang begonnen, und jeden Tag sank sie weiter Richtung Grund. Das Telefon störte sie von Zeit zu Zeit mit seinem aggressiven Klingeln. Zuerst fürchtete sie immer, dass es Duk sein könnte, aber mal war es Haneman, der wissen wollte, wie es ihr ging, mal war es der Typ von der Werbeagentur mit einem Auftrag für sie, den sie ablehnte, mal Svea, die mit ihr spazieren gehen wollte. Nach einigen Wochen begann sie zu hoffen, dass am anderen Ende doch einmal Duk sei, der Mann, der sie so abrupt verlassen hatte, der ihre Tage und Nächte ausgefüllt hatte, ihre Gegenwart und ihre Zukunft, und der sie jetzt in der grauen Leere alleinließ. Sie hoffte. Er rief nicht an.

Es gab einen Treidelpfad am Ufer entlang, und zwischen den Wiesen verlief ein Wanderweg. Schmale Holzbrücken über die Wassergräben, magere Kirchtürme in der Ferne, verdorrtes Schilf am Wasserrand.

»Du musst eine Entscheidung treffen«, sagte Svea. »Die Zeit drängt. Jetzt geht es noch.«

Was meint sie, dachte Alice, ich habe doch schon eine Entscheidung getroffen? Dass es vorbei ist mit Duk. Dass ich von der ganzen Sache nichts mehr wissen will.

»Tu nicht so naiv. Du verleugnest es einfach. Wie weit bist du jetzt, in welcher Woche?«

Oh. Das meinte sie. Das geheime Wachstum. Ja. Der oberste Knopf ihrer Hose ging nur noch mit Mühe zu, und ihr Gesicht sah im Spiegel voller aus. Wo sie doch kaum etwas aß.

»Ich weiß nicht, welche Woche. Achte? Zehnte?«

»Guck mal in deinen Kalender. Denk doch mal nach. Willst du sein Kind behalten, oder müssen wir etwas organisieren? Das braucht ja auch ein bisschen Vorlaufzeit.«

Schweigend stapfte sie mit ihren Gummistiefeln durch das sumpfige Gras. Was will ich, dachte sie, wie komme ich um Himmels willen dahinter, wenn ich nichts fühle? Ich weiß nur, dass es aufhören muss, dieses Interimsleben, dieser totale Energiemangel. Das Kind von Duk? Das kommt mir wie eine Geschichte vor, das kann nicht real sein. Wenn es aus ist mit ihm, müsste auch sein Kind verschwinden. Und was hat das alles mit mir zu tun? Ich wünschte, Svea ginge nach Hause, ich kann ihr keine Antwort geben. Eine schlechte Freundin bin ich. Auch für Duk. Es liegt an mir, dass es so ungut ausgegangen ist. Es läuft doch darauf hinaus, dass ich etwas nicht kann, dass ich etwas fundamental falsch mache. Deshalb konnte ich auch meinen Eltern keine würdige Tochter sein. Tief im Innern weiß ich es genau. Meine Schuld. Selbst wenn ich es wollte, könnte ich keine Mutter sein.

»Was soll ich tun? Was meinst du?«

»Das ist nicht an mir. Du musst es entscheiden, und das schnell. Wenn du das Kind nicht willst, darfst du nicht länger warten. Du siehst übrigens schlecht aus. Leg dich nachher kurz hin.«

Alice nickte, schleppte sich zum Boot und verabschiedete

sich von Svea. Erschöpft trottete sie über die schmale Laufplanke nach drinnen. Die Therapeutin. Dass ich daran nicht gedacht habe. Sie kann mir dabei helfen zu sehen, was ich eigentlich fühle, genau wie damals, als Duk mich zu Haneman geschickt hatte. Gleich anrufen, sonst überlege ich es mir anders. Wo habe ich ihre Nummer? Kartons voller Gerümpel hier, aber keine alten Terminkalender. Dann eben das Telefonbuch. Schnell, nicht zaudern und warten.

Sie setzte sich auf den Fußboden, Rücken an der Wand, mit dem Telefon auf dem Schoß, und wählte langsam die Nummer. Auf dem Wasser sah sie zwei Blesshühner, die fast zu ihr hereinzuschippern schienen. Eine Männerstimme. Sie erschrak. Das hatte sie nicht erwartet. Zögernd fragte sie nach ihrer Therapeutin.

»Nein!«, blaffte der Mann. »Die Praxis ist aufgelöst! Meine Frau ist verstorben! Tot!«

Alice fühlte, wie das Blut aus ihrem Gesicht wich. Hätte nie anrufen dürfen. Was nun. Was soll ich sagen.

»Oh, wie schlimm«, presste sie heraus. »Das tut mir so leid. Das wusste ich nicht.«

»Lesen Sie keine Zeitung? Vor zwei Wochen. Hirnblutung. Und warum hat der Kollege meiner Frau Sie nicht angerufen? Der hat mit allen Patienten gesprochen, der ganzen Liste.«

Alice versuchte zu erklären, dass sie keine aktuelle Patientin war, dass sie nach Jahren noch einmal kurz Beratung brauchte, aber während sie sprach, wusste sie, dass sie diesen aufgebrachten Mann nur ärgerte, dass es fehl am Platze war, all diese Erklärungen, all diese Worte. Sie sagte noch einmal, dass es ihr leidtue – *was* tat ihr eigentlich leid? –, und beendete das Gespräch. Sie ließ sich auf den Boden gleiten, bis sie lang ausgestreckt dalag.

»Sieh mal«, sagte Svea, »es gibt spezielle Kliniken dafür. Sie nennen das Menstruationsregulation. Es ist Abtreibung. Es ist nicht erlaubt, oder doch, unter bestimmten Bedingungen, auf spezifische Indikationen hin. Das dürfte eine Grauzone sein. Eine Kollegin von mir ist dort gewesen, bei einer Ärztin. Das ist schnell und problemlos gegangen. Mach doch einen Termin dort aus, damit du weißt, wie es vor sich geht. Dann beschließt du danach, ob du es wirklich machen lässt. Mit Stricknadeln und Kleiderbügeln hat das nichts mehr zu tun, es ist einfach ein medizinischer Eingriff.«

Svea schrieb die Telefonnummer auf einen Zettel und drückte ihn Alice in die Hand. Blumenklinik, Sprechzeit nach Absprache. Bizarr, dachte Alice, später rufe ich dort an und weiß eigentlich nicht, warum. Zweifellos werde ich dort hingehen. Als ob ich etwas von ihnen bräuchte. Unter falschem Vorwand werde ich mich dort ins Wartezimmer setzen. Will ich dieses Kind denn weiter wachsen lassen? Es wird Besitz von mir ergreifen, jeden Tag mehr Raum fordern. In mir, in meinem Leib. Duk hat etwas in mir zurückgelassen, etwas Gefährliches, etwas, das mich auffrisst und nie mehr in Ruhe lassen wird. Davon muss ich mich befreien, wenn ich ihn nicht mehr will, kann ich doch auch sein Kind nicht wollen? Ist es so simpel? Im Zweifel nichts unternehmen, hatte sie immer gedacht, aber das war in dieser Situation keine Option. Wenn sie jetzt nichts tat, war das auch eine Entscheidung. Einen Moment lang wurde sie wütend auf die verstorbene Therapeutin. Wenn diese Frau einen Monat mit ihrer blöden Blutung gewartet hätte, hätte sie mir noch einen Rat geben können. Als ob *sie* gewusst hätte, was ich will. Unsinn. Greif zum Telefon.

Die Sprechstundenhilfe schrieb sie gleich für eine Konsultation am nächsten Vormittag auf, ohne Kommentar, mit neutraler Stimme. Oh, dachte Alice, so einfach ist das also. Ich habe keine Ahnung, was ich tue. Ich werde wie ein Zombie dorthin wandern. Um mich herum passiert alles Mögliche, woran ich völlig unbeteiligt bin. So ist das also.

33

Früh am Morgen ging sie zu der kleinen Klinik. Ein Wohnhaus, schien es, aber sie sah ein Messingschild neben der Türklingel, auf dem der Name der Einrichtung stand und der Hinweis »Konsultation nach Absprache«. Tief einatmen, Finger auf den Klingelknopf, Tür aufdrücken, reingehen.

»Frau Augustus?«, erkundigte sich die Rezeptionistin von der anderen Seite ihres Schreibtischs aus. »Nehmen Sie Platz, der Doktor kommt sie dann holen.« Kein Name. Jeder hier blieb anonym, außer ihr natürlich. Jetzt ruhig hinsetzen, Füße nebeneinander, nichts, noch nichts passiert.

Der Doktor war eine Frau mit rechteckiger Gestalt. Eine Schwimmerin, eine Wagner-Sängerin, dachte Alice. Sie schaute ernst durch eine Brille mit schwarzem Gestell. Ihre Stimme klang nicht unfreundlich, als sie Alice bat, ihr ins Sprechzimmer zu folgen. Ein Lächeln war nicht drin, aber von irgendeiner Missbilligung war auch nichts zu merken. Alice setzte sich angespannt auf die Patientenseite des Tisches. Zwei Stühle standen dort. Einer blieb leer.

»Was kann ich für Sie tun?« Die Ärztin hatte die Hände auf den Tisch gelegt und sah Alice direkt an. Die erzählte mit zitternder Stimme, dass sie schwanger sei und sich keinen Rat wisse. Wie lange schon, von wem, gewollt oder ungewollt, was war der Zweck dieser Konsultation? Die Ärztin hatte viele Fragen.

»Ich weiß es nicht«, flüsterte Alice. »Mein Lehrer. Aus Versehen, denke ich. Er hat gleich das Weite gesucht, als wir es erfuhren. Jetzt bin ich also allein. Und ich weiß es nicht.«

Die Ärztin saß unbeweglich und gerade am Tisch. Ob die Annäherung gegen ihren Willen gewesen sei, wie groß der Altersunterschied sei?

»Vierzig Jahre. Und nein, wir hatten uns verliebt. Dann hat er mich zu einem anderen Lehrer geschickt. Das half nichts. Nach meiner Abschlussprüfung bin ich bei ihm eingezogen.«

Dann und wann schrieb die Frau etwas auf. Kommentierte aber nicht. Alice meinte, dass sich ihr Mund kurz verzog, als Duks fortgeschrittenes Alter zur Sprache kam, aber die Ärztin hatte sich gleich wieder im Griff. Sie lenkte das Gespräch auf praktische Dinge: Würde der zukünftige Vater zu Versorgung und Unterhalt beitragen, habe Alice hilfsbereite Eltern, habe sie Arbeit?

»Kein Kontakt zu meinen Eltern, nein. Geld will ich nicht, ich will nicht mit ihm sprechen. Ich verdiene selbst genug, ich brauche ihn nicht.«

Sie hörte sich selbst reden, als hinge sie irgendwo im Sprechzimmer an der Decke und würde von dort beobachten, was unter ihr stattfand. Eine Frau, die nichts mit dem Verursacher ihrer Schwangerschaft zu tun haben wollte, die sich von der Schwangerschaft distanzierte und sich von deren Austragen keine Vorstellung machen konnte. Weg damit also, dachte sie. Sofort fühlte sie einen schmerzhaften Stich – sollte sie denn das Letzte, was sie noch von ihm hatte, vernichten?

Würde er dann zurückkommen, weil er vor dem Kind weglief, nicht vor ihr? Wollte sie ihn denn zurück? Ich kann das hier überhaupt nicht, dachte sie, während sie hinter der Ärztin her in das Untersuchungszimmer lief. Ich bin gar nicht da, das bin nicht ich, die das mitmacht, das ist alles ein großer Irrtum.

Kurz darauf saßen sie einander wieder gegenüber.

»Es müssen fünf Tage Bedenkzeit dazwischenliegen; ich kann den Eingriff für kommende Woche Dienstag um acht Uhr einplanen.«

Alice merkte, dass sie zustimmend nickte. Die Ärztin sprach weiter: eine leichte Narkose, Saugkürettage, instrumentelle Ausschabung des Uterus, wenn nötig. Sie müsse nüchtern zum Termin erscheinen, mit einer Begleitung, die warten und sie im Anschluss nach Hause bringen könne.

Ausschabung, dachte Alice, Leere, genau wie auf dem Boot. Raum, den sie selbst ausfüllen konnte. Svea würde bestimmt mitgehen wollen. Das bedeutet, dass ich selbst kommen will? Offenbar, denn die Ärztin schrieb es in einen großen, länglichen Terminkalender.

»Sie wissen doch sicher, dass es heutzutage orale Verhütungsmittel gibt«, sagte sie. »Pillen, damit sie nicht schwanger werden können.«

»Ich habe keine Pläne auf dem Gebiet. Nein.«

Die Ärztin schaute etwas verdutzt. »Derlei Absichten tendieren dazu, blitzschnell hinfällig zu werden. Es ist jetzt nicht opportun, aber Sie können einmal darüber nachdenken.« Sie klappte den Terminkalender zu und stand auf. »Ich sehe Sie am Dienstag. Sie rufen die Praxis an, falls Sie es sich anders überlegen sollten.« Sie gab Alice die Hand und einen letzten prüfenden Blick.

Alice fühlte sich total überrumpelt. Es geschah einfach, sie war ein Tennisball, den mal Duk und mal Svea schlugen. Wie war sie in dieses absurde Theaterstück hineingeraten? Sie wurde nicht schlau daraus. In der Ferne sah sie schon das Wasser, worin ihr Boot lag, glitzern. Schnell nach Hause, in die übersichtliche Einsamkeit. Als sie das letzte Stück über den Treidelpfad lief, schien ihr, als ob jemand im Gras säße. Das war auch so, ein etwa dreizehnjähriger Junge, mit einer Angel. Er sagte »Hallo«, als sie in seinem Rücken vorüberging. Kurz rasierter Hinterkopf, Haartolle vorn. Der Eimer, der neben ihm stand, war leer.

»Nichts gefangen?«, fragte Alice. Das Gesicht des Kindes öffnete sich zu einem breiten Lächeln, Zähne blitzten hervor. Er ließ sie den Haken sehen: aus Eisendraht gedreht, eine stumpfe Spitze mit einer Schnitte dunklem Brot daran.

»Ich füttere sie. Dann kann ich sie beobachten. Da kommt wieder einer, ein großer!« Er hatte das Brot wieder zu Wasser gelassen, und sie schauten zusammen auf den in der Tat ansehnlichen Fisch, der mit Lippen wie Saugnäpfen das Futter abtastete. Seine Rückenflosse verursachte eine Kräuselung im Wasser. Mit eleganter Drehung schwamm das Tier mit dem halben Butterbrot im Maul davon.

»Ich wohne da hinten«, sagte das Kind, »in der Häuserreihe an der Straße. Das Wasser hier ist ziemlich sauber, man kann sogar seine Schuppen erkennen. Ist das Ihr Boot? Ich sitze hier oft, ist Ihnen das recht?«

»Sehr recht. Schön, dass du dich ein bisschen um die Fische kümmerst. Bis zum nächsten Mal.«

Der Junge sagte Tschüss und starrte auf seinen Schwimmer. Alice griff zu ihrem Schlüssel und betrat die Laufplanke. Ein gewöhnliches Gespräch, dachte sie, wie war es möglich, als wären die verfilzten Wolken, zwischen denen sie verkehrte, für einen Moment auseinandergewichen. Sie machte die Tür hinter sich zu und saß gleich wieder mittendrin. Sie musste Svea anrufen, fragen, ob sie zu dem Termin mitkommen könne, zur Abtreibung – sie musste das Wort denken, denn so *war* es. Ausschaben, hatte diese Frau gesagt. Sie stellte sich einen großen Frühjahrsputz vor; danach würde alles frisch und neu sein. Sie seufzte, machte sich eine Wärmflasche, die sie sich an den Bauch halten konnte, legte sich aufs Bett und schaute aufs Wasser.

34

Sobald die Tür geschlossen ist, waltet sie über ihr eigenes Terrain, und die Aufgabe, die vor ihr liegt, ist das einzig Wichtige. In Linien und Wolken hat sie die Konturen des Auftragsstücks auf ein längliches Blatt Papier gezeichnet. Andächtig blickt sie darauf. Keine Bedeutung, denkt sie, es geht um nichts, außer um Klang. Der kann viel oder wenig sein, schnell oder gemächlich, laut oder leise, drohend oder tröstlich. Es ist an ihr, das zu entscheiden.

Schritte auf der Treppe, die Tür knarrt, und Mark kommt herein. Alice dreht sich mit ihrem Stuhl um, jetzt liegt die Skizze ihres Stücks in ihrem Rücken, ein schönes Gefühl.

»Was lächelst du denn so triumphierend, läuft es gut? Ich bin heute früh fertig. Wollen wir ein Stück laufen, das Wetter ist bestens. Hast du Lust?«

Er macht Pläne, denkt Alice, und wenn es keine großen sein können, ist er mit etwas Kleinerem zufrieden, das ist eine Fertigkeit, die gesund ist. Nicht nach Feuerland? Dann spazieren wir durch die Wiesen. Sich mit weniger als dem, was man will, begnügen zu können, kann dein Leben retten. Ich bin darin nicht so gut, leider. Ein Unvermögen, mich der Wirklichkeit anzupassen, diese elende Realität hört nicht auf, mich zu stören und mir im Magen zu liegen. Die Wut darüber steht jeder Freude an etwas anderem im Weg. Zieh deine Wanderschuhe an, begleite ihn, hör zu, was er erzählt.

»Am Fluss entlang oder am Kanal?«, fragt Mark. »Du siehst so zufrieden aus, du hast bestimmt ein gelungenes Musikstückchen für Klopapier oder Erbsensuppe geschrieben.« Er wippt von den Fersen zu den Zehen auf und ab. »Nur kurz was anderes anziehen, ich komme gleich.«

Nicht am Kanal entlang, denkt Alice. Da liegt noch immer dieses Boot, auf dem es mir so mies ging. Wird wohl inzwischen verkauft sein. Der junge Angler ist ein erwachsener Mann geworden, der sich vermutlich nicht scheut, Fische zu fangen. Ein Tiefpunkt war das, mein Aufenthalt auf dem Wasser. Warum muss ich jetzt ständig daran denken, und davor jahrelang nicht? Weil ich jetzt so schöpferisch bin? Wohl kaum. Vielleicht liegt es an Haydn, ich lese zu viel über ihn. Er hatte so ein ausgeglichenes Leben – na ja, hin und wieder eine Depression und ein paar missliche Ängste: Pferde, Ärzte mit Zangen, die in seine Nase wollten, französische Soldaten, die sein Haus unter Beschuss nahmen. Ansonsten kein Leid, sondern eine enorme Produktion von einer Qualität, die einen jetzt noch umhaut. Er muss Kummer gehabt haben wegen der Kinderlosigkeit, aber hat er sich darüber je ausgelassen? Vielleicht konnte er sich mit wenig begnügen, genau wie Mark. Es heißt, er habe mit dieser italienischen Sängerin einen Sohn gehabt, ihr jüngster, geboren auf dem Esterházy-Landgut. Sie hieß Polzelli, Luigia, und ihre musikalischen Fähigkeiten waren begrenzt. Ihr Mann, Geiger, spielte im Orchester, war aber immer krank oder unterwegs. Esterházy wollte das Ehepaar entlassen, aber Haydn lehnte sich dagegen auf, Polzelli müsse bleiben. Die einfachsten Sprünge und Verzierungen waren schon zu viel für ihr mäßiges Talent. Volumen hatte sie auch nicht. Deshalb schrieb er für sie Arien mit einfachen Gesangslinien und bescheidener Stimmlage, begleitet von einem stützenden Orchester. Er benötige sie für die Opernaufführungen, sagte er zum Fürsten. Der Geiger könne weg, aber sie nicht, absolut nicht. Polzelli blieb. Haydn gab ihren beiden Söhnen Musikunterricht, was hatte er empfunden, wenn er neben dem jüngsten am Klavier saß? Genügte es, das geheime Kind? Die Mutter hatte ihm mit der Zeit immer mehr Scherereien gemacht, sie wollte heiraten, sie wollte Geld, sie wollte in seinem Testament stehen. Zu den Kindern, beiden, hatte er immer Kontakt gehalten. Alice hatte einen Brief von Haydn an den Jüngsten gelesen, »mein lieber Sohn«, hieß es in der Anrede.

»Komm, nach draußen«, sagt Mark. »Es ist noch ganz schön lange hell. An den Kanal? Hast du gute Schuhe an?«

»Fluss.«

»Okay.« Mark marschiert zügig drauflos. Herrlich, findet Alice, in schleunigem Tempo gehen. Gemächliches Schlendern ist nichts für sie. Entlang des Flusses verläuft ein schmaler Wanderweg. Schilfhalme, Gras. Sie können dort nicht nebeneinander gehen, und Alice tritt einen Schritt zur Seite, um ihn vorangehen zu lassen. Die Vögel sind still, im Herbst gibt es nichts zu tun. Kein Nestbau, keine Jungen, die gefüttert werden müssen. Dann fliegen Gänse in einer prächtigen V-Formation über sie hinweg. Sie gruppieren sich stets wieder neu, eine Anführerin löst die andere ab. Üben, denkt Alice, sie schwenken und drehen, beschleunigen und bremsen ab. Später fliegen sie nach Afrika, und dann kennen sie Stärken und Schwächen der jeweils anderen. Weil sie nach oben schaut, fällt sie beinahe ins Wasser, sie stößt vor Schreck einen Schrei aus.

»Passt du ein bisschen auf?«, fragt Mark, sich umschauend. Dann stapfen sie nebeneinander den breiteren Radweg entlang. Noch drei Tage, denkt sie, dann kommt der Eisprung. Komisches Wort, als wäre das da drinnen ein Spielplatz. Hat er daran gedacht, Termine verlegt, in seinen Kalender gesehen?

»Ist es wirklich nötig, dass ich mit ins Krankenhaus komme?« Er weiß, woran ich denke. Na ja, so verwunderlich ist das nicht, ich denke immer an das Gleiche.

»Können wir nicht lieber *normal*«, fährt er fort, »eine altmodische Befruchtung ohne das ganze peinliche Getue?«

»*Auch*. Beides. Es ist die letzte Chance. Nach dem dritten Versuch muss man aufhören.« Ihm behagt das nicht. Lege ich mich wieder mit gespreizten Beinen vor den Arzt. Weit hinten in ihrem Kopf spricht eine gemessene Frauenstimme. Hurenluder.

Mark schweigt. Beide blicken sie starr vor sich hin.

»Wieso bist du bloß so fanatisch?«, sagt er dann. »Was willst du damit erreichen? Ich verstehe das nicht.«

Geburt. Ist auch nicht zu verstehen. Neu geboren werden, in meiner Tochter. Und dann dafür sorgen, dass alles gut geht, nicht so, wie es bei mir gelaufen ist. Eine riesige, konkrete neue Chance. Kann ich nicht sagen. Zu verrückt.

»Du rennst immer weiter, frontal auf eine Betonmauer zu. An der wirst du dir den Kopf einhauen. Muss doch so kommen, oder? Wir haben ein gutes Leben zu zweit, und du verdirbst das mit deinem monomanischen Schwangerschaftsdrang. Ich fühle mich in den letzten Monaten wie eine Samenmaschine. Das muss aufhören. Das ist zu nichts gut. Wenn es dieses Mal wieder nicht klappt, hörst du damit auf. Keine anderen Experimente mehr. Diese Leute sehen dich als defekten Brutofen und tun nichts lieber, als an dir rumzuwerkeln. Warum lässt du dich so benutzen? Siehst du nicht, was das für uns bedeutet? Es gibt doch *mehr* in unserem Leben als Elternschaft?«

Alice kommt nicht mehr an ihre Gedanken heran, da ist nur das Bewusstsein, dass sie verkehrt ist, ausgemustert, ungehört. Still läuft sie weiter neben dem bösen Mann her.

»Es muss sein«, presst sie hervor. »Ich kann es nicht erklären.«

»Du bist verdammt noch mal *so* erfolgreich in deiner Arbeit; wenn es dir darum geht, etwas zu hinterlassen, weiterzuleben, wenn du tot bist, sitzt du fest im Sattel. Deswegen brauchst du kein Kind zu kriegen. Wir gehen da über diese Fußgängerbrücke, dann können wir auf der gegenüberliegenden Seite zurücklaufen.«

Sie schaut zur Seite. Starres Gesicht, zusammengepresste Lippen. »Bitte, komm doch dieses eine Mal noch mit. Van Pasen hat darum gebeten.«

Ich bin eine Bittstellerin, denkt sie. Nichts kann ich selbst, um alles muss ich andere anflehen, als Gunst, in dem Bewusstsein, dass der ganze Wust in sich zusammenkracht, wenn der andere sich weigert. Und angenommen, dass es dieses Mal glücken sollte – dann ist da ein unmotivierter Vater. Und ein Kind, das mir vorwirft, ich hätte mich nicht für *es* entschieden. Er denkt, dass ich rational bin, kompetent, was weiß ich noch alles. Dass ich so argumentieren kann wie er. Er hat keine Ahnung von dem giftigen Schlammpfuhl in mir. Ich kann oder wage das nicht zu erklären, und er wird nie imstande sein, es zu begreifen. Deshalb bin ich auch mit ihm zusammen. Nicht beklagen also. Lass los.

Sie klettern hintereinander über die schmale Holzbrücke.

»Ist gut«, sagt Mark. »Das letzte Mal.«

35

Jetzt brauche ich nur bis zur Ausschabung zu warten, dachte sie, als sie nach der Konsultation nach Hause kam und Mantel und Schuhe auszog. Danach werde ich frei sein.

Sie füllte die verbleibenden Tage mit Unsinn aus, mit nichts. Sie lag in einer Art Halbschlaf da und schaute aus dem Fenster des Boots, sie las hin und wieder Briefe von Haydn, die sie sofort wieder vergaß, sie entfernte sich zuerst aus ihrem Freundeskreis – ließ Svea abblitzen, verschob eine Besprechung mit Haneman – und danach aus ihren Gedanken. Sie existierte willenlos, fast schon außerhalb ihres Bewusstseins.

Als die Tage und Nächte verstrichen, drängte sich eine immer stärker werdende Botschaft aus ihrem Körper auf. Stechende Bauchschmerzen, die zu ihrem Rücken hin ausstrahlten, zogen sie unerbittlich aus dem Schlaf. Gekrümmt versuchte sie, durch das Zimmer zu laufen. Es half nicht. Wärmflasche. Aspirin. Half auch nicht. Wieder hinlegen. Als würde ich auseinandergerissen, dachte sie. Da geht was schief. Was soll ich tun?

Blutverlust. Übelkeit. Erbrechen. Ein Anruf bei Svea in einem klaren Moment.

»Das sind Wehen. Du hast eine Fehlgeburt. Möchtest du, dass ich komme?«

Gegen Morgen verlor sie, was ein Kind hätte werden können, das konkrete Zeugnis ihrer Beziehung mit Duk, etwas, das sie nicht mehr fassen konnte. Vielleicht war es gut. Wie auch immer, es war unausweichlich. Der Schmerz wurde weniger stürmisch, der Schmerz war ein Pferd, auf dem sie in wildem Galopp durch die Nacht geritten war und das jetzt bedächtig dahinschritt. Sie schlief eine Weile.

Als es hell geworden war, öffnete sie das Fenster über ihrem Bett und beugte sich über das Wasser. Windstill war es, und die Vögel schliefen noch. Sie zog das blutbefleckte Handtuch, auf dem sie gelegen hatte, vom Bett. Sie schaute kurz auf dieses Fremde, dieses nicht Daseinsberechtigte, das sie ausgestoßen hatte, ja, *sie* hatte das getan, das war unverkennbar, es war ihre Entscheidung gewesen, so wie sie nun auch beschloss, diesen ganzen elenden Mist in den Kanal zu kippen, mitsamt dem Handtuch. Der dunkelgrüne Lappen schwebte unter dem Wasserspiegel weiter, doch was darauf gelegen hatte, sank langsam auf den Grund. Sie hielt die Hände in das kühle Wasser. Sie weinte nicht.

Sie rief die Abtreibungsklinik an, um die Operation abzusagen. Die Ausschabung.

»Keine Tampons benutzen«, sagte die Ärztin. »Wenn die Schmerzen heftig bleiben und die Blutung anhält, rufen Sie wieder an.« Erschöpft fiel sie aufs Bett. Jetzt ist nichts mehr da, dachte sie, jetzt bin ich an niemanden, an nichts mehr gebunden. Kurz bevor sie einschlief, sah sie ihre Mutter vor sich. »Hattest du denn gedacht, du könntest ein Kind bekommen? *Du*? Wie kommst du darauf? Als ob sich ein Kind in so einer giftigen Umgebung einnisten könnte. Frauen mit einem schlechten Charakter bekommen keine Kinder, und das ist auch nur gut so.«

Aber ich wollte gar nicht schwanger werden, dachte sie, ich hatte ja keine Ahnung. Die Mutter hatte sich umgedreht. Alice sah sie weggehen, ihren schlanken, eleganten Rücken, die schönen Schuhe. Ich habe Fieberfantasien, das stimmt doch nicht, ich bin jetzt allein, sie kann mich nicht mehr treffen. Oder doch? Sie verkroch sich tief unter der Decke und kniff die Augen zu.

Später sah sie Svea an ihrem Bett sitzen. »Ich komme nur kurz«, sagte sie, »ich kann nicht lange wegbleiben. Sven arbeitet heute Abend.« Sie hatte Essen mitgebracht und machte einen Teller für Alice fertig. Sie stellte eine große Packung mit dicken Monatsbinden ins Badezimmer – »noch von meiner letzten Entbindung übrig«. Alice sagte kein Wort. Sie war leer geredet, es gab rein gar nichts zu sagen.

»Blutest du sehr? Hast du Fieber? Musst du noch zur Kontrolle zu dieser Ärztin?« Alice schüttelte den Kopf und verschränkte die Arme vor der Brust.

»Ich dachte noch: Sollte ich es nicht Duk erzählen, was meinst du? Oder tust du das selbst?« Wieder Kopfschütteln, aber auf welche Frage war das die Antwort?

»Ich muss wieder gehen. Ich ruf dich am späten Abend noch mal an.« Svea strich Alice über den Kopf und fühlte nebenbei, ob sie fiebrig war. »Morgen die Haare waschen. Das tut dir gut. Isst du dann gleich was?«

Jesus, all diese Fragen, all diese Pflegehandlungen, lass mich doch in Ruhe. Auf den Grund will ich sinken, dafür brauche ich Zeit. Und Stille. Ich muss jetzt ganz allein sein, mit nichts. Ich muss erforschen, ob dann etwas von mir übrig bleibt.

Sie hört die Tür zufallen. Aufstehen, das Essen angeekelt in den Abfalleimer schieben, eine noch dickere Strickjacke anziehen, kalt ist es, draußen, drinnen, tief in ihrem Innern.

Komisch eigentlich, dass es so still ist in meinem Kopf. Immer habe ich Musik gehört. Blöde Liedchen, Themen von Stücken, die ich irgendwann mal gespielt oder gehört habe, Rhythmen, eine Harmonielinie. Wenn ich richtig darauf höre, weiß ich meistens schon, was es ist. Diese Jukebox ist immer an. Jetzt nicht. Rauschende Stille.

Sie trank in der Küche ein Glas Wasser. Sie ging aufs Klo. Sie nahm so eine abartige Binde aus dem Karton. Zähne putzen? Das war ihr zu viel. Unentschlossen stand sie da und schaute in den Spiegel über dem Waschbecken. Ein blasses Gesicht mit eigenartigen Falten in den Wangen. Fettige Haare, die am Kopf klebten. Dünne, blutleere Lippen. Ich muss nichts, dachte sie, ich kann diesen beschädigten Menschen einfach hier stehen lassen und schlafen gehen.

Es war noch nicht ganz dunkel, als sie zwischen die schmuddligen Betttücher schlüpfte. Sie starrte eine Weile auf die graue Welt hinter dem Fenster und verkroch sich dann tief unter der Bettdecke. Die Trennung zwischen dem Schlaf und dem nahezu leeren Bewusstsein war verwischt. Erst als sie aus einem Traum erwachte, merkte sie, dass sie geschlafen haben musste. Etwas in ihr, eine wohlwollende Instanz, hatte ihr etwas Tröstliches geschickt: den Schlagzeuglehrer an der Musikschule ihrer Freundin, der sie mit zutiefst teilnahmsvollem Blick ansah, die Haushaltshilfe Mavis, die vor dem Küchenschränkchen hockte, um Töpfe herauszunehmen, für sie, den Jungen mit der Pseudoangel, den sie erst vor ein paar Tagen getroffen hatte und der sie jetzt mit seinen großen, quadratischen Zähnen breit anlächelte. Sie merkte, dass ihre Wangen nass waren. Diese tröstlichen Bilder hatten sie zum Weinen gebracht, wie es zu dem Zustand passte, in dem sie sich befand. Sie schnäuzte sich in einem Zipfel des Lakens und schlief wieder ein.

36

»Hallo, Alice«, sagt Haneman durchs Telefon. »Ich las, dass du den Auftrag für das Jubiläum des Orchesters bekommen hast. Herzlichen Glückwunsch, Mensch, das ist wirklich toll. Freust du dich?«

»Hendrik! Wie nett von dir!« Sie hat sich angewöhnt, Haneman bei seinem Vornamen zu nennen. Sie sind schließlich Kollegen. Es fühlt sich auch gut an. Lieb, dass er anruft. Die leidige Erinnerung an den gestrigen Spaziergang mit Mark gleitet von ihr ab. Sie würde gern mit Haneman über das Stück sprechen, darüber, wie sie sich beim Orchester verhalten soll, ihre Herangehensweise an den ganzen Prozess. Er ist ein anständiger, rechtschaffener Mann, der sich nie von Emotionen mitreißen lässt. Er kann bestimmt ihre Nerven beruhigen und ihre Begeisterung in die richtigen Bahnen lenken.

»Ja, natürlich«, sagt er. »Dieses große Straßencafé auf dem Markt, dort können wir in Ruhe reden. Oder wäre es dir lieber, wenn ich zu dir komme? Kannst du mir schon etwas zeigen?«

Ein paar Tage später steht er mit einem Blumenstrauß vor der Tür. Blau, akeleiartig, oder sind es Levkojen? Alice errötet darüber. »Zieh deinen Mantel aus; ich stelle sie erst einmal in einen Eimer, wie schön, vielen Dank!«

Hintereinander poltern sie nach oben, um sich an den Schreibtisch zu setzen. Haneman sieht wie immer gepflegt aus – tadelloser Anzug, Socken in passender Farbe, Krawatte, geputzte Schuhe. Er ist eher schlank als hager. Nicht groß, aber durch seine Ausstrahlung macht er dennoch Eindruck. Gegensätze, denkt sie. So höflich, freundlich und zugänglich, aber äußerst zurückhaltend in Bezug auf seine persönlichen Umstände. Sie weiß, dass er mit einem Mann zusammenlebt, dass er in Frankreich ein Haus auf dem Land besitzt und fließend Französisch spricht. Aber ihre Gespräche drehen sich um Schüler, um die Fachgruppe und das Komponistendasein.

»Ja, das ist wirklich etwas für dich«, sagt er, als er sich die grobe Skizze ihres Stücks ansieht. Die Wolken, die Linien, der darunter liegende Schlagzeug-Herzschlag. »Ich werde nichts darüber sagen, es muss in dir reifen. Nicht zu schnell mit Kritik und allerlei Urteilen drübergehen, das hemmt nur. Ich freue mich, dass du solche fruchtbaren Einfälle hast. Das war ganz anders, als du zum ersten Mal zu mir kamst, weißt du noch? Als ob du überhaupt nichts schaffen konntest. Duk hatte dich in höchsten Tönen gelobt: klug, kreativ, vor Inspiration überquellend. Ich sah nichts davon.«

»Du hast mir aber schon geholfen. Kleine Aufträge. Disziplin. Mit höchst begrenztem thematischem Material wuchern. Das war sehr gut für mich, damals. Stilbewusstsein, strenge Strukturen, sich nicht immer auf die Intuition verlassen. Ich habe da dieses Streichquartett geschrieben.«

»Eine ausgezeichnete Arbeit. Aber total anders als die Sachen, die du davor und danach gemacht hast.«

»Ich war so schwermütig, als ich zu dir kam. Alles war

wie unter Verschluss. Erst als ich nach einem halben Jahr oder so eine Beziehung mit Duk anfing, begann das Ganze wieder zu strömen, und ich traute mir wieder etwas zu.«

»Und wie!«, sagt er enthusiastisch. »Texte, ein Männerchor! Ich war erstaunt, überrascht über die Veränderung. Ich wollte dir noch mit dieser Barockabteilung auf die Sprünge helfen, aber das stand nicht mehr zur Debatte, das habe ich schnell verstanden.«

»Ich bin aber schon dort gewesen, als du es mir empfohlen hast. Und ein paar Jahre später wurde ich unversehens von diesem Blockflötisten angerufen, Tielmann. Ich war da wirklich völlig am Boden. Ich war von Duk weg und wohnte auf diesem Boot. Ich tat rein gar nichts. Eine unglückselige Zeit.«

Haneman sieht sie verständnisvoll an. Er fragt nicht nach, sondern sagt, dass er den Flötisten auf sie angesetzt hat. »Er suchte ein neues Stück für sein Blockflötenconsort, sie hatten einen Preis bekommen. Du hast dann etwas Unglaubliches für sie gemacht.«

Alice kichert. »Es musste raus, das Elend dieser Phase. Das ging sehr gut mit diesem rauen, direkten Klang. Die Blockflöte ist eine offene Kloake, hatte Tielmann zu mir gesagt. Dahinein schüttete ich sämtlichen Scheiß. Und das spielten diese Kinder bei ihrer Preisverleihung. Es funktionierte aber gut, diese Verzweiflung auf unschuldigen Instrumenten. Verfremdend. Für mich war es die Rettung, ich bin dadurch wieder an die Arbeit gegangen. Bist du jetzt mit etwas beschäftigt?«

Er seufzt. »Ich tue mich schwer mit dem Schreiben. Es muss unter Hochspannung sein, sonst kommt nichts dabei raus, leider. Es geht auch sehr langsam. Aber ich bin beschäftigt, ein Zyklus aus drei Liedern für Sopran und ein kleines Ensemble. Ein Auftrag vom Radio.«

Er verwendet französische Poesie dafür. Alice hört mit Erstaunen, wie abhängig er sich von den durch die Gedichte gelieferten Rhythmen fühlt, von den Wortbedeutungen, den Leerzeilen. »Ohne so ein Sprungbrett würde ich zu nichts kommen. Machst du noch gelegentlich etwas mit Text?«

Ja, die Werbung, denkt sie. Nicht erzählen, zu peinlich. Sie schüttelt den Kopf.

»Für diesen Auftrag wirst du auch nicht irgendeinen Sänger oder Chor einschalten können, es muss natürlich für ihre eigene Besetzung sein. Wie viele Bücher über Haydn du hier liegen hast, recherchierst du etwas? Weißt du, dass Haydn als Junge ein sehr begabter kleiner Sänger war? Ja, das weißt du bestimmt, er sang im Stephansdom. Wie ein Engel, bis er in den Stimmbruch kam, da haben sie ihn weggeschickt.«

Alice nickt. »Das habe ich gelesen. Sie wollten ihn kastrieren, um dem Stimmbruch zuvorzukommen. Man stelle sich das vor, so einen unberührten fünfzehnjährigen Jungen. Aber sein Vater kam dahinter und hat es verhindert.«

Sie schaudert, als sie sich vorstellt, wie sich der junge Haydn gefühlt haben muss. Verführt durch das Versprechen, weiterhin singen zu können, panisch vor Angst vor der Operation, dem Opfer. »Er hat danach immer Angst vor Ärzten gehabt. Kein Wunder, dass er nie etwas an seinen Polypen in der Nase machen lassen wollte, das ertrug er einfach nicht, das hätte doch noch eine Verstümmelung bedeutet.«

»Er ist freilich immer in Gesang vernarrt geblieben«, sagt

Haneman. »Diese letzten Oratorien betrachtete er doch als seine wichtigsten Werke. Was für eine garstige Geschichte.« Er plaudert weiter, aber Alice hört nicht mehr zu. Sie sieht Haydn vor sich, mit gespreizten Beinen auf dem gynäkologischen Stuhl. Sie fühlt seine Panik. Wir haben noch mehr gemeinsam, als mir bewusst war, denkt sie. Nicht nur das Aufgehenkönnen in der Musik, nicht nur die Sehnsucht nach einem eigenen Kind, sondern auch die Angst, sich jemandem zu unterwerfen, der dich mit dem Versprechen, dass dann alles gut wird, kaputtmachen wird.

Haneman steht auf und wirft noch einen letzten Blick auf die Skizze von ihrem Stück.

»Magst du vielleicht vor der Kompositionsklasse etwas darüber erzählen, wenn du ein bisschen weiter bist? Das wäre sicher lehrreich für die Schüler.«

»Ich werde es mir überlegen«, verspricht sie.

Aber als sie ihren Kollegen hinauslässt, denkt sie über Haydn nach. Und über seinen Vater.

37

Alice fand es schwer, nach der Fehlgeburt den Faden wieder aufzunehmen. Warum? Welchen Faden? Auf dem Fußboden ihres Bootes lagen ganze Fadenknäuel, ein komplettes Handarbeitspaket, das sie in keinster Weise ansprach. Sie war für alles zu müde und hatte zu nichts Lust. So viele unfertige Dinge, dachte sie, das Gefühl, dass alles Mögliche getan werden müsste – aber sie wusste nicht mehr was, also tat sie nichts. Eines Morgens sah sie den jungen Angler durchs Fenster, er winkte ihr, und sie ging nach draußen.

»Du musst mal gucken kommen«, sagte er. »Gleich passiert was Unglaubliches.« Sie folgte ihm am Wasser entlang zu einem Uferstück, wo keine Boote lagen. Er band allerlei verführerische Esswaren an seine gefahrlose Angel. Dann starrten sie nebeneinander ins Wasser.

»Ganz still sein. Sie sind scheu.« Sie warf einen Seitenblick auf sein angespanntes Gesicht. Er war so sehr auf die Bewegungen unter Wasser konzentriert, dass seine Augenlider kaum zwinkerten.

Eine Kräuselung; ein Schlag mit einem sehr großen Schwanz; ein Farbfleck, der immer mehr orange wurde. Der Junge stupste sie in die Seite und flüsterte: »Da kommen sie. Es sind zwei.«

Ein riesiger goldener Fisch begann zu fressen. Nach einer

kleinen Weile kam ein anderer hinzu, vorsichtig, mit nervösen Bewegungen. Der zweite war weiß.

»Sie sind immer zusammen«, erzählte der Junge. »Das sind ganz besondere, gezüchtete Fische. Dieser Mann, der da hinten in dem großen Haus wohnt, hat einen Teich mit diesen Tieren. Er macht immer ein Eisengitter darüber, sonst werden sie gestohlen. Sie sind mordsteuer.«

»Wie sind sie dann in den Kanal gekommen?«, fragte Alice, die unweigerlich Interesse entwickelt hatte.

»Krankheiten«, sagte der Junge. »Sie kriegen grausige Krankheiten, weil sie mit viel zu vielen in diesem Becken sind. Ihre Flossen faulen ab, und sie kriegen Geschwüre am Maul. Dann sind sie nichts mehr wert. Er hat einfach zwei in den Kanal geworfen. Die am schlimmsten krank waren. Er dachte, dass sie wohl sterben würden. Tierquäler.«

»Woher weißt du das alles? Kennst du diesen Mann?«

»Mein Vater macht bei ihm den Garten. Der hat das erzählt. Er fand auch, dass es eine Gemeinheit ist, diese halb toten Tiere einfach ins Freie zu lassen, wo sie angefressen werden. Oder von einem Hecht oder so totgebissen werden. Aber das ist nicht passiert! Es geht ihnen hier sogar besser, guck dir diese Flossen an!«

Die Fische sahen in der Tat so aus, als strotzten sie vor Gesundheit, und drehten mit ihren großen, geschmeidigen Leibern elegante Runden um das Futter an der Angel.

»Werden sie hier nicht von echten Anglern herausgefischt?«, fragte Alice.

»Das glaube ich nicht. Sie sind sehr schlau und vorsichtig. Aber wenn, wär das wirklich schlimm. Deswegen erzähle ich es niemandem. Es ist ein Geheimnis.«

Alice erhob sich. Sofort stoben die Fische davon.

»Vielen Dank«, sagte sie zu dem Jungen. »Das war was ganz Besonderes. Ich werde den Mund halten, versprochen. Tschüss!«

Er brummte etwas und beugte sich wieder zum Wasser hin. Sie lief nach Hause und sah, dass jemand auf einer der Bänke an der Laufplanke saß. Ein Mann. Ein großer Mann. Er hatte einen Stoß Briefe in den Händen, sah sie, als sie näher kam. Er war kahler geworden, seine Kopfhaut schimmerte durch die dünnen Haare hindurch.

»Was tust du hier?«

»Post bringen.«

Alice wollte stehen bleiben, aber ihre Beine fühlten sich auf einmal so schwach und unzuverlässig an, dass sie sich auf die Bank ihm gegenüber setzte. Sie schwieg.

»Ich wollte auch wissen, wie es dir geht«, sagte Duk nach einer Weile. »Ob du, wie es, dein Zustand …«

»Oh.« Alice starrte geradeaus vor sich hin, durch ihn hindurch. Ich werde ihm gewiss nicht beispringen, dachte sie. Er soll abhauen, was sucht er hier? Hau ab!

Duk schien in sich zusammenzusinken. Er saß vornübergebeugt, die Unterarme auf den Knien. Die großen Hände hingen hilflos herunter.

»Bist du noch in anderen Umständen?«, fragte er schließlich. Junge, Junge, er hat es herausgebracht. Das geht dich einen Scheiß an, müsste ich antworten. Was kümmert es dich. Es ist *meine* Sache. Halt dich da raus.

Duk hob den Kopf und sah sie an. Jetzt darf er bloß nicht sagen, dass es ihm leidtut, dass er das alles so schrecklich findet, dass er es falsch angegangen ist. Ich will diese Jeremiaden nicht hören. Aber es war schon sein Kind. Hat er nicht ein Recht darauf zu wissen, dass es nicht mehr existiert? Was will ich eigentlich? Denkt er womöglich, dass ich das Kind von ihm allein großziehe, ohne dass an seine Vaterschaft appelliert wird? Schön einfach, dem Scheitern entgangen. Alles geht weiter, aber *er* ist an nichts schuld. Waschlappen.

»Ich hatte eine Fehlgeburt«, sagt sie gemessen. »Es ist also nichts mehr da. Kein Kind. Du kannst gehen.«

Es schien, als müsse sie ihre Mitteilung wiederholen, als dringe es nicht wirklich durch.

»Ich hatte einen Termin bei der Abtreibungsklinik. Kurz vor dem Eingriff passierte es schon von selbst«, sagte sie dann eben nochmals. »Eine Fehlgeburt, verstehst du?«

Er hob die Hände und begann, sich heftig über das Gesicht zu reiben, auf und ab über die Wangen, mit kreisenden Bewegungen über die Augen, mit krummen Armen übers Haar. Er darf nicht anfangen zu weinen, dachte sie, das dulde ich nicht, er soll sich einfach beherrschen, genau wie ich. All die Gefühle führen zu nichts. Sinnlos.

Duk schaute, als ob er etwas sagen wolle. Sein Mund war verzerrt, und sein Gesicht war voller blassroter Flecken. Alice tastete in ihrer Manteltasche nach ihren Schlüsseln. Ein emotional inkontinenter Alter, dachte sie, hier, bei mir vor der Tür. Damit muss Schluss sein. »Geh jetzt, bitte«, sagte sie etwas freundlicher. Dann stand sie auf, öffnete die Tür und schlüpfte nach drinnen. Sie lief gleich zum hintersten Bootsende durch und ließ sich auf den Fußboden sacken. Rücken an der Wand, Augen zu. Hatte er wissen wollen, ob sie ihn so sehr liebte, dass sie sein Kind behalten würde? Kam er, um die Beziehung zu kitten? Hatte sie ihn wieder enttäuscht, genügte sie nicht den Erwartungen, versagte sie auf eine Art kläglich, die sie selbst nicht begriff? Warum rieb er sich so wild übers Gesicht, als wolle er sich selbst ausradieren?

Fragen, die sie unmöglich beantworten konnte. Es war auch einerlei. Vorbei, es ist vorbei, wenn ich warte, wird es der Vergangenheit angehören, wird zu etwas von früher, das vorübergegangen ist. Das ist nur möglich, wenn ich jetzt selbst weitermache. Das kann ich nicht, will ich nicht, weiß ich nicht. Ich war wütend auf ihn und wollte ihm wehtun mit dieser Mitteilung über den selbst gewählten Eingriff. Hätte »Ausschabung« sagen sollen, wär noch besser gewesen. Wut ist der Motor, der mir ermöglicht hat, aufzustehen und zu fliehen. Daran muss ich festhalten. Böse bleiben.

Aber sie empfand nur eine tiefe Müdigkeit, die sie überwältigte. Wenn ich so ein Fisch wäre, so ein orangefarbener Fisch von einem Meter Länge, krank und von Schimmel befallen, und jemand nähme mich aus dem vertrauten Käfig heraus, würfe mich in eine mir unbekannte Welt – würde ich mich dann retten? Würde ich wütend bleiben auf den, der mich weggeworfen hat? Würde ich mich weiter nach dem Käfig sehnen? Oder aufleben, auf die Suche nach anderem Essen gehen, den Freiraum genießen, einen Freund finden, neu anfangen?

Meine Art zu denken – das ist wirklich so kindisch, so unsinnig. Es bringt mich nirgendwohin. Da ist ein Verlustgefühl, eine Sehnsucht nach etwas, das ich furchtbar nötig habe. Ist das Duk? Das Baby? Nein, dachte sie, nein. Es ist die Musik. Sie stand auf und lief in den kleinen Flur. Durch das Fenster an der Haustür sah sie das Bänkchen neben der Laufplanke. Leer, bis auf einen Stoß Kuverts.

38

Die Wochen verstrichen, längs der Ufer des Kanals begann sich das Schilf hellgrün zu färben, und manche Bäume zeigten einen gelben Schleier. Es würde etwas geschehen, nicht jetzt, noch nicht, aber irgendwann. Alice spazierte mit Svea über den alten Treidelpfad und konnte nicht leugnen, dass ihre Beine sie besser zu tragen wussten. Sie hatte ihr Fahrrad aus dem Schuppen am Ufer geholt und machte mit einiger Regelmäßigkeit Einkäufe im weiter weg gelegenen Supermarkt. Sie las nichts, sie hörte keine Musik und dachte nicht ans Arbeiten. Die Tage füllten sich leicht mit Am-Leben-Bleiben, einem Schwatz mit dem weichherzigen Angler und dem Gießen ihrer Pflanzen.

»Hast du nie Lust, mal wieder etwas zu tun?«

Sie sah ihre Freundin von der Seite an. Sollte das ein Vorwurf sein? Svea war überlastet – die Kinder, ihre Arbeit in der Schule –, und dennoch fand sie Zeit, Alice anzurufen, zu besuchen, mit fix und fertigen Mahlzeiten zu versorgen. Ich muss mitarbeiten, dachte Alice, diese Lethargie hinter mir lassen. Warum auch nicht, mir fehlt doch nichts, ich bin nur im Stich gelassen worden, das widerfährt zahllosen Menschen andauernd. Die legen sich doch auch nicht alle apathisch ins Bett, oder? Früher fühlte ich mich stark, wenn ich arbeitete. Ich hatte Lust dazu, und es tat mir gut. Bleibe ich absichtlich in dieser Benommenheit hängen, warte ich, bis mich jemand rettet? Diese Therapeutin hätte nicht sterben sollen. Sie hätte mir helfen müssen, die Bedeutung von Duks seltsamem Verhalten und von meiner eigenartigen Gefühllosigkeit in Bezug auf die Schwangerschaft zu verstehen. Wie soll ich das allein herausfinden? Dass dieser Witwer mich angeblafft hat, war natürlich berechtigt, was hat er mit meinen Problemen zu tun. Ich muss das selbst lösen, darf mich nicht von anderen abhängig machen. Ich muss eine bessere Freundin sein.

Sie lud Svea und Sven mit ihren Kindern zum Essen ein. Ein unglückseliges Unterfangen. Sie war den ganzen Tag damit beschäftigt gewesen, Lasagne zu machen, und für die Kinder wollte sie Pfannkuchen backen. Das Boot hing voller Öldünste, die Fenster mussten weit aufgerissen werden, aber da drohten die Kinder ins Wasser zu fallen. Sie warfen die Pflanzen um, und die Älteste verbrannte sich die Hand an der Auflaufform. Sven und Svea kamen kaum zum Essen, und von einer richtigen Unterhaltung konnte keine Rede sein. Hilflos stand Alice in ihrer Schürze am Herd und rührte in dem klumpigen Pfannkuchenteig. Sie hatte keine Servietten, die Kinder bekamen Geschirrtücher um die Hälschen gebunden. Zu guter Letzt brachen sie alle in Gelächter aus, aber bei Alice kam es nicht ganz von Herzen.

»Du hast Teig in den Haaren«, sagte Sven. »Nun setz dich doch mal hin, ich mach das mit den Pfannkuchen.« Er schenkte ihr ein Glas Wein ein, der schmecke gut, er hatte ihn mitgebracht. Mit den Kindern aus dem Fenster hängen, Stückchen der misslungenen Pfannkuchen ins Wasser werfen – wer weiß, vielleicht lockte das die farbigen Riesenfische an.

Als ihre Freunde mit Kindern vorn und hinten auf dem Rad und Taschen voller Krempel am Lenker weggefahren waren, war sie dennoch zufrieden. Es war umtriebig gewesen, sie hatte mal eine Weile nicht an ihren Zustand der Verlassenheit gedacht. Sie räumte die kleine Küche auf, schaute im Spiegel auf dem Flur nach der Schmiere in ihren Haaren und öffnete die Tür zum Schlafzimmer. Da stand ihr Arbeitstisch, das kleine elektrische Klavier daneben. Sie machte die Tür wieder zu.

Später in derselben Woche rief Tielmann an. Er bat sie, ein Stück für sein Blockflötenensemble zu machen, und ohne viel nachzudenken, hatte sie zugesagt. Da ging die Tür zum Zimmer wieder auf, und sie ließ zu, sich in die offene Kloake zu vertiefen. Sie schrieb schreiende, stotternde und wütende Noten auf große weiße Blätter. Unausstehlich sollte es werden, nicht auszuhalten. Als sie gut in Fahrt war, montierte sie eigentümliche Episoden hinein, klagend und beinahe resigniert, mit hier und da stockenden, betrübten Melodiefragmenten. Wenn sie an dem Stück arbeitete, fühlte sie sich ihrem sonderbaren neuen Leben enthoben. Sie traute sich kaum, darauf zu vertrauen, aber es passierte immer wieder.

Die Werbeagentur konnte sie nicht länger hinhalten, also schrieb sie ein energisches, hysterisches Musikstückchen für eine Dose Nahrungsergänzungsmittel. Es habe Eile, jetzt da es Frühling werde, sagte der Manager der Agentur. Von diesen Pillen bekomme man große Lust zu joggen und seilzuspringen, in diesem Werbespot müsse *Schwung* stecken, Drang, Schnelligkeit. Himmel, dachte Alice, wie kriege ich *das* hin? Ich hocke nur rum. Alles an mir ist schleppend und träge. An Laufen und Springen darf ich echt nicht denken.

Trotzdem saß sie eine Woche später im Studio und arbeitete mit den Instrumentalisten, die sie hatte einbestellen lassen. Die Einstudierung und Aufnahme waren schnell gegangen, und sie saßen im Regieraum und hörten sich das Ergebnis an. Der Trompeter schlug vor, die Musik etwas beschleunigt abzuspielen, noch höher, noch leichter. Sie prusteten vor Lachen über den Kontrast zwischen der idiotisch aktiven Musik und der ernsten Stimme, die danach die heilsamen Pillen empfahl.

»Toller Spot«, fand der Manager. »Wenn sie den nicht nehmen, sind sie verrückt. Gut gemacht, Alice! Du siehst übrigens blass aus.«

»Krank gewesen«, murmelte sie. »Hast du nicht eine Dose von diesen Pillen für mich?«

Das hatte er. Die Firma hatte eine riesige Auswahl geschickt, damit sich alle einen Eindruck von dem Produkt verschaffen konnten, das sie anpreisen sollten. Der Manager lief in sein Zimmer und kam mit zwei Dosen zurück. Er schüttelte sie wie Rumbakugeln hoch über seinem Kopf.

»Hier, die ist für dich. Spezielle Frauenmischung. Die andere ist für Männer, die behalte ich selbst.«

Blitzartig sah sie das Badezimmerschränkchen mit Duks Tablettendöschen vor sich. Eine Erinnerung, bei der sie nicht mal erspüren konnte, ob sie wehtat. Zeit, dachte sie, es ist Zeit vergangen, das merke ich jetzt zum ersten Mal. Sie steckte die Pillen in ihre Tasche und verabschiedete sich.

39

»Wir legen an«, sagt Mark munter. »Wir pumpen Dollars rund um die Welt, damit die Leute *noch* mehr Geld kriegen. Es ist total blödsinnig, aber es hält uns herrlich auf Trab.«

Sie sitzen am Küchentisch, und Alice berichtet von ihrem Gespräch mit Haneman. »Als ob Komponieren großen Sinn hätte; wir begeistern uns wer weiß wie dafür, er bildet junge Leute, Kinder, aus, auch Stücke schreiben zu lernen, auf die keiner wartet. Wir sind überglücklich, wenn wir einen Auftrag bekommen, obwohl das nichts bedeutet. Irgendeine Instanz findet, es zeuge von gutem Geschmack, wenn zeitgenössische Musik gespielt wird, und ein tragischer Kulturminister gibt dann ein bisschen Geld dafür, während er auf die nächste Regierung wartet, in der er endlich ins Wirtschafts- oder Außenministerium berufen wird. Das Publikum erträgt die Aufführung, weil danach wieder eine schöne Beethoven-Sinfonie folgt. Kurz durchhalten, denken sie. Und während dieser Tortur wird mein Stück gespielt. An dem ich ein Jahr lang gearbeitet habe. Das nur von ein paar Kollegen verstanden wird. Das ist doch komplett sinnlos!«

Mark kichert. »Beschäftigungstherapie. Für uns beide. Wenn man es im großen Zusammenhang sieht, hat nichts irgendeine Bedeutung. Man sollte nicht darüber reden, dann wird man so missmutig, dass man den Kopf auf den Tisch legt. Oder würdest du gern was Sinnvolles machen, für Menschen sorgen oder so? Pflegen, füttern? Dann tust du was Nützliches. Du bist im Unterhaltungssektor, du musst den Leuten eine schöne oder interessante Hörerfahrung verschaffen. Darin bist du sehr gut, und auf seine Weise ist das auch etwas wert. Ich arbeite in der Abteilung Habgier und mache meine Kunden mit ihrem anwachsenden Banksaldo glücklich. Ehrlich gesagt denke ich ja selten darüber nach. Wir tun im Büro alle so, als wäre es enorm wichtig, aber es ist natürlich nicht mehr als ein Spiel. Du bist so fanatisch, in allem, was du tust. Du relativierst nie. Kein Wunder, dass du dann enttäuscht wirst.«

Alice weiß nichts darauf zu erwidern. So wie ich bin, denkt sie, das ist doch normal? Oder taugt das nichts, mache ich es nicht richtig? »Wenn ich nicht fanatisch wäre, wie du es nennst, würde ich nie etwas zu Ende bringen. Scheuklappen braucht man und einen Fokus, wie man das heutzutage nennt. Diese trüben Gedanken über ein uninteressiertes Publikum und inkompetente Minister sind Klötze am Bein, du musst sie abschütteln, sonst kommst du nirgendwohin. Bist du mundtot. Überflüssig.«

Mark nickt bedächtig. »Ja, das verstehe ich, dass du fürs Komponieren getrieben sein musst. Du erdenkst schließlich etwas, das vorher gar nicht da war! Das ist keine Kritik, so darfst du es nicht empfinden. Du *bist* einfach so. Aber wenn es ums Schwangerwerden geht, kann ich das nicht so gut ab. Alles oder nichts. Das funktioniert nicht. Es ist mir ein Rätsel, wieso du nie mal irgendwo mit der Mitte zufrieden sein kannst.«

Jetzt fängt er wieder von einem Hund an, denkt sie, oder Adoption. Was hab ich genug davon. Für die Tonne ist das.

»Du brauchst nicht mitzukommen«, sagt sie unvermittelt. »Sie haben noch genügend von diesen Röhrchen mit Sperma, und gemeinsam mit diesem Arzt zu reden, erscheint mir sinnlos.«

Meine ich das nun wirklich? Ja. Es fühlt sich wie eine Erleichterung an, es ist viel besser, dass ich es allein mache. Dass er nicht mit so einer fanatischen Frau losziehen muss. Sich für mich geniert. Sich ärgert. Die hinuntergeschluckte Wut ausstrahlt. Viel besser.

»Echt? Ich habe den Tag aber schon frei gehalten. Wenn du willst, komme ich mit.«

Sie schüttelt den Kopf. Ich kann es ihm doch nicht erklären, denkt sie, das misslingt jedes Mal wieder. Ich kenne es nicht anders, als dass die Menschen, die für mich wichtig waren, nicht kapierten, was ich wollte. Oder es missbilligten. Meine Eltern allen voran. Die einzige Lösung ist, dass ich es selbst mache. Auf Billigung verzichten, keinen Applaus erwarten. Nie erzählen, was ich vorhabe. Aber ist das auch gut? Wenn man zu seinen Freunden, seinem Mann nie etwas über seine Triebfedern sagt, gibt man sich nicht zu erkennen. Wer ist man dann für sie? Es entsteht eine Kluft zwischen dem Eindruck, den sie von einem haben und dem, was man über sich selbst denkt. Man löst sich von denen, mit denen man gern verbunden wäre. Mark lässt mich frei, er akzeptiert, dass ich sonderbare Wünsche habe, aber er klinkt sich aus. Ist das das maximal Erreichbare? Mit Duk war das, glaube ich, anders, der fühlte mit mir mit, zumal wenn es um die Arbeit ging. Er engagierte sich dafür, wollte sie sehen, hören, darüber reden. Mit der Schwangerschaft lief es dann gründlich schief. Ich wusste überhaupt nicht, was ich wollte. Er wollte vielleicht alles Mögliche, aber das machte ihn panisch. Komisch, dass wir hinterher nie mehr darüber gesprochen haben. Zu schmerzlich wahrscheinlich.

Ein einziges Mal, das ist jetzt schon wieder Jahre her, waren sie sich in der Stadt begegnet. Sie war erschrocken, als sie sah, wie schrecklich alt er geworden war. Das ist er immer gewesen, du Dussel, hatte sie gedacht, du wolltest es nicht sehen, aber er hätte dein Großvater sein können. Wahrscheinlich hatte er sich das in klaren Momenten eingestanden. Svea hatte es gesagt, dass man ein fünfundzwanzigjähriges Kind freilassen müsse, wenn man selbst fünfundsechzig sei. Sie hatte ihm seine mangelhafte Vaterschaft um die Ohren gehauen, sie hatte ihm Feigheit vorgeworfen, und sie war stinkwütend auf ihn gewesen. Während er vielleicht ein gewaltiges Opfer brachte, aus altruistischen Motiven sein Glück darangab. In einem völlig falschen Moment natürlich. Als sie ihn sah, dort in der Stadt, in so einer schrecklichen Fußgängerzone zwischen einkaufenden Menschen, wusste sie nicht, was sie empfand.

»Alice«, hatte er gesagt. Sie war stehen geblieben, ihm gegenüber, betreten und nicht imstande zu reagieren. Duk hatte sich gefangen und gefragt, wie es ihr gehe.

»Ich hörte, dass du verheiratet bist«, sagte er, »und dass du an einem Oratorium arbeitest, etwas mit einem eigenartigen Titel, *Die Witwe* oder so.«

»*Die Witwer.*«

»Ach ja. Haneman sprach davon. Ich treffe ihn hin und wieder. Ist es ein Auftrag?«

»Der Chor ist noch mit dem Antrag befasst.« Musste sie jetzt ihrerseits etwa fragen, was er den ganzen Tag machte, warum er so elend aussah? Nicht nötig. Wenn du schweigst, fängt der andere an zu reden, das wusste sie wohl. Wie komme ich hier weg?

»Ich bin ziemlich krank gewesen«, sagte Duk. »Hab lange im Krankenhaus gelegen. Da habe ich jemanden kennengelernt, eine Krankenschwester. Ich habe sie geheiratet, das hielt ich für das Beste.«

Das Beste für wen?, dachte sie, während sie das Gewicht vom einen auf das andere Bein und wieder zurück verlagerte. Für ihn selbst wahrscheinlich, so hatte er eine bei ihm wohnende häusliche Pflege.

»Sie ist um einiges älter als du. Sie hat viel mitgemacht.«

Alice war perplex. Danach fühlte sie die Wut auflodern. Was hatte sie mit seinen Freundinnen zu schaffen, warum musste sie sich das alles anhören? Trotzdem war es ihr nicht gleich gelungen, sich umzudrehen und wegzugehen, denn ehe sie sich's versah, schlug der Zweifel zu. Diese Frau war natürlich viel besser als sie, jemand mit Lebenserfahrung und allerlei praktischen Fertigkeiten. Sie schämte sich, woher kam denn das nun wieder? Dass er sich eine ältere Frau ausgesucht hatte, musste bedeuten, dass sie nicht ganz richtig im Kopf gewesen sein musste zu denken, sie könne eine geeignete Partnerin für ihn sein. Einfach peinlich, sie war ein Kind gewesen, das auf infantile Weise in seiner Arbeit aufging und, ohne es zu wissen, auf der Suche war nach einem stützenden, akzeptierenden Vater. Das wollte er ihr mit seinen idiotischen Mitteilungen sagen. Im Boden versinken ging nicht, aber sich aus dem Staub machen war eine Möglichkeit, vielleicht.

»Was grübelst du denn jetzt?«, fragt Mark. »Widerstrebt es dir, allein zu gehen?«

»Nein, nein, überhaupt nicht, das macht nichts. Ich habe an andere Dinge gedacht.«

Sie legt die Erinnerung an die Begegnung mit Duk entschlossen in einen unerreichbaren Teil ihres Gedächtnisses zurück. Jetzt, was steht aktuell an? Übermorgen in die Klinik, zur Insemination, aber zuerst noch morgen aufs Land, zum Blasorchester, das wird auf jeden Fall nett.

»Vielleicht solltest du sie kurz anrufen«, sagt sie. »Dass sie die Sachen aus dem Gefrierschrank nehmen, was weiß ich.«

»Hab ich schon gemacht. Sicherheitshalber.«

Ach. Na dann. Ist auch besser so. Jeder auf seine Weise, er ruhig und entschieden, wissend, was er will und was nicht. Und ich wie ein kopfloses Huhn fanatisch und aufgeregt meinen irrsinnigen Plänen nachrennend. Sie holt tief Luft und steht auf.

40

Das Konzert wurde in einem altmodischen kleinen Theatersaal gegeben. Das Blockflötenensemble saß schon zwischen den rotsamtenen Vorhängen. Kinder sind sie, dachte Alice, gerade aus der Schule, ernst und von ihrem eigenen Ernst imponiert. Alice und Svea bekamen Plätze in der ersten Reihe.

»Du wirst auf die Bühne müssen, nachher«, sagte Svea. Alice gab sich alle Mühe, nicht auf die Musiker zu blicken, als dürfe sie nicht hier sein. So ein Quatsch, ich kontrolliere doch nicht, ob sie es gut machen, ich habe einfach Interesse. Sie vertiefte sich in das stümperhaft vervielfältigte Programmheft und sah, dass ihr Stück zwischen ein paar aus dem Staub ausgegrabenen Barockkomponisten eingeklemmt wurde, nach denen diese Sorte von Musikern ganz verrückt war. Auf der Rückseite des Heftchens standen ausführliche Informationen; sie las über sich selbst, dass sie eine junge Komponistin sei, die bei Duk van Dijk und Hendrik Haneman studiert habe. Das Ensemble habe ihr den Auftrag gegeben und sei dem Fonds für Neue Musik für die bewilligte finanzielle Unterstützung dankbar.

Ihr Unbehagen hielt während des ersten Stücks, das die Blockflötisten ausführten, an. Applaus, Rumoren mit Notenständern und Partien. Stille. Und dann: schrilles, ohrenbetäubendes Getöse. Das Schreien, Kreischen und Stottern wurde durch die Atmungsmomente in ein Schema gezwungen, das ein wenig Halt bot, die Rhythmik war das einzige Ordnungsprinzip. Alice hörte zu, als ob jemand anders das Stück geschrieben hätte: analytisch, kritisch hinsichtlich der Struktur, der fast unhörbaren Stimmführung, der Klangfarbe. Sie war durchaus zufrieden, die Musiker spielten mit Hingabe und wurden ihrer Partitur gerecht. Während des ersten klagenden Zwischenspiels, einer Art Choral, fühlte sie Sveas Hand, die die ihre drückte. Sie schaute zur Seite: Tränen. Nach dem Abschluss, überraschend sacht und zart, hatte ihre Freundin sich gefangen und begann, begeistert zu klatschen. Der Saal reagierte lau, und der Applaus flaute schnell ab. Alice blieb sitzen, erleichtert, dass sie nicht nach vorn zu gehen brauchte, aber einigermaßen besorgt über den wenig enthusiastischen Empfang ihres Werks. Kurz bevor die Spieler wieder mit einem dezenten Barockstück einsetzten, fing sie den Blick der ersten Flöte auf, einem hoch aufgeschossenen jungen Mann, dem ständig eine dunkle Locke vor die Augen fiel. Sie lächelte ihn an und sah, dass er erschrak. Er realisierte wahrscheinlich, dass er sich bei ihr hätte bedanken und sie auf die Bühne hätten ziehen müssen. Sie nickte sicherheitshalber noch einmal. Nichts passiert, es ist gut so, spiel nur weiter.

In der Pause sah sie Haneman mit einem blonden Mann an der Bar stehen, genauso gut gekleidet wie er. Sein Freund? Sie winkte ihm und suchte den Weg zur Künstlerkantine, um den Ausführenden zu gratulieren. Svea kam mit und wusste gut rüberzubringen, wie gerührt sie während der Aufführrung gewesen war. Die Spielerin der Tenorflöte, ein blutjunges Mädchen, kam mit einem schweren Blumenstrauß daher.

»Den hätten wir dir überreichen müssen, aber sie haben viel zu schnell zu klatschen aufgehört, sorry, das tut mir leid.«

Alice schnupperte an den Blumen. »Macht nichts«, sagte sie. »Ich fand es schön, das Stück zu hören, ihr habt es sehr gut gespielt.«

»Willst du nicht bleiben?«, fragte Svea. Nein, lieber weg, zusammen. Alice schloss ihr Fahrrad auf und ging neben Svea her. Die Blumen hatte sie auf den Gepäckträger gebunden. Schweigend liefen sie die Straße hinunter, auf dem Weg zu Sveas Haus.

»Ich fand es so schön. Sehr laut, sehr heftig, aber prachtvoll. Kummer, weil du dein Baby verloren hast, daran musste ich denken. Dass du das *so* übersetzen kannst, das ist wirklich stark.«

»Kummer?« Alice sah Svea an, von der Seite. »Nein, wie kann ich darüber bekümmert sein, ich hatte doch zwei Tage später einen Termin, um alles wegmachen zu lassen? Selbst entschieden. Da darf ich doch keinen Kummer haben!«

Sie blieben vor Sveas Haustür stehen. Alice lehnte mit den Armen über dem Lenker. Es war noch früh, es war noch nicht mal ganz dunkel.

»Du bist wie ein Kind«, sagte Svea. »Bei dir gibt es nur das eine oder das andere. Du liebst Duk, oder du bist wütend auf ihn. Du willst kein Kind, und deshalb darfst du nicht bekümmert sein, wenn du es verlierst. Ich verstehe das nicht.«

Alice schwieg. War das ein Vorwurf, zielte Svea auf irgendein Unvermögen ab, etwas, woran sie arbeiten müsste? Die Lähmung, die eine mögliche Missbilligung immer bei ihr auslöste, schlug sofort zu. Sie schaute auf die Gehwegplatten und wartete, was noch kommen würde.

»Verstehst du nicht, dass es immer beides ist? Das eine schließt das andere überhaupt nicht aus. So ist das Leben nicht. Ich bin überglücklich mit Sven, und ich hasse ihn manchmal. Ich vermisse meine Arbeit schrecklich, und ich bin froh, dass ich eine Zeit lang mit den Kindern allein sein kann. Und das sind noch die einfachen, konkreten Dinge.«

Alice hob den Kopf und sah sie erstaunt an. »Was meinst du nun eigentlich?«

»Ich meine, dass du widerstreitende Gefühle haben kannst, und zwar gleichzeitig, hinsichtlich ein und derselben Sache. Oder ein und demselben Menschen. Ein Kind kann das noch nicht, man muss das lernen. Das hast du nie getan.«

Svea stand aufrecht, als hielte sie eine Ansprache. Eine Predigt, dachte Alice, sie erteilt mir eine Lektion. Ich höre zwar zu, aber es rauscht nur so an mir vorbei, es betrifft mich nicht. Ich bin nicht so, ich empfinde solche Sachen nicht.

»Diese Therapeutin hätte dir damit helfen müssen. Du könntest wieder hingehen. Es ist nicht gesund, wie du mit dieser Fehlgeburt umgehst. Daran musst du was machen. Ich *höre* doch an deinem Stück, wie angeschlagen du bist! Aber wenn ich darüber reden will, behauptest du, es wäre nichts. Das stimmt nicht.«

»Sie ist tot. Ich wollte sie anrufen, aber ich bekam ihren Mann an den Apparat. Der war wütend. Es war gerade erst passiert.«

»Oh, wie schlimm für dich! Hast du diese Wut auf dich bezogen, von diesem Mann? Ja, bestimmt.«

Alice nickte. »Ich habe mich zu Tode geschämt, dass ich es nicht wusste, dass ich ihn belästigte. Er hat mich angeschrien.«

»Als meine Mutter starb, war mein Vater genauso zu den Leuten. Man muss frischen Witwern gegenüber tolerant sein. Es war alles schrecklich, vor allem für ihn. Allein in dem Haus, alles plötzlich anders. Nach einer gewissen Zeit fand er aber Freunde, die es verstanden, daraus wurde ein kleiner Klub, vier oder fünf Männer, die ihre Frauen verloren hatten. Sie trafen sich in einem Café, und sie gingen einmal die Woche zusammen essen. Mein Vater war glücklich damit, er konnte sich richtig auf diese Abende freuen. Für mich war das auch eine Erleichterung. Nach ein paar Monaten begann er, sich zu beklagen – er sei der einzige echte, sagte er, die anderen seien falsche Witwer, denn sie hätten alle eine Freundin! Er war sehr empört darüber, aber es dauerte nicht lange, und er kam mit Hetty an. Da war er denn auch ein falscher Witwer geworden. Warum erzähle ich das eigentlich? Ja, weil er meine Mutter vermisste und trotzdem eine Freundin hatte. Vielleicht solltest du dir einen neuen Therapeuten suchen.«

Aber Alice war abgelenkt. Die falschen Witwer stießen etwas in ihr an, damit könnte sie etwas anfangen, nur was? Wie? Sänger. Raum, Entwicklung. Ich muss allein sein, dachte sie, Zeit haben, um mir anzusehen, was das jetzt wieder bedeutet. So viele Einfälle habe ich zurzeit nicht, ich muss sie festhalten, untersuchen.

»Ich gehe.«

Svea legt die Hand auf die ihre. »Gut. Ich gehe rein. Um sechs krabbeln sie wieder bei uns ins Bett. Es war was ganz Besonderes heute Abend. Ich bin stolz auf dich. Sei vorsichtig. Mach dein Licht an.«

Alice trat in die Pedale und sauste durch die stillen Straßen. Auf dem Treidelpfad liefen ein paar Leute mit Hunden, das war ein Völkchen für sich, dachte sie, sie kannten sich alle und tauschten Neuigkeiten über ihre Tiere aus. Nicht viel anders als Eltern am Rande der Sandkiste.

Sie kettete ihr Fahrrad bei der Laufplanke an und rupfte den Blumenstrauß vom Gepäckträger. Bevor sie durch die Tür ging, streckte sie den Arm nach drinnen, um das Licht anzuknipsen. Auch im Wohnzimmer machte sie alle Lampen an. Kühl war es, feucht. Was soll ich nun mit diesen Blumen? Ich habe keine Vase, soll ich sie in einen Eimer stellen? Das große Fenster spiegelte das Licht wider. Es war auch ein Spiegel, in dem sie sich sah, eine schmale Frau in einem schweren Mantel, die ungeschickt mit einem viel zu großen Blumenstrauß herumstümperte. Mitten in einem leeren Zimmer.

Sie trat ans Fenster und stieß es weit auf, sodass sie das glatte Wasser sehen und riechen konnte. Sie beugte sich über die Fensterbank und spähte nach unten. Ob dort, in der Tiefe, die beiden weggeworfenen Fische schliefen? Vielleicht sind sie schon in einem Kampf mit einem Hecht zugrunde gegangen oder sind jämmerlich verhungert, nun da sie selbst Futter suchen müssen. Fast einen Meter lang sind sie, wie fängt man genügend Futter für so einen großen Körper?

Unvermittelt schmiss sie mit Wucht den Blumenstrauß

in den Kanal. Das Bündel blieb in einem weiter werdenden Kreis kleiner Wellen an der Oberfläche. Sie starrte mit leeren Händen darauf und merkte, dass sie weinte. Es wurde schlimmer und schlimmer, zuckende Schultern, Rotz, schließlich ein Brüllen in langen Schüben. Sie stand da nur, vor dem offenen Fenster in ihrem Wintermantel, die Arme seitlich am Körper hängend. Es dauerte und dauerte, sie war außerstande einzugreifen und konnte auch nicht begreifen, warum sie eigentlich so außer Fassung war.

Sie sah die Blumen dahindümpeln, dicht vor dem Fenster. Die musste sie retten, dann hatte sie ein Ziel. Sie ließ sich an der Fensterbank auf die Knie nieder und hob den triefenden Strauß wieder an Bord. Dreckiges Kanalwasser tropfte auf ihren Mantel, auf ihre Schuhe; alles wurde klatschnass.

Mit geschwollenen Augen machte sie sich ans Werk. Eimer suchen, das durchweichte Papier von den Blumen losreißen, wo war denn nur diese Schere, Wasser in den Eimer laufen lassen, Bändchen abmachen, Stiele hineinsinken lassen. Übelkeiterregender Blumenduft erfüllte das Zimmer. Fenster zumachen, nasse Kleider ausziehen, Zähne putzen, nicht mehr denken. Ins Bett.

41

Alice braust in ihrem kleinen Auto zur Stadt hinaus. Auf der Rückbank liegt die Partitur des Blasorchesterstücks. Wenn sie in diesem Tempo weiterfährt, wird sie mehr als rechtzeitig zur Probe da sein. Im Gemeindehaus. So einem nach abgestandenem Bier riechenden kleinen Saal hinter der örtlichen Kneipe, wo die Bläser ihre Instrumente aus den großen schwarzen Koffern heben und der Dirigent mit einer Fragenliste auf sie wartet. Sie hat Lust darauf. Sie denkt nicht an das Gespräch mit Mark zurück, sie denkt nicht an das, was sie morgen in der Fortpflanzungsklinik erwartet, und sie denkt nicht an den Eisprung, den sie, heute Morgen noch, mit einer Injektion angeregt hat. Sie wird beim Bläserkorps willkommen sein, daran denkt sie. Sie werden sich freuen, wenn sie hereinkommt. Unwillkürlich lächelt sie hinter dem Lenkrad. Freuen! Über *sie*! Na ja, sie nimmt schließlich auch die lange Strecke auf sich, gut zwei Stunden Fahrt, für *diese* Leute. Sie hat dieses Stück eigens für sie geschrieben, als wäre sie Teil dieser Gruppe.

Über das eigene Kind freut man sich immer, denkt sie, so sonderbar oder nervig es auch ist. Wird sich bei einem Adoptivkind wohl anders verhalten. Bei jedem Unfrieden denkt man dann an den unbekannten Hintergrund, traumatische Erfahrungen, miserables genetisches Material. Das Kind von Marks Kollegen, sie hatte sich letztens noch danach erkundigt – ein liebes kleines Kerlchen, hatte Mark gesagt. Er hatte das Kind kennengelernt, denn der Kollege musste an einem seiner Vatertage etwas im Büro holen. Ein dünnes asiatisches Jüngelchen, das in der Tat nichts sagte. Taub war es aber nicht, es reagierte auf jedes Geräusch. Der Kollege war betrübt und machte sich Sorgen. Alice wollte wissen, ob noch etwas bei der Untersuchung herausgekommen sei. Nichts Erhebendes, hatte Mark gesagt. »Solche modernen Diagnosen, ADHS oder Autismus-Spektrum-Störung, was immer das auch sein mag. Schöne Bescherung für die Eltern. Es schiebt sich doch was dazwischen, wenn es nicht das eigene Kind ist. Als hätte man einen Fehlkauf gemacht. Er saß im Sekretariat und spielte mit dem Anspitzer. Ein richtig niedliches Kind, das schon.«

Die Schnellstraße hat sich verschmälert, und das Sammelsurium aus kleinen Industriebetrieben und Bürogebäuden macht Wiesen mit Schafen und Kühen Platz. Was sagte ihre Mutter noch, über dieses lästige Nachbarsmädchen, das größer und gröber gebaut war als ihr Bruder und ihre Schwester? Sie klaute auch Geld aus dem Haushaltsportemonnaie. »Ein angenommenes Kind«, das war es. Daher kam es auch, das Streiten, das Prügeln auf der Straße, das Stehlen. Alice hatte sich lange gefragt, ob sie selbst ein »angenommenes« Kind war – gnädig akzeptiert, aber mit der Zeit zur Katze im Sack geworden, die die Besitzer nicht mehr loswerden konnten.

Beinahe die Abzweigung zum Bläserdorf verpasst, sie muss die Kurve so scharf nehmen, dass sie die Partitur von der Rückbank rutschen hört. Macht nichts, ich bin da, der Vorsitzende steht schon auf der Terrasse des Lokals, er winkt. Ich bin willkommen.

»Wie war's?«, fragt Mark abends am Tisch.

»Eine Himmelfahrt dahin zu kommen. Es war schön. Fast gruselig, die eigenen Noten so zu hören, in echt. Als gäbe es die Musik erst dann. Ist natürlich auch ein bisschen so. Ich konnte mich schwer konzentrieren, denn es war so rührend, diese Leute so ernsthaft bei der Sache zu sehen. Sie hatten gut geübt, fand ich. Ich fühlte mich fast geehrt bei all der Aufmerksamkeit.«

Jetzt wieder hier, denkt sie. Zu Hause. Ich müsste einen Salat machen zu den Pizzen, die Mark mitgebracht hat. Keine Ahnung, was ich empfinde. Heute Nachmittag hatte ich die. In diesem Hintersälchen, wo die Billardtrophäen an der Wand hingen. Wo ich mit dem Dirigenten Übergänge und Tempowechsel durchnahm. Da war ich nicht so beklommen, so distanziert. Jetzt machen wir Konversation. Eine Aufgabe, die ich gut erfüllen muss. Ich müsste böse sein, weil er morgen nicht mitwill. Nicht der geringste Grund, mich vor seiner Missbilligung, seiner Laune zu fürchten. Die Therapeutin, vor langer Zeit, fragte mich einmal, ob ich schon einmal bedacht hätte, dass meine Mutter so bissig war, weil sie mit ihrem eigenen Leben nicht glücklich war, mit ihrer Ehe, mit ihrem Hausfrauendasein. Dass ihr abweisender Blick überhaupt nichts mit mir zu tun hatte – das sei vielleicht meine Interpretation, mein eigener Anteil, sagte sie. Ich hörte, was sie sagte, aber es verfing nicht. Solchen Gedanken kann ich nicht folgen. Wenn das Verhalten der Menschen um mich herum nichts mit mir zu tun hat, stehe ich ganz und gar allein da. Wer bin ich dann noch? Nein, in die Richtung gehe ich nicht, ein Abgrund ist das.

Wie ist es möglich, dass Mark so entspannt dasitzt? Er lässt mich morgen einfach dahin gehen, allein, um mich in dieser Scheißklinik befruchten zu lassen. Er müsste sich schuldig fühlen, oder zumindest sollte er bedröppelt sein. Nichts davon zu merken.

»Weißt du, was ich gelesen habe?«, fragt er enthusiastisch. »Einen Artikel über dieses Mauerbild, von dem du neulich erzählt hast, dieses riesige Relief von einem Kind mit einem Seil, das sie damals abgebrochen haben.«

»Abgerissen«, korrigiert Alice. »Mit einer Abrisskugel.«

»Sie wollen das jetzt auf einer anderen Mauer rekonstruieren. Das geht, weil der Bildhauer ganz genau dokumentiert hat, wie er gearbeitet hat. Materialien, Maße, Farben, alles. Werkaufzeichnungen. Wie deine Partituren eigentlich. Du schreibst auch genau auf, was diese Musiker machen müssen, um dein Stück aufzuführen. Sie haben noch keine Mauer finden können, die hoch genug ist. Und kein Geld, vorerst. Sie brauchen Zuschüsse, oder einen Sponsor. Ich dachte an unser Büro, wär doch großartig, wenn wir das finanzieren könnten. Ewige Werbung.«

Aber es ist *meins*, denkt Alice, es geht um mein Kind, meine Tochter. Er bemächtigt sich etwas, das privat ist, das ist nicht erlaubt. Was für ein idiotischer Gedanke, das kann ich unmöglich erklären. Ist auch nicht nachvollziehbar, weil unter dem ganzen Gespräch über die Rekonstruktion eines Kunstwerks verborgen. Wir sprechen über dasselbe, aber im Grunde reden wir von völlig verschiedenen Dingen.

»Dieser Künstler muss steinalt sein, der klettert doch nicht auf ein Gerüst, um das Bild noch einmal zu machen!«

»Delegieren«, sagt Mark. »Mit so einer Flüstertüte auf

der gegenüberliegenden Seite stehen und die Arbeiter instruieren. Du spielst deine Stücke doch auch nicht selbst.«

Sie nickt. Also die Werkzeichnung oder die Partitur ist das schweigende Produkt, das erst zu leben beginnt, wenn es gemacht oder gespielt wird. Komponisten haben schon das Pech, dass es sogleich wieder verfliegt. Das hat man davon, wenn man sich mit Zeit und nicht mit Raum befasst.

»Ich las auch, dass es eine enorm große Gruppe von Unterstützern gibt. Sie wollen das Mauerbild zurück, sie sammeln Geld dafür! Ich finde das schon schön, diese Begeisterung für ein zeitgenössisches Kunstwerk. Muss doch toll sein für den Macher, dann tut man es doch für was.«

Ja, das kann *ich* nicht sagen, denkt Alice sofort. Die paar Hanseln, die sich neue Musik anhören, kann man vergessen. Das war im achtzehnten Jahrhundert schon anders. Das Publikum konnte es gar nicht erwarten, bis es eine neue Sinfonie von Haydn gab. Bei Opern von Mozart tobte der Saal. Es war eine absolute Notwendigkeit, dass diese Musik geschrieben wurde, die Menschen wünschten sie sich und ließen sich von ihr rühren. Offensichtlich stimmte Haydns Sprache haargenau mit ihrer musikalischen Vorstellung überein. »Meine Sprache verstehen sie überall auf der Welt«, hatte Haydn zu Mozart gesagt, als dieser am Vorabend der Abreise nach England etwas über Haydns erbärmliche Sprachkenntnisse anzumerken hatte. Es stimmte, und es stimmt immer noch. Die Vorliebe der heutigen Konzertgänger ist in der Vergangenheit hängen geblieben. Dagegen kann man nicht ankomponieren. Mark und ich geraten hier in eine Wiederholung des Gesprächs, das wir neulich hatten, über Beschäftigungstherapie. Wir weichen einem richtigen

Gespräch aus. Über Befruchtung, über die Klinik, über die Bedeutung einer Familie. Ich werde nicht davon anfangen. Es ist schon schlimm genug. Ob er nicht mitkommt, weil es mein irrsinniger Plan ist und damit meine Verantwortung?

Mark geht mit den schmutzigen Tellern weg und schaut über seine Schulter zu Alice, die still auf ihrem Stuhl sitzen geblieben ist. »Hey, nicht grübeln! Du hast doch heute diese Leute vom Blasorchester glücklich gemacht, oder? Also tust du es für etwas, genau wie der Mann von dem Mauerkunstwerk. Oder lässt dir der Termin morgen keine Ruhe? Soll ich dich bringen? Dann warte ich einfach im Auto auf dich. Kein Problem.«

Er ist viel netter, als ich meistens denke. Wenn ich akzeptieren könnte, dass er anders ist als ich, wäre alles in bester Ordnung. Stattdessen mache ich was Komisches draus: Dass er anders ist, bedeutet, dass ich nicht richtig ticke. Hab ich von meinen Eltern gelernt. Jahrelang geübt. Sie stöhnt laut auf. Das war nicht beabsichtigt, aber es entfährt ihr.

»Weißt du was«, sagt Mark, »wir trinken uns heute Abend einen an. Wer weiß, was dabei herauskommt. Ich mache eine gute Flasche auf, bleib du ruhig sitzen. Tu einfach, was ich sage!«

42

Sie hatte Jason von der Werbeagentur am Apparat. Als er anrief, setzte sie sich auf ihr Bett, zog die Knie an die Brust und schaute durch das breite Fenster aufs Wasser.

»Kann ein großer Auftrag werden«, sagte er. »Wir wollen dich gern dafür haben. Es ist ein renommiertes Büro, sie machen Kapitalanlagen und so, das heißt, sie haben reiche Kunden. Die tun gern so, als seien sie kultiviert, sie werden es daher chic finden, wenn sie eines Tages dahinterkommen, dass du ihre Jingles komponierst. Radioarbeit. Sie wollen wohl eine ganze Serie. Bist du dabei?«

Alice brummte etwas, das wie ein »Ja« klang.

»Wir haben sie aber noch nicht am Haken. Deshalb rufe ich dich an, sie kommen zu Besuch. Ein Orientierungsgespräch, sagte die Frau, die ich sprach, die Sekretärin vom Vorsitzenden. Na ja, wie auch immer, Ende der Woche kommt eine Delegation von dem Büro zu uns. Sie wollen ihre Idee unterbreiten und hören, ob wir was damit anfangen können. Ich fände es gut, wenn du dabei bist. Sie kommen zu dritt, diese Frau und zwei Juristen.«

Ein Blesshuhn griff ein Entenweibchen an, Flügel schlugen Wasserfächer hoch, die Ente war mit dem Kopf unter Wasser geraten, und das Blesshuhn hörte nicht auf, ihr in den Rücken zu picken.

»Ja, das geht in Ordnung«, sagte Alice. »Muss ich ein schwarzes Röckchen anziehen, was meinst du?«

»Mindestens. Du musst kompetent und auch künstlerisch aussehen, damit sie gleich sehen, dass du aus einer anderen Welt kommst, aber sehr viel kannst. Ich bin auch dabei, und Jacques natürlich, als Manager und für das Finanzielle. Wir wollen schon ordentlich dafür bezahlt bekommen.«

»Habt ihr je so etwas gemacht? Ich kann mich nur an Esswaren erinnern und Putzmittel. Solche konkreten Dinge, Make-up, Brillen, Autos.«

»Eine Krankenversicherung, vor ein paar Jahren. Da war keine Musik dabei, nur sehr viel Text. Ich werde leckere Sachen für diese Typen besorgen. Zuerst Tee, und wenn sie anbeißen, hole ich die Flaschen aus dem Kühlschrank. Sie kommen Freitag am späten Nachmittag, vier Uhr. Ruft ein Anlageportfolio schon Klänge bei dir hervor? Lass es mal ein paar Tage auf dich wirken und lies was über diese Welt, wenn du das aufbringen kannst. Oder auch nicht. Dann kannst du vorurteilsfrei drangehen, ist auch gut. Ruf mich ruhig an, wenn du noch was wissen willst. Ansonsten sehe ich dich Freitag, okay?«

Alice erhob sich. Auf der anderen Seite des Kanals sah sie die Ente Schutz im Schilf suchen. Das Blesshuhn war verschwunden. Sie reckte sich und öffnete ihren Kleiderschrank. Schuhe, das war wichtig. Stiefeletten. Gleich einmal putzen. Und ein spektakulärer Blazer. Nein, daran würde es gewiss nicht scheitern. Sie merkte, dass dieser mögliche Auftrag sie in den Bann zog. Sie selbst stieg immer sofort aus, wenn es um Geld ging, und bezahlte einem Finanzexperten, der ihre Steuererklärungen auf eine Art und Weise erledigte, von der sie nichts begriff, ein Vermögen. Sie las seine Papiere und Unterlagen nicht mal. Schon eine Herausforderung, dann für ein Publikum Werbung zu machen, das auf Geld versessen war. Was mochten das für Menschen sein, diese Juristen? Würde sie ihnen zuhören können, oder gingen dann bei ihr auch gleich die Rollläden runter?

Kein Rock, sondern eine schwarze Hose und darauf der schimmernde Blazer. Das musste genügen, was Konzessionen betraf. Und sie will Rad fahren können. Am Treidelpfad sah sie ihren jungen Freund, den Angler, sitzen. Sie tauschten einen kurzen Gruß aus. Später mal fragen, wie es den weggeworfenen Fischen ging, jetzt keine Zeit.

Sie war spät dran. In dem kleinen Büro saß Jason schon und machte Konversation mit der Anlegerdelegation. Er hatte aufgeräumt, es sah schön kahl, minimalistisch aus, nirgendwo flogen Werbeprodukte oder gebrauchte Kaffeebecher herum. Sechs identische Stühle am großen Tisch. Jacques, der finanzkundige Chef, kam mit ihr gleichzeitig herein, Papiere unter dem Arm. Es folgte ein Wirrwarr an Vorstellungsszenen. Alice drückte einer gepflegten älteren Frau die Hand, der Sekretärin. Sie wirkte interessiert, sympathisch. Dann ein gesetzter Mann mittleren Alters in dreiteiligem Anzug und Brogues. Von der Sorte wimmelte es natürlich in diesem Büro. Tiefe, etwas forcierte Bassstimme, jovial, kräftiger Händedruck. Sie sah einen Fleck auf seiner Weste, es sah aus wie Eigelb. Das sprach wiederum für ihn. Dann stand sie vor einem etwa dreißigjährigen schlaksigen Mann. Graue fröhliche Augen und eine Stimme, die sofort bei ihr Eingang fand. »Mark«, sagte er, »Mark van der Meulen. Wie nett, dich kennenzulernen. Ich bin so gespannt, wie so eine Werbekampagne zustande kommt, wirklich sehr nett, das mal mitzuerleben.« Er setzte sich neben sie an den Tisch. Sie sah, dass er schöne Hände hatte. Lange Finger, kurze Nägel.

Nach dem Willkommenswort von Jason – er hörte sich doch ein bisschen nervös an, fand Alice – erläuterte der Jurist mit der beschmutzten Weste die Wünsche des Büros. Ihre fabelhaften Produkte der großen Öffentlichkeit darbieten, aus der begrenzten Welt des begüterten Kunden herauskommen, eine größere Reichweite erzielen, anlegen ist etwas für jeden, der etwas Geld dafür übrig hat. Ihre Idee sei, dass jedes ihrer Produkte einen eigenen Werbespot bekommen müsse – »wir haben so viele verschiedene Sachen im Angebot: Anlageportfolios, Steuertipps, Beratung für Investitionen, Betreuungsprogramme für das gesamte finanzielle Spektrum« –, aber dass alle Werbungen in irgendeiner Weise miteinander verbunden sein müssten, erkennbar, sodass Zuhörer denken würden: Ach ja, das ist das Büro, davon hab ich gehört, machen sie das *auch*, da werd ich mich mal informieren.

»Für diese unterschwellige Verwandtschaft benutzen wir natürlich Text, und unseren Namen, aber wir denken, dass Musik noch besser funktioniert, auf einer tieferen Ebene sozusagen.« Er sah Alice an. Sie zuckte nicht mit der Wimper und schaute zurück, bis er weiterdozierte. Der Mann neben ihr, Mark, warf ihr einen Seitenblick zu und zwinkerte. Er trommelte mit diesen langen Fingern beiläufig auf dem Tisch. Alice lächelte ihm zu.

Sie war nicht auf der Suche. Der Kummer über die gescheiterte Beziehung mit Duk war geschwunden, und sie war mehr oder weniger mit ihrem Leben zurück in die Spur gekommen. Dass sie allein war, fand sie nicht schlimm, sie machte sich keine Sorgen darüber, hatte nicht das Gefühl von Dringlichkeit. Es fühlte sich eigentlich gut an, dass sie uneingeschränkt ihr eigenes Ding machen konnte. Nein, sie sondierte nicht jede neue Umgebung nach einer möglichen Liebe, das beschäftigte sie nicht.

Aber sie wusste es sofort: Das ist er. Sie wusste auch, dass er es wusste. Keinerlei Zweifel. Sie saßen dort nebeneinander auf diesen künstlerischen Stühlen, sie vertieften sich in den Vorschlag für die Werbeserie, sie beteiligten sich an der Besprechung – »Zuerst eine kleine Standardmusik«, sagte Alice, »dann Text über das spezifische Produkt, und danach oder halb darunter ein auf das Produkt zugeschnittenes Musikfragment. Vielleicht kann man später, wenn die Leute das Lied kennen, die Eröffnungsmusik auch variieren und darin schon mal die Instrumente, das Tempo, die Taktart verwenden, die zum Produkt gehört. Zum Schluss der Name des Büros? Alles in allem zwanzig Sekunden?« Sie sah Jason fragend an. Es entstand ein Gespräch, animiert. Jason spielte ein paar Beispiele von Werbungen vor, die Alice mit Musik versehen hatte. Und während all das geschah, wurde Alice von einem tiefen Frieden erfüllt. Wohlbehagen, wenn das nicht so ein verrücktes Wort wäre. Die Runde war sich schnell eins. Alice würde die »Produkte« zugeschickt bekommen, damit sie an die Arbeit gehen konnte. Man sprach über Termine und die Kosten. Da hörte sie schon nicht mehr zu.

Sie standen draußen, bei ihrem Fahrrad. »Was nun?«, sagte Mark lachend. »Was tut man in so einem Fall?«

»Laufen«, sagte Alice. »Ich lasse das Fahrrad hier stehen.«

Sie passte genau unter seinen Arm. Gleichschritt, ohne dass sie sich darum bemühen mussten. Sie sagten nicht viel, es war gut so.

Es waren viele Menschen auf der Straße, so am Ende des Nachmittags. Die machten allesamt dem neuen Paar Platz, auch das ging von selbst, als liefen sie ganz allein durch die Stadt. Ihre Verliebtheit schien Ehrfurcht zu erwecken. Schließlich bekamen sie Hunger oder bemerkten die Uhrzeit, das war es wahrscheinlich eher. Alice hatte für Hunger keinen Platz, sie war voller Fröhlichkeit.

Trinken, Essen. Spanisch, weil das Restaurant lauschig aussah und es einfach war, sich eine große Pfanne Paella vorsetzen zu lassen. Über den kleinen Tisch hinweg sahen sie sich an und brachen in Lachen aus. Natürlich haben sie da geredet – über ihre Arbeit, Beziehungen, Eltern und Familie –, alles leichthin und in Kurzfassung. Er war als Student gerudert, er liebte das Wasser und hielt es für ein gutes Zeichen, dass sie auf einem Boot wohnte. Er hatte nette Eltern, eine Schwester und einen Bruder. Er lauschte andächtig ihrer summarischen Beschreibung ihres Elternhauses. Kein einziges Thema brauchte tiefgreifend besprochen zu werden, denn sie hatten Unmengen Zeit. Alice seufzte vor Erleichterung. Im Kopf hörte sie den Eröffnungsteil eines späten Haydn-Quartetts, einer Art ruhigem Marsch, in dem die erste Geige und das Cello einander abwechselnd zusprachen, bestätigend, in vollkommener Harmonie.

43

Zufrieden radelte sie am frühen Morgen zu ihrem Boot zurück. Sie sah ihren Anglerfreund schon von Weitem am Ufer sitzen, mit gebeugtem Rücken. Sie stieg ab und schaute ins Wasser. *Ein* Fisch. Der weiße.

Der Junge drehte das Gesicht zu ihr hin. »Den orangen hat ein Fischer gefangen. Der hat ihn mitgenommen. Ich hab's beobachtet.«

»Oje. Jetzt willst du den weißen sicher beschützen. Wie heißt du eigentlich? Ich bin Alice.«

»Jens.« Er starrte betrübt auf den riesigen Fisch, der langsam um den Haken herumschwamm und hin und wieder behäbig einen Bissen Brot einsog.

»Hast du eine Badewanne?« Jens hatte sich so schnell aufgerichtet, dass der Fisch erschrak und sich zurückzog. Alice, erfreut, dass der Junge aufzuleben schien, stellte ihr Rad ab und setzte sich ins Gras. Ein Plan, eine Rettungsoperation! Heute Abend, wenn alle Leute zu Hause am Tisch saßen, würde Jens mit den Watstiefeln seines Vaters herkommen. Während Alice den Fisch vom Ufer aus mit etwas Leckerem anlockte, würde er, im Wasser, »man kann hier leicht stehen«, das Tier umarmen und kräftig festhalten.

»Wie kommst du dann raus? Du darfst ihn nicht loslassen.«

»Ein Klacks. Ich bin gelenkig. Dann rennen wir zum Boot. Wollen wir schon mal Wasser in deine Wanne einlassen?«

Sie waren geraume Zeit schön geschäftig mit der Vorbereitung. Jens hing aus dem Badezimmerfenster und schöpfte mit einem Eimer Wasser aus dem Kanal. Alice schleppte den Eimer zur Badewanne und kippte ihn aus.

»Er muss sein eigenes Wasser haben, das kennt er.« Sie hörten auf, als die Wanne halb voll war. »Später können wir etwas nachfüllen. Nicht zu viel, dann springt er vielleicht raus.«

Alice fragte sich, wie lange sie diesen Gast würde beherbergen müssen und was schließlich mit ihm geschehen sollte, aber sie wollte Jens nicht seine aufgekratzte Stimmung verderben.

»Klasse, das!«, sagte er mit breitem Grinsen.

»Wir müssen etwas zu fressen für ihn haben, wenn er in der Wanne ist«, fand Alice. »Um ihn ruhig zu halten. Was fressen Karpfen?«

»Alles! Salat, Krabben, Raupen – ich hab das nachgeschlagen!«

»Geh mal eben in die Zoohandlung, Futter kaufen.« Sie drückte ihm einen Geldschein in die Hand, es würde bestimmt teuer sein, dachte sie. Jens nickte und ging nach einem letzten Blick auf die Badewanne, in der grünliches Wasser auf den Gast wartete.

An diesem Abend setzten sie den Plan in die Tat um, so wie sie es sich ausgedacht hatten. Triefend rannte Jens mit dem weißen Fisch zur Laufplanke, Alice hatte die Türen weit geöffnet, sodass er ungehindert ins Badezimmer laufen konnte, sie hatte für gedämpftes Licht gesorgt, keine grellen Lampen, der Fisch glitt ins Wasser, mindestens einen Meter lang war er, und blieb totenstill liegen. Wenn er nur keinen Herzstillstand bekommt vom Stress, dachte sie. Jens stand keuchend da und streifte die Watstiefel ab. Alice reichte ihm die Box mit in der Tat sündhaft teurem Fischfutter, und er ließ vorsichtig ein paar Brösel in die Wanne rieseln. Sie setzten sich neben den Fisch, Jens auf den umgedrehten Eimer und Alice auf einen Hocker. Wie alt mochte er sein, fünfzehn vielleicht? Ich kann ihm kein Bier anbieten. Weil Sven wochentags nie Alkohol trank, hatte sie Cola im Kühlschrank für eventuelle Besuche. Zum Glück.

»Zeit für ein Gläschen. Ich hole uns mal eben was.« Chips hatte sie auch noch. Der Fisch bewegte sich noch immer nicht.

»Tierarzt«, sagte Jens, »das würde ich gern werden. In einem Aquarium. Das ist ganz schön schwer. Wir haben in der Schule eine Frau, die berät uns, wenn man sich für ein Studium entscheiden will. Ich habe sie gefragt, und sie sagte, da gibt es Möglichkeiten. Veterinärmedizin heißt es. Aber nicht für Fische.«

Alice fühlte sich leichtfüßig, sie huschte in die Küche und zurück, um leckere Dinge zu holen, aufgeregt durch die plötzliche Verliebtheit und zugleich mit einer ungekannten inneren Ruhe.

»Was lernst du denn dann bei diesem Studium?«

»Man kann nur drei Schwerpunkte wählen«, sagte Jens missmutig. »Geselligkeitstiere, das sind Katzen und Pudel und so. Find ich blöd. Oder man macht Nutztiere, das ist erst recht schlimm. Geflügelzuchten und Schlachthöfe. Das mach ich echt niemals.«

Er warf noch etwas Futter und einen Chip in die Wanne. Der Fisch zeigte keinerlei Regung, sondern schien in Ruhe abzuwarten. Erst als die Bröckchen nah bei seinem Kopf entlangschwebten, schluckte er sie. Jens sah Alice triumphierend an. »Er gewöhnt sich schon ein!«

»Was ist die dritte Möglichkeit, wenn du Tierarzt wirst?«

»Hauptfach Pferd.« Sie schwiegen.

»Wir müssen einen Plan machen«, sagte Jens nach einer Weile. Er sprach leise, als wäre der Fisch ein Baby, das gerade eingeschlafen war. »Einen sicheren Teich, wo Fischer nicht hindürfen. Wo findet man den?«

»Im Zoo«, wusste Alice. Da war sie vor Kurzem noch gewesen, mit Svea und einigen der Kinder. »Vor dem Elefantengehege ist ein großer Teich, und ich habe auch Fische darin schwimmen sehen. Nicht so groß wie unser Fisch, aber schon dieselbe Art. Da wird er sich bestimmt zu Hause fühlen. Aber wie kriegen wir ihn dorthin?«

Jens bewegte sich so ruckartig, dass er beinahe von dem Eimer fiel. »Ich weiß! Ein Freund von mir, aus der Schule, hat einen Job im Zoo. Er hilft bei der Fütterung. Er selbst darf nicht füttern, das machen die Pfleger, aber er bringt das Futter in den Vorratsraum. Er trägt Heu und Zweige und Kisten mit Endivien vom Gemüsehändler herum. Einmal in der Woche einen ganz großen Plastikkasten mit Abfall vom Schlachter.« Er zeigt auf den Fisch. »Da passt er genau rein, denke ich.«

Eine Verschwörung, so neben der Badewanne. Jens würde sich mit seinem Schulfreund besprechen, sie würden

den Fisch in dem Schlachtercontainer mit dem Lastenfahrrad befördern können und, wenn niemand hinguckte, vorsichtig in den Teich gleiten lassen.

»Wenn er dann zum Futterdepot kommt, ist sein Kasten leer! Dann lachen die Tierpfleger ihn aus, und er muss noch einmal zurück!«

Das muss dann eben sein, fand Alice. Es war ein blendender Plan. Jens ging nach Hause, die schmutzigen Gummistiefel unter dem Arm. Alice blieb beim Fisch zurück.

Als Mark sich die Zähne putzen wollte, kam er schreiend wieder aus dem Badezimmer gestürmt. »Alice! Ein Hecht in deiner Badewanne!«

»Ja, das hätte ich sagen müssen. Bist du erschrocken?« Sie erklärte die Situation; am nächsten Morgen würde in aller Frühe die Evakuation stattfinden. Mark war sofort dabei, stand früh auf, um Jens zu empfangen und ihm beim Transport zu helfen. Sie füllten den dunkelblauen Container auf dem Lastenrad mit Wasser aus dem Kanal und gingen nach drinnen, um den Fisch zu holen.

»Ein Handtuch«, sagte Jens. »Damit musst du ihn packen, sonst glitscht er dir aus den Händen. Diese Schuppen sind mordsglatt.« Vorsichtig tauchte Mark ein Handtuch in das Badewannenwasser, drapierte es um den stillen Fisch und nahm diesen dann in seine Arme. Er streckte die Beine und stand wie ein guter Hirte mit dem verlorenen Lamm neben der Wanne.

»Komm«, sagte Jens, »in den Kasten mit ihm!« Der Fisch platschte in den Container. Der Schwanz musste ein bisschen gekrümmt werden, sonst passte er nicht hinein. Jens schmiss eine Handvoll Futter dazu und legte den Deckel drauf. Mit einiger Mühe trat er das Lastenrad in Bewegung. Mark und Alice schauten ihm nach, er hob die Hand, ohne sich umzusehen, das Lastenrad schlingerte gefährlich, aber Jens bekam es wieder in die Gewalt.

»Ich muss gehen«, sagte Mark. »Kurz nach Hause und dann ins Büro. Was mache ich mit diesem Handtuch, in die Grütze damit?«

Auf einmal dachte Alice an ein ähnliches Handtuch, das im selben Wasser schwebte, langsam auf den Grund sank. Es kommt, weil er so dastand, dachte sie, als trage er ein großes, missgestaltetes Baby. Nicht dran denken, es ist vorbei, jetzt ist alles anders. Sie nahm ihm den dreckigen Lappen ab, gab ihm einen Kuss und ging nach drinnen.

44

Der Eigentümer des Hausboots kehrte zurück und setzte Alice die Pistole auf die Brust. »Dann ziehst du zu mir«, sagte Mark. »Bisschen eng, aber das kriegen wir hin.«

»Nein. Das will ich nicht.«

»Wieso? Du bist eh die ganze Zeit bei mir. Gefällt dir die Wohnung nicht?«

»Doch, aber ich hab genug davon. Nein, nicht von dir, aber von fremden Häusern. Immer bei einem anderen die Füße unter den Tisch schieben. Ich habe jahrelang bei Duk gewohnt. So was will ich nicht mehr.«

»Dann suchen wir uns zusammen ein Haus«, sagte Mark. »Etwas Neues für uns beide. Und groß genug. Du musst ein gutes Zimmer haben, denn du arbeitest von zu Hause.«

Sie fanden ein Eckhaus mit Garten. Über dem sonnigen Erker befand sich ein großes, lang gestrecktes Zimmer, in das der Flügel hineinpasste, der Komponiertisch, der Schrank mit Partituren und Manuskripten. Mark selbst war ein kleines Zimmer als Arbeitsklause genug. »Ich arbeite nie von zu Hause. Es kann das Babyzimmer werden, später. Wenn wir so weit sind.«

Das musste Alice erst einmal verdauen. Ein Kind? Und Mark würde das wollen? Was sollte werden, wenn *sie* sich das nicht zutraute? An der Spannung in ihren Muskeln spürte sie, dass irgendetwas ganz und gar nicht in Ordnung war, dass sie das Getue von Leben und Tod hinter ihrem Nabel komplett ablehnte und sich nicht mehr daran erinnern wollte.

»Sag mal was!« Offenbar war an ihrem Blick abzulesen, dass sie in Panik geriet, denn Mark legte den Arm um sie und begann, langsam mit ihr durchs Zimmer zu laufen. Das Parket knarrte.

»Wir tun nichts, was du nicht willst. Was denkst du denn! Dass ich mit dir zusammen bin, darum geht es. Ob mit oder ohne Kind – wir werden sehen, es ist nicht wichtig, ich kam durch das kleine Zimmer darauf. Ich muss mich echt nicht unbedingt fortpflanzen, keine Bange, es geht um uns, unser Leben. Das machen wir zusammen.«

Sie beruhigte sich. Natürlich würde er sie nicht für untauglich erklären und wegschicken. Es war nicht nötig, dass sie dasselbe dachte und wollte wie er. Was mit dem Kind von Duk passiert war, konnte sie tief vergraben, es spielte keine Rolle mehr, es war Teil einer schmerzlichen Vergangenheit, die sie weit hinter sich lassen durfte. Alles, wodurch es wieder hochkommen könnte, würde sie einfach verdrängen. So wie sie jetzt war, war es gut.

Gemeinsam liefen sie die Treppe hinauf, um sich ihr zukünftiges Arbeitszimmer anzusehen. Dort würde sie an einem neuen Werk schreiben, das sie ganz aus sich heraus, ohne Auftrag, ohne Bedingungen erdenken würde. Sie war frei, frei und doch geborgen.

Nach und nach machten sie sich Haus und Garten zu eigen. Mark hatte mehr Zeit als früher, weil er dabei war, eine neue

Abteilung aufzubauen und seine Arbeitszeiten selbst bestimmte. »Werteorientierte Kapitalanlagen«, erzählte er, »danach besteht eine immer größere Nachfrage. Keine fossilen Brennstoffe mehr, Öl und so, und lieber keine Waffen, keine Pharmaindustrie. Alternative, saubere Projekte, in die wollen sie investieren. Ein gigantischer Wachstumsmarkt, denke ich. Nein, bin ich mir sicher. Solarenergie, Wasserwiedergewinnung, Windkraft und, und, und. Davon verstehe ich nichts, aber ich kann so viele Experten anheuern, wie ich will. Es macht Spaß und ist auch tricky. Sehr viele kleine Betriebe, man weiß nicht, wer über kurz oder lang pleitegehen wird und wer sich halten kann, wer wachsen wird. Ich schaue vor allem darauf, wie das Unternehmen organisiert ist, ob sie vernünftige Produktionspläne haben, ob sie vorausschauen, ob sie freundlich miteinander und mit ihrem Personal umgehen.«

Sie kümmerten sich zusammen um den Garten. In Harmonie, dachte Alice, Absprache, Geben und Nehmen. Sie schmiedeten Heiratspläne, nicht sofort, aber bald. Zuerst mal Marks Eltern besuchen, und seine Schwester und seinen Bruder kennenlernen.

»Meine Mutter hat in zwei Wochen Geburtstag. Dann kommen alle. Es ist also schön viel Betrieb, du kannst in der Menge untergehen, wenn du mal keine Lust auf lange Gespräche hast.«

Ihr flatterten die Nerven, als sie zu Marks Eltern fuhren. Blumen hatte sie gekauft für seine Mutter, mit einer Vase dazu, in die sie sie hineinstellen konnte.

»Du siehst aus, als müsstest du eine Prüfung ablegen.

Möchtest du ein Schlückchen aus dem Flachmann? Ist es so schlimm?«

Whisky, mmh, lecker. In einer halben Stunde sind wir da. Wir fahren auch wieder weg. Es ist nicht schlimm. Es wird ein Ende haben. Mark ist dabei. Stell dich nicht so an.

Zur Vorbereitung begann Mark, basale Fakten über seine Familie zu erzählen. Der Vater groß und hager, die Mutter klein und breit. »Sie ist Organisationsexpertin, sie hat jahrelang eine Einrichtung für ambulante Pflege geleitet – Zeitpläne, Kontrollen, Personal, alles. Jetzt hat sie dort aufgehört, weil ihr die ganzen unsinnigen Regeln zu bunt wurden. Sie ist sehr gut darin, ihre eigenen Regeln aufzustellen. Das hat uns als Kinder zu schaffen gemacht.«

Es gab einen älteren Bruder, Johan, der Kapitän auf großer Fahrt geworden war. Die Flucht ergriffen, dachte Alice. Aber vier Kinder und eine sehr patente Frau, fand Mark. Seine Schwester war zwei Jahre älter als Mark. Sie war Malerin. »Floor. Wir hingen früher immer zusammen. Sie hat sich als freie Künstlerin komplett selbstständig gemacht, sie stellt hin und wieder aus und gibt Kurse in ihrem Atelier. Sie wird dir gefallen, und du ihr auch. Ihr Mann ist irgendwie eine Nulpe, bei dem blicke ich nicht durch. Drei Kinder haben sie.«

Ob diese Mutter verlangte, dass sich ihre Kinder so ungezügelt fortpflanzten? War das eine Regel?

»Sie sind alle ziemlich mit der Umwelt beschäftigt. Nachhaltige Produkte. Glückliche Hühner. Eigener Gemüsegarten. Über meine Arbeit spreche ich nie, diese Aktiengewinne sind ihnen ein Gräuel. Aber mit dem neuen Projekt kann ich schon herausrücken, denke ich.«

»Wie bist du eigentlich in so ein verabscheuenswertes Büro geraten?« Sie schlürfte vom Whiskyflakon. Es zeigte seine Wirkung, sie fühlte sich ruhiger.

»Ziemlich halbherzig das Ganze, gedankenlos. Ich wollte was mit Sport machen, aber dafür war ich nicht gut genug. Und hatte total keine Lust, Sportlehrer zu werden. Ein Schulfreund fing ein Jurastudium an, um hinter unsere Gesetze zu blicken. Mein Vater redete von der Polizei-Akademie, da habe man Sport und juristische Dinge in einem, fand er. Ich sah mich echt nicht mit einer Mütze auf dem Kopf. Da bin ich eben mit diesem Freund mitgegangen. Todlangweiliges Studium. Gegen Ende machte ich ein Praktikum in dem Büro und fing an, Spaß daran zu haben. Sie waren da den ganzen Tag mit der Umschiffung von Regeln befasst. Darin war ich ganz gut. So also.«

Sie waren da. Aussteigen, mit den Blumen. In dem großen Garten spielten Kinder. Die Mutter öffnete die Haustür, und Mark beugte sich zu ihr, um sie zu küssen. Alice blieb schräg hinter ihm stehen und wartete ab. Es würde wieder vorübergehen, es würde stets wieder Abend werden. Schau's dir an, hör zu, dachte sie. Das hier ist Marks Jugend, es ist wichtig, von diesen Menschen hat er gelernt, was er will und was er nicht ausstehen kann.

Mark trat beiseite, um Alice vorzustellen. Sie hielt die Blumen wie einen Schild vor sich hin, und sie fühlte Marks Hand in ihrem Rücken.

45

Doktor van Pasen hat es heute eilig. Er kommt schnellen Schrittes ins Behandlungszimmer, mit offenem Kittel. Alice liegt schon im Stuhl, die Beine in den Bügeln, ungeschützt, dem Protokoll ausgeliefert, bereit, befruchtet zu werden. Die Schwester hantiert mit dem Samenröhrchensortiment herum.

Van Pasen murmelt einen kurzen Gruß und schiebt das Spekulum in Alice hinein. Er hält der Schwester seine Hand entgegen, ungeduldig auf die Spritze mit Sperma wartend. Noch trampelt er nicht vor Ungeduld, denkt Alice, aber es fehlt nicht viel. Was ist mit ihm, hat er genug davon? Er hält das hier für ein sinnloses Unterfangen, er hat wichtigere Dinge zu tun, er findet, dass ich eine Nervensäge bin.

»Bleiben Sie mal eben so liegen«, sagt er, als er die Spritze gibt. Dann ist er weg, sie hört das Wuschen der Tür.

Darf ich die Beine aus diesen Scheißbügeln nehmen, ja, das ist genehmigt, die Schwester hilft ihr. Jetzt, mit hochgezogenen Knien auf der Untersuchungsliege, einen Moment Ruhe, damit Marks aufbewahrter Samen seinen Weg finden, mit der vorbildlich zur rechten Zeit gereiften Eizelle verschmelzen kann, um gemeinsam zu einem Zellenklümpchen anzuwachsen, das sich schließlich gemütlich an ihre Gebärmutterwand heften wird. Es geschieht alles jetzt, ich muss daran glauben, ich muss es heftigst wollen, jetzt.

Es hat angefangen, als ich Mark mit seiner Familie erlebte. Wie er mit seinem vierjährigen Neffen spielte, wie er ein Kleinkind auf den Schoß nahm, wie er sich in die Kinder hineinversetzen konnte und welchen Spaß er daran hatte. Und er wollte in ihrem neuen Haus ein Kinderzimmer einrichten! Das bedeutete, er ging ohne Weiteres davon aus, dass sie Mutter werden konnte. Es öffnete ein kleines Fenster bei ihr, den Keim eines Verlangens, das sie mit der Zeit völlig in Besitz nahm. Nach einer Weile bemerkte sie, dass sie überall schwangere Frauen in ihrem eigenen Alter sah, Kinderwagen, Fahrräder mit einem Sitz am Lenker. Wohin sie auch schaute, sah sie Mütter, die in ihrem kleinen Kind aufgingen. Alle außer ihr. Es wurde zu einer Obsession, und sie empfand jede Menstruation als Niederlage, als würde sie in ihre Schranken gewiesen, von allen anderen Frauen abgesondert, da, in diese Ecke, da gehörst du hin, bilde dir bloß nichts ein. Du kannst keinem Kind einen sicheren Ort bieten, wo es heranwachsen kann, du stößt jeden Monat das mögliche Baby aus deinem Körper aus, blutend.

Die Enttäuschung teilte sie nicht mit Mark. Er schrieb ihre monatliche Betrübtheit Schwankungen im Hormonhaushalt zu und schien sich ihrer Sorgen nicht bewusst zu sein. Sie verhüteten nicht, sie würden sehen, was dabei herauskam, ihm war es einerlei, er war glücklich mit *ihr*. Die wenigen Male, da sie darüber redeten, sagte er, dass durch Johan, durch Floor doch genügend Nachkommen produziert worden seien – er fühlte sich nicht verpflichtet, sich fortzupflanzen, wenn es passieren sollte, war das natürlich prima, aber eine Notwendigkeit? Nein. Wir haben es gut, so wie es jetzt ist.

»Sie dürfen jetzt ruhig aufstehen!« Vorsichtig schwingt Alice die Beine von der Liege und sucht ihre Kleider zusammen. Die Schwester nickt ihr bei der Verabschiedung besonders freundlich zu. Lass das, denkt Alice, greif dem Erfolg nicht vor, das bringt das Scheitern näher. Sie brummt ein mürrisches »Danke schön« und eilt durch den Flur.

Als sie durch die Stadt läuft, ist sie jemand anderes geworden und hat diese hilflose Version ihrer selbst, passiv im gynäkologischen Stuhl hängend, weit hinter sich gelassen. Nun denkt sie über ihren Auftrag nach, wie sie das Mädchen mit dem Springseil in dem Stück zum Leben erwecken kann – sie braucht Schlaginstrumente, sollte sich mit einem Schlagzeuger besprechen, wie man das Geräusch vom Seilspringen wiedergeben kann. Ein Peitschenhieb vom Seil, das gegen die Gehwegplatten prallt, gefolgt von einem federnden Rums der Füße auf dem Boden; ganz kurz nichts, und dann der nächste Peitschenhieb. Sie sieht einen Perkussionisten vor sich, der mit einer großen Peitsche auf den Bretterboden der Bühne eindrischt, und lacht auf.

»So, du siehst ja fröhlich aus!« Ein Mann kommt aus dem Gemüsegeschäft und spricht sie an. Sie ist einen Moment lang verwirrt, aber dann erkennt sie einen Kommilitonen von früher in ihm. Einer von den Schwarzjacken aus der Kompositionsklasse, nicht mehr mager und ausgezehrt, sondern mit dickem Gesicht und vor sich hergeschobenem Bauch.

»Herzlichen Glückwunsch noch, zu deinem Auftrag. Ist ja außergewöhnlich. Eine überraschende Wahl. Fühlst du dich dem gewachsen? Das ist ja ein anderes Kaliber als das, was du bisher gemacht hast, oder? So ein Stück kann man nicht rein intuitiv schreiben. Da heißt es ranklotzen. Bist du schon dabei?«

Gar nicht drauf reagieren, Mund halten. Es ist nichts. Sie lächelt freundlich und bestätigt, dass sie schon an der Arbeit ist. Danach schweigt sie, und er weiß nichts mehr zu sagen. Eine unbehagliche Minute verstreicht. Dann dreht er sich um, während er ihr alles Gute wünscht in der Schlangengrube des Königlichen Sinfonieorchesters. Als er sich entfernt, sieht sie zwei Lauchstangen aus seiner Einkaufstasche ragen. Der Trottel.

Sie geht hinein und kauft Himbeeren, Mandarinen, Kiwis. Der Springrhythmus durch das ganze Stück hindurch, denkt sie. Vielleicht ist das Auftreffen der Mädchenfüße ein doppelter Rums, schwer-leicht, federt sie kurz nach, nach dem Sprung? Derweil schwingt sie das Seil über ihren Kopf, im Anlauf zum nächsten Peitschenhieb. Der Puls muss auf dem Weg zum Höhepunkt stärker werden und geht in die Hammerschläge der Abrisskugel über, das Kollern der herabstürzenden Steine. Intuition, ja, ja, was du nicht sagst. Alle Einfälle ernst nehmen und nie auf Kommentare von voreingenommenen Kollegen mit Lauch in der Tasche hören.

Schnell nach Hause, die Einkäufe am Lenker. Nach oben, zum ersten Strukturentwurf ihrer Komposition, den Rhythmus mit den Fingern auf den Arbeitstisch klopfen. Aus dem Nichts wird ihr Stück beginnen, mit flüsterndem Schlagzeug. Wie sie selbst einst angefangen hat.

46

»Sven steckt sie unter die Dusche und ins Bett«, sagte Svea. »Wir haben alle Zeit der Welt. Erzähl von dieser Familie!«

Sie saßen einander gegenüber im Fischrestaurant, und auf dem Tisch stand eine taubenetzte Flasche Weißwein. »Sie hatten uns letztens zum Essen eingeladen«, sagte Alice. »Und dann saßen wir da zu viert. Mark erzählte von dem neuen Projekt seines Büros, dass er sich in Solarenergie und Ebbe und Flut vertiefe. Erdwärme. Windräder. Das fanden sie spektakulär.«

»Haben sie sich auch nach deiner Arbeit erkundigt?«

Alice lachte. »Von Musik haben sie keine Ahnung, das finde ich so unvorstellbar. Sie wissen nicht, was eine Partitur ist, wie ein Orchester aufgebaut ist, wer Haydn war. Es gibt bestimmt ganze Volksstämme, die ohne Musik leben können, aber verstehen tut man das doch nicht. Marks Vater fragte aber schon interessiert nach, er fand es bemerkenswert, dass man Klänge aufschreiben kann. Und dass es Instanzen gibt, die etwas dafür bezahlen. Mark hatte eine Aufnahme von dem Blockflötenstück mitgenommen, sie wussten nicht, wie sie gucken sollten, als wir uns diesen Radau anhörten, es war echt peinlich.«

»Was haben sie dazu gesagt?«

»Ja, nichts natürlich. Seine Mutter fand, dass es sich wie Flötenkessel anhörte. Da werde man auch so nervös, wenn man sie nicht rechtzeitig vom Herd nehme, sagte sie. Später hat sie noch erzählt, dass sie eine Tochter habe, die Dinge mache, von denen sie nichts verstehe – das ist Floor, die Malerin, die ist nett –, und nun also eine Schwiegertochter, die sich auch wieder mit unergründlichen Sachen beschäftige. Es war nicht böse gemeint, glaube ich, eher enttäuscht. Eine Mauer von Nichtverstehen und Unkenntnis, die sie nicht überwinden konnte. Bisschen bekümmert vielleicht. Es erschien ihr freilich praktisch, dass ich diese komische Arbeit zu Hause mache, gut zu kombinieren mit der Versorgung von Kindern, so hat sie das gesagt, wirklich!«

Platten mit Meeresfrüchten, Eis, Zitronen. Der Ober schenkte die Gläser noch einmal voll.

»Wollt ihr denn ein Kind? Willst *du* das?«

Alice knackte eine Hummerschere mit der Zange. »Ich weiß es nicht. Ich denke schon. Manchmal finde ich mich so egozentrisch, immer nur mit dem beschäftigt, woran ich arbeite. Du bist mit anderen befasst, du hast alles in deine Kinder einfließen lassen, durch sie greifst du nach der Zukunft und machst dich selbst weniger zentral. Deine Gedanken handeln von diesen Kindern, dort ist deine Liebe. Meine Gedanken handeln von mir selbst. Das ist das Erbe meiner Mutter. Für sie drehte sich alles um sie selbst, darum, was andere Menschen von ihr hielten. Das kümmert mich nicht so, aber das Prinzip ist doch dasselbe: totale Konzentration auf dich selbst. Nichts anderes ist von irgendeiner Bedeutung. Das macht mir immer mehr zu schaffen.«

»Und Mark? Verhütet ihr? Ist es ein echtes Vorhaben?«

»Wir warten ab. Wenn ich schwanger werden sollte, ist es in Ordnung. Aber bis jetzt ist das nicht passiert. Ich denke manchmal, dass ich bestraft werde für die Abtreibungspläne von damals. Unsinn, weiß ich auch. Alles deprimierend, wenn man darüber nachdenkt. Ich will ein neues Stück machen, etwas mit einem Chor, ein Oratorium. Was du damals von deinem Vater erzählt hast, wie er sich verhielt, als deine Mutter gestorben war, das kommt mir immer wieder in den Sinn. Du sagtest damals, dass beides geht, gleichzeitig, vermissen und weitermachen, weißt du noch? So ein trauernder Witwer, der sich trotzdem auf eine neue Frau einlässt. Ein kleiner Chor und Kammerorchester. Solisten aus dem Chor. Text, das wird noch knifflig. Ich hätte gern eine Art Prosagedicht, nicht zu lang, aber wer soll das schreiben? Einen Auftrag habe ich nicht, also ist auch kein Geld da. Aber ich sehe es vor mir, eine kurze Zeitlinie – Tod, Trauer, neue Liebe – und Arien, um diese Begriffe auszuarbeiten. Die Altstimmen als Chor verstorbener Frauen, die Soprane als die neuen Freundinnen dagegen ansingend.«

Svea musste lachen. »Wir sprachen vom Schwangerwerden, und gleich bist du wieder begeistert dabei, ein Stück zu entwerfen.«

»Ja, genauso läuft es. Wenn es schwierig wird, ergreife ich die Flucht. Zu etwas hin, was ich auch liebend gern möchte und was *sicher* gelingen wird. Jetzt kannst du wieder sagen, dass ich mich mit diesem Oratorium betäube.«

Svea nickte. »Bestimmt. Aber warum musst du betäubt werden, ist es *so* schlimm, willst du es *so* gern?«

Über den Austern und dem Hummer fühlte Alice Tränen in sich aufsteigen. Es ist der Wein, dachte sie, und die Freiheit. Dass ich zu Svea einfach sagen kann, was ich denke. Sie ist die Einzige, die von der Fehlgeburt weiß, sie kennt meine größte Schwäche. »Ich habe Schiss«, sagte Alice leise. »Wenn ich mir eingestehe, wie sehr ich ein Kind will, steigt sofort die Angst vor dem Fehlschlag auf.« Sie wischte sich die Augen mit der gewaltigen weißen Serviette ab, die auf ihrem Schoß lag. »Eigentlich ist es noch schlimmer, eigentlich denke ich, dass ich nicht schwanger werden kann, wenn ich so sehr mit einem wichtigen Stück im Gange bin. Als wäre ich irgendetwas untreu, wenn ich komponiere. Das ist doch nicht normal, oder? Durch das Schreiben versage ich dem Kind den Zutritt, wenn ich es theatralisch formulieren darf. Es ist ein Wahn, ich bin nicht ganz richtig im Kopf.«

Svea fand auch, dass das ein törichter Gedankengang war. »Das geht doch beides zusammen, oder? Je dringlicher du mit Musik beschäftigt bist, desto stärker gibst du das an dein Kind weiter. Das beginnt schon vor der Geburt, ein Baby in deinem Bauch kann Laute hören und Vibrationen fühlen. Du müsstest Cello spielen, so ein Instrument dicht an deinem Körper gibt alles mühelos an dein Kind weiter. Aber alles ist gut – singen, trommeln, Klavier spielen. Es ist Unsinn, dass du eine Empfängnis dadurch verhinderst, dass du Musik machst oder erdenkst. Im Gegenteil: Wenn du glücklich bist, entspannt, wie soll man es nennen, dann bist du doch auch physisch ganz einfach in Ordnung? Vergiss diese Fehlgeburt, das war nicht deine Schuld. Die Natur sorgt dafür, dass du eine nicht lebensfähige Frucht ausstößt, das ist passiert. Es könnte mit Duk zu tun haben. Samen von sehr alten Männern, der ist nicht gut.«

»Ich habe mich nie getraut, es jemandem zu erzählen«, sagte Alice. »Nicht einmal Mark. Ich schäme mich dafür, und ich will diese Minderwertigkeit nicht zur Schau stellen. Das muss ein Geheimnis bleiben. Du bist die Einzige, die es weiß.«

47

In den Tagen nach dem Gespräch mit Svea wollte Alice mit ihrem Oratorium beginnen, eine Skizze machen, eine vorläufige Einteilung, nichts Besonderes, einfach mit Bleistift, global, unverbindlich. Es gelang ihr nicht, sich an den Tisch zu setzen. Im Zimmer auf und ab gehend, kam ihr alles Mögliche in den Sinn; sowie sie den Bleistift ergriff, waren die Gedanken und Einfälle verschwunden.

Mutlos legte sie sich aufs Sofa und griff zu einer der Haydn-Biografien. Er hat es gewusst, dachte sie, während sie das Buch durchblätterte, er komponierte weiter, als er im Griff von Verlust und Kummer war. Fast sechzig war er, für die damalige Zeit ein alter Mann, als Esterházy starb, sein Bruder in der Musik, wenn auch der eine eine Krone auf dem Kopf hatte und der andere eine Lakaienuniform trug. Dreißig Jahre lang hatte der Fürst den Musiker ermuntert und bewundert, hatte er Haydns Wünsche bewilligt und sich seine Pläne angehört. Vorbei. Das gesamte Orchester wurde entlassen, die Oper aufgelöst und Haydn selbst in Rente geschickt, obwohl der neue Fürst erwartete, dass er zurückkommen würde, wenn das nötig wäre. Vorläufig war keine Rede davon, und Haydn eilte nach Wien. Dort konnte er mit Komponistenkollegen sprechen, jeden Abend in ein Konzert oder eine Oper gehen und mit befreundeten

Musikern Kammermusik machen. Er spielte mit Mozart, sie führten dessen brandneue Streichquintette auf, vielleicht beide Komponisten auf der Bratsche, oh, die Mittelstimmen, wie glücklich er gewesen sein wird, Haydn, trotz des Verlusts seines geliebten Fürsten.

Mozart, der Jüngere, bewunderte seinen alten Freund aufrichtig. Er trat für ihn ein, als ein pedantischer Kollege etwas zu monieren hatte – »Wissen Sie was«, sagte er zu dem Mann, »Sie und ich hätten niemals einen so überraschenden Einfall!« –, und er widmete ihm die Reihe seiner sechs famosen Streichquartette. Haydn seinerseits betrachtete Mozart als den größten Komponisten, den es gab, und zog sich bescheiden zurück, als sie beide gefragt wurden, Musik für die Krönung des Kaisers zu schreiben. »Wo Mozart ist, kann Haydn sich nicht blicken lassen.«

Alice konnte es sich vorstellen, beide Männer würden aus ihrer extremen Begabtheit heraus nicht anders gekonnt haben, als hungrig auf die Musik des jeweils anderen zu sein. Es muss eine tiefe Geistesverwandtschaft gewesen sein. Aber war das alles? War in so einem Verhältnis kein Platz für Missgunst, neideten sie einander nie etwas? Sie blätterte weiter und las über die Herbstmonate in Wien, als Haydn sich zum ersten Mal wieder im Zentrum des Musiklebens bewegte. Im Palais von Esterházy war er der König gewesen; in Wien gehörte er zwar zu den Allerbesten, aber es gab *noch einen* König und zahllose Thronanwärter. War ihm das ein Dorn im Auge? Kritik an Mozart hat er nie geäußert. Anders herum geschah das durchaus. Als ein englischer Impressario auf der Bühne erschien, um Haydn zu einer prestigeträchtigen und lukrativen Tournee einzuladen, ging er stolz und zufrieden darauf ein, trotz Mozarts Einwänden, dass er doch viel zu alt sei für ein solches Unternehmen und keinerlei Sprachen spreche. Später, als er schon in London war, schrieb seine Frau ihm falsch, dass Mozart gesagt habe, Haydn tue es nur des Geldes wegen, nicht für die Kunst. Haydn konnte über diese säuerliche Bemerkung nicht böse werden. Mozart verzeihe er alles, schrieb er zurück. Vielleicht hatte er an den emotionalen Abschied im Dezember gedacht, an den Vorabend seiner Abreise. Sie hatten beide geweint. Bis ans Ende seines Lebens weinte Haydn jedes Mal, wenn jemand Mozarts Namen nannte.

Er feierte Triumphe in England, er wurde von der königlichen Familie empfangen, in Windeseile allen bedeutsamen Menschen vorgestellt und vorgeführt, und ihm wurde ein Ehrendoktorat in Oxford verliehen. Erschöpft kehrte er nach Wien zurück, um endlich seine Freundin Marianne von Genzinger wiederzusehen. Sie starb nach ein paar Monaten. Haydn hatte nun alles verloren, was ihm wirklich wichtig war: die drei Menschen, von denen er sich gekannt fühlte – der fürsorgliche Fürst, der Kollege, der seine Musik voll und ganz verstand, und die Frau, bei der er er selbst sein konnte, hatten ihn verlassen.

Er reiste wieder nach England ab. Er schrieb ein Meisterwerk nach dem anderen, besuchte interessante Städte, sah sich Landsitze und Schiffe an, ließ sich vom Erfolg seiner Konzerte mitreißen. Der hektische Strom der Aktivitäten hob ihn aus dem Kummer heraus, er hatte schlicht und einfach keine Zeit, der Depression nachzugeben. Dennoch hatte sich etwas verändert. Strammer war er geworden, steifer, weniger leidenschaftlich und verwies häufiger auf sein

Alter. Die Instandhaltung der Abwehr wird ihn Energie gekostet haben, das fortwährende zwanghafte Beschäftigtsein erschöpfte ihn. Er durfte sich nicht von der Verzweiflung einholen lassen, er hatte keine Wahl.

Wie machte er das, fragte sich Alice auf dem Sofa. Das Buch lag umgedreht auf ihrem Bauch, während sie sich den Lebenswandel des alten Haydn vorzustellen versuchte. Das Verdrängen seines Kummers zeitigte ein wundervolles Œuvre, das stand fest. War es auch ein Trost? Da war sie sich nicht sicher. Es fiel ihr freilich auf, dass Haydn am Ende seines Lebens Auszeichnungen – Medaillen, Urkunden, Ehrenmitgliedschaften – enorme Bedeutung beimaß, er konnte nicht genug davon bekommen, als ob die weggefallene echte, tiefe Anerkennung kompensiert werden musste. Es war ein Fass ohne Boden, weil es sein Wesen nicht berührte.

Warum las sie das alles, was wollte sie eigentlich wissen? Wie man das Selbstwertgefühl aufrechterhält, wenn die teuersten Freunde wegfallen? Wie man weiter komponieren kann, wenn das Gefühlsleben durch einen Verlust verformt ist? Es muss etwas mit *mir* zu tun haben, dachte sie, sonst wäre ich nicht in dieser andauernden Suchbewegung, so zwingend damit beschäftigt. Der blaffende Witwer der Therapeutin kam ihr in den Sinn; konnte man diese raue, unbeherrschte Verzweiflung ästhetisieren, und half das überhaupt? Ja, Abstand, der Abstand, den man brauchte, um etwas Form zu verleihen, das half, aber entfremdete es einen nicht auch von seinem Kummer, von seinem Verlangen? Wenn sie das Oratorium schrieb, betäubte sie ihren Kinderwunsch, und das wollte sie nicht, das konnte sie nicht. Aber

Haydn, was tat er, als er keinen Beschützer, keinen Freund, keine Frau mehr hatte? Und keine Kinder. Er nahm sich zusammen und begann, ein Oratorium zu komponieren, das weltberühmt werden sollte. Keine Kinder, nein, keine Kinder.

48

Es gelang ihr nicht, mit dem Oratorium anzufangen. Zuerst ein Text, dachte sie, ich muss einen Text haben. Am liebsten in einer unverständlichen Sprache. Altgriechisch oder so. Limburgisch. Sumerisch. So ein Quatsch. Ich kann schon mal die Ouvertüre aufsetzen, für das Orchester. Oder doch erst auf die Suche nach einem Schriftsteller gehen, einem Dichter? Eine Geschichte braucht kaum darin enthalten zu sein, aber vielleicht ist gerade das sehr schwierig? Hauptsache, ich habe einen Rhythmus. Könnte nicht dieser Textschreiber von der Werbeagentur etwas machen? Wer weiß, vielleicht schreibt er heimlich Gedichte. Er hat ein gutes Rhythmusgefühl. Würde er auf sein Geld warten, bis irgendwann mal Fördergelder fließen? Herrgott, was für ein Gegrübel, du kennst die Orchesterbesetzung, mach was!

»Du bist so unruhig«, sagte Mark. »Wollen wir was unternehmen heute Nachmittag? Ich brauch nicht mehr ins Büro zurück, und den Bericht schreib ich morgen. Lass uns in den Zoo gehen und mal gucken, ob wir unseren Fisch finden können.«

Sofort war das ganze Oratorium wie weggeblasen aus ihrem Kopf. »Ja, schön«, sagte sie, während sie schon zur Garderobe lief.

»Eine kleine Feier. Du hattest vorige Woche Geburtstag. Und es gibt da dieses nette Restaurant, weißt du, da gehen wir was essen. Man blickt auf die Giraffen und die Zebras.«

Er tut das, weil er wirklich Lust dazu hat, dachte Alice. Nicht, um zu fühlen, wie es sein würde, dort mit einem Kinderwagen zu spazieren. Er will einfach was Geselliges zu zweit machen. Freu dich.

An so einem normalen Wochentag war es nicht voll im Zoo. Alle Kinder in der Schule. Opas und Mütter mit Kleinkindern natürlich. Nicht dran stören. Gleich zu dem großen Teich, die Affen und die Löwen ignorieren.

Quer durch das Wasser verlief ein abgesenkter Spazierweg; auf der einen Seite konnte man die Elefantenweide sehen und auf der anderen Seite dehnte sich das Wasser weiter aus und umspülte eine Insel. Sie blieben mitten auf dem Pfad stehen, um konzentriert in den Teich zu spähen, Ausschau haltend nach vagen Flecken und unvermittelten Bewegungen. Nach und nach tauchten Fische an der Oberfläche auf, vielleicht von ihren Schatten auf dem Wasserspiegel angelockt, in Erwartung von Popcorn und Kuchenresten. »Füttern verboten« stand zwar auf großen Schildern geschrieben, aber natürlich hielt sich keiner daran, die Besucher warfen alles Mögliche in den Teich, weil es so nett war, die hungrigen Mäuler der Fische zu beobachten.

»Die hier sind zu klein«, sagte Alice. »Zwar schon der gleiche Typ, und seine Farbe ist auch darunter, guck mal, der weiße dort. Ob unser Fisch schon tot ist?«

»Nein, natürlich nicht. Diese Viecher werden vierzig Jahre alt! Du sagtest, dass er scheu war, damals bei deinem Boot. Er ist ganz einfach schüchtern und bescheiden und lässt diese kleinen vor. Wir warten ruhig ab, dann wird er schon kommen.«

Am Ende des Pfads lief ein Mitarbeiter des Zoos mit einer Schubkarre. Er trug einen blauen Overall mit dem Logo des Zoos und blieb plötzlich stehen. Er schaute in ihre Richtung. Dann hob er zögernd die Hand zu einer Art Gruß.

»Guck mal«, sagte Alice, »da ist Jens!«

Sie eilten im Laufschritt zu ihm hin. Er wartete. Auf seinem Gesicht machte sich ein Grinsen breit. Er war in die Höhe geschossen, sah Alice, und hatte knorrige Hände bekommen. In der Schubkarre transportierte er eklige Fleischklumpen. Sie hatte ihn bestimmt drei Jahre nicht gesehen, wie ging es ihm, was machte er hier, hatte er sein Abitur geschafft?

»Wir kommen unseren Fisch besuchen«, sagte Mark. »Hast du ihn noch mal gesehen?«

Jens nickte. Er arbeitete jetzt hier, zumindest in diesem Jahr, nach dem Abitur, so hatte er Zeit zu überlegen, was er studieren wollte. Er half den Tierpflegern, machte Käfige sauber und hatte die Verantwortung für die kleinen Nachttiere bekommen.

»Weil ich so genau war«, sagte er stolz. Der Fisch sei am Leben, aber immer noch sehr scheu. »Abends, wenn die Besucher weg sind, stelle ich mich *da* hin.« Er zeigte auf die Mitte des Pfads. »Nach einer Weile kommt er angeschwommen. Ich füttere ihn ein bisschen mit Kraftfutter bei, aber er findet hier genug zu fressen, kein Problem. Es geht ihm gut. Kein Flossenschimmel, guter Appetit, einwandfreie Schuppen.«

Seine Ausführungen hörten sich sehr professionell an,

fand Alice. Vielleicht würde er sich doch zum Veterinär entwickeln. »Gefällt es dir hier?«, fragte sie. »Darfst du auch mal den Tierarzt begleiten?«

Ja, das durfte er manchmal. Er hatte geholfen, einen betäubten Affen in die richtige Lage für einen Eingriff zu bugsieren, und letztens war der junge Elefant an seinem Rüssel operiert worden, ein ziemlicher Akt, da war ein Chirurg, ein Menschenchirurg, aus dem Krankenhaus gekommen. »Der Doktor und ich durften nur assistieren. Präzisionsarbeit, diese Operation. Aber es ist gut gelungen, er macht wieder alles mit dem Rüssel, guckt mal.«

Sie drehten sich um und schauten zu der kleinen Herde auf der Weide. Ein riesiger Bulle mit Stoßzähnen, zwei oder drei erwachsene Weibchen und ein halbwüchsiges Junges, das mit seinem Rüssel in der Tat mühelos Zweige aufhob, um sie dann mit einem Vorderfuß zu zertrampeln. Hinter einem der Weibchen schien ein Hund zu stehen, nein, warte, es war ein ganz junges Elefantenkalb mit dicken, plumpen Pfoten und einem kleinen Körper.

»Vor ein paar Wochen geboren«, erzählte Jens. »Er darf gerade erst nach draußen, richtig spannend. Es ist ein kleiner Bulle.«

Der kleine Elefant folgte der Mutter auf dem Fuße. Manchmal musste der Kleine tollpatschig rennen, um mit ihr Schritt zu halten. Die Mutter zog mit ihrem Rüssel Heu aus einem in den Felsen verborgenen Behälter. Der Kleine tat es ihr nach, ließ aber alle Halme auf den Boden fallen. Fasziniert blickte Alice auf die Mutter und das Kind. So geht das also, dachte sie, du kannst etwas zu schnell laufen, du kannst das Kind stümpern lassen, es macht nichts, es renkt sich schon wieder ein. Es braucht nicht perfekt zu sein. Gut genug reicht aus.

Sie durften Jens begleiten, er wollte sie gern die Nachttiere sehen lassen, sobald er die Schubkarre zu den Löwen gebracht hatte. In dem Pavillon war die Nacht mit spärlicher Beleuchtung nachgestellt, und an der Wand war ein Schild mit der Bitte, keine lauten Geräusche zu machen. Jens zeigte seine Lieblinge, aber Alice hörte kaum zu. Sie war nach dem Anblick der Elefantenmutter mit ihrem Jungen trübsinnig geworden. Mark führte ein Gespräch mit Jens, und Alice zog sich auf eine Bank in der Ecke zurück. Sie zwang sich dazu, über ihr Oratorium nachzudenken, Choräle für den gesamten Chor musste sie machen, als Kommentare zum Handlungsverlauf. Zuerst der Verlust, die Einsamkeit, das Fehlen. Dann Freundschaft, die Mitwitwer, verbotene Fröhlichkeit. Die Enttäuschung des Protagonisten, des einzigen wahren Witwers, über den Betrug seiner Kollegen. Die neue Chance, der er erlag. Es blieb nichts anderes übrig, als den Verlust zu akzeptieren und weiterzuleben. Haydn. Der hatte die Arbeit an seinem großen Oratorium genossen und war voll und ganz in den Erfolg eingetaucht. Zwei Monate vor seinem Tod wurde in Wien aus Anlass seines Geburtstags *Die Schöpfung* von einer gigantischen Musikerschar aufgeführt. Der Saal saß voller Würdenträger und Musikerkollegen; Salieri dirigierte, Beethoven kam und küsste seinem alten Lehrer schluchzend die Hand, Fürstin Esterházy schlug ihren Schal um den zitternden alten Mann. Unter Trompetengeschall war Haydn, der mit seinen geschwollenen Beinen nicht mehr laufen konnte, in den Saal getragen worden. Weil ihn das Geschehen so ergriff, trug man ihn in der Pause zurück zu seiner Kutsche. Am Ausgangsportal ließ er die Träger seinen Stuhl umdrehen und segnete das frenetische Publikum, wie der Papst zu Ostern.

Danach in Stille nach Hause, dachte Alice, um unter der Obhut seines Dieners Elßler zu sterben. Die drei Biografen, die Haydn noch gekannt haben, schreiben, dass er in den letzten Jahren depressiv war, eine Ruine seiner einstigen Persönlichkeit. Das Oratorium hatte ihn eine Weile ablenken und trösten können, aber der Kraftlosigkeit und der Leere war nicht mehr zu entrinnen.

»Gehst du mit ins Café? Jens kommt auch.« Sie raffte sich auf, mit Mühe. Sie schüttelte den Kopf, als wolle sie den Gedanken an Haydns Untergang mit aller Gewalt loswerden. Woher denn, dachte sie, mein Oratorium wird was ganz anderes, und ich bin kein Haydn, ich bin nicht alt, dreiunddreißig erst, es ist noch so viel Zeit, ich brauche mich noch mit nichts abzufinden. Wie diese Nachttiere stinken, ein penetranter, scharfer Geruch. Draußen war das Licht auf einmal sehr grell, sie blinzelte mit tränenden Augen. Trotzdem, dachte sie, trotzdem wird mein Stück von einem alten Mann handeln, einem alten Menschen, der einen großen Verlust erlitten hat und von einer unerfüllten Sehnsucht geplagt ist. Ich weiß nicht, warum ich es schreiben muss, aber es scheint zwangsläufig darauf hinauszulaufen, etwas anderes machen kann ich nicht.

49

Die zwei Wochen nach der Insemination sind extrem schwer herumzubringen. Am einen Tag ist Alice voller Vertrauen, *weiß* sie einfach, dass es diesmal geglückt ist, bei diesem letzten Mal, als van Pasen die Spritze so unachtsam und hastig einstach. Am Tag darauf versinkt sie in Verzweiflung – wenn es angeschlagen hätte, würde ich es fühlen, denkt sie, etwas von so großer Wichtigkeit kann nicht ohne Signal vonstattengehen, ich müsste sofort wissen, dass ich nicht mehr allein bin. Es ist also missglückt, die letzte Chance vertan. Etwas ist grundfalsch mit mir. Mein Körper weiß das und sorgt dafür, dass ich es niemals weitergeben werde. Schlechter Charakter, meine Mutter hatte recht. Damals, mit Mark im Zoo, Jens arbeitete noch dort, sahen wir uns die Elefanten an. So vollkommen natürlich, wie die Elefantenmutter mit ihrem neugeborenen Kälbchen umging, diese Nähe ohne Ärger, ohne Künstlichkeit und Getue – das habe ich nicht. Das kriege ich nie. Mir wurde übel von dem Anblick, damals schon.

Haneman ruft an. Er fragt, ob sie dafür zu haben sei, vor der Kompositionsklasse etwas über den ersten Entwurf des Auftragsstücks für das Orchesterjubiläum zu erzählen. Eine einmalige Gelegenheit für die Studenten, findet er, das Entstehen so eines Werks aus nächster Nähe zu verfolgen. »Oder bist du noch in dem Stadium, dass sich deine Ideen verflüchtigen, wenn du darüber erzählst? Sag's ruhig ganz ehrlich.«

Was Alice da hört, kommt ihr wie eine Stimme aus einer anderen Welt vor. Sie denkt in diesen Wochen nicht an ihr Werk, sondern an ihre Gebärmutter. Er fällt vom Stuhl, wenn ich das sage, denkt sie, ich halte besser hinter dem Berg damit.

»Das ist übrigens ein Irrglaube«, fährt ihr Kollege fort. »Wenn du über die Struktur und den geplanten Inhalt sprichst, werden deine Ideen dadurch gerade konkreter. Das ist jedenfalls meine Erfahrung. Nur bei den allerersten Anfängen ist es gefährlich, aber über die bist du wahrscheinlich schon hinaus, nicht wahr?«

»Na ja, es ist alles noch sehr vage. Ich weiß nicht, ob es angebracht ist, ich brüte lieber noch etwas darüber. Ich möchte den Studenten auch nichts vortäuschen, was eigentlich noch nicht Hand und Fuß hat. Oder sie mit meinen Zweifeln und unfruchtbaren Abwegen entmutigen. Verstehst du?«

Bescheuert, diese Wortwahl, als sickere die Unfruchtbarkeit in alles hinein. Bah. Warum gehe ich denn auch ans Telefon?

»Ja«, sagt Haneman, »das kann ich mir absolut vorstellen, aber es ist schon schade. Ich bin zu früh mit meinen Plänen, das kommt daher, dass ich neugierig bin. Wie gehst du es an, wie teilst du die Zeit ein, was sind deine Prioritäten – ich würde das alles gern von dir hören. Außerdem fände ich es nett, dich wieder in der Klasse zu sehen. Wir sind beide Dozenten, aber weil du zurzeit nur Einzelunterricht gibst, begegne ich dir so gut wie nie. Soll ich in ein paar Wochen noch einmal anrufen?«

»Nächsten Monat vielleicht«, sagt Alice. »Und wenn ich früher etwas zu erzählen habe, melde ich mich.«

Das Warten färbt die Zeit. Alice kann ihre Aufmerksamkeit nur schwer bei ihrer Arbeit halten. Ein Weilchen, kurz – und dann muss sie wieder aufstehen, durchs Haus laufen, einen Brief einwerfen, die Waschmaschine ausräumen. Sie wird müde von sich selbst. Mit Mark spricht sie nicht über ihre Erwartungen, hat das mit Aberglauben zu tun? Weil der Arzt die Befruchtung so beiläufig ausführte, wird es gut gehen; wenn sie darüber schweigt, wird es glücken. Sie muss heimlich schwanger werden. Allein, aus eigener Kraft.

An ihrem Komponiertisch tut sie so, als arbeite sie, auf einem Bleistift kauend. Aber eigentlich horcht sie in ihren Bauch hinein. Spürt sie etwas, ein leichtes Krampfen, einen kleinen Schmerzstich? Sie wird natürlich einfach wieder menstruieren und das Fortpflanzungsteam enttäuschen, sich selbst enttäuschen und untreu werden. Sie schüttelt den Kopf, nein, nein, diesmal wird es bestimmt anders laufen. Nach einer Weile registriert sie ein Signal aus dieser geheimen Innenwelt hinter ihrem Nabel. Sie erschrickt – kündigt sich da die Blutung an? Es kann auch gerade ein Zeichen für eine gelungene Befruchtung sein, die Zellen haben sich geteilt, und das Klümpchen, das auf diese Weise entstanden ist, will sich an die Gebärmutterwand heften. Das zukünftige Kind sucht sich ein schönes Fleckchen aus, und wenn es das gefunden hat, klammert es sich fest. Das ist es, was Alice jetzt spürt, was sollte es sonst sein? Die Muskeln des Uterus reagieren auf die Veränderung und ziehen sich zusammen. Krampf. Kein Grund zur Besorgnis. Gutes Zeichen. Sie legt die Arme beschützend um ihren Bauch. Sie sieht die aufgeschriebenen Noten und die Strukturzeichnung auf ihrem Tisch wie durch einen Schleier, alles ist unscharf geworden, und für einen kurzen Moment spürt sie eine ungekannte Freude.

Abends steht sie wie vom Donner gerührt im Badezimmer. Sie hat einfach ihre Tage bekommen, wie immer. Seltsamerweise fühlt es sich an wie eine Heimkehr, natürlich, so ist es, wie es ist. Die Hoffnung, die Erwartung ist zerplatzt, und das vertraute Leben geht weiter. Aber es fühlt sich auch an, als sei sie von der renommierten Klinik mit ihren Versprechungen und Vorhersagen zum Narren gehalten worden. Man hat sie getäuscht. Sie sollte Hilfe bekommen, eine Lösung für ihr Unglück, aber sie bekam nichts. Sie versprechen die Realisierung deiner Luftschlösser und Fantasien, aber sie bringen nichts zustande. Ich müsste den Laden in Trümmer legen, tretend und schlagend durch diese sterilen Räume tigern, diesen korrekten Empfangsfrauen in ihre gemacht freundlichen Gesichter spucken, ohne zu klopfen bei van Pasen reinschneien, mit den Fäusten auf seinen Schreibtisch schlagen und ihn zur Verantwortung ziehen. Schreiend.

Blut. Viel zu viel Blut. Sich jetzt wieder wie ein gut erzogenes Mädchen waschen, die Unterwäsche wechseln, zur Monatsbinde greifen. Mit zusammengebissenen Zähnen führt sie die erforderlichen Handlungen aus. Es macht sie so wütend, dass sie zur Nagelschere greift und diese auf ihr Handgelenk richtet. Blut? Blut kannst du haben, denkt sie, so viel du willst, alles. Wenn mein Kind mit seinem Springseil vor mir davonhüpft, will ich leer bluten und verschrumpelt zusammensacken. Im Spiegel sieht sie ihr verkrampftes Gesicht. Sie legt die Schere wieder weg. Sie hört die Haustür aufgehen. Und wieder zu. Mark ist da.

50

Sie ruft die Klinik an, um den Fehlschlag zu melden. Trocken und beherrscht. Die Sprechstundenhilfe überschlägt sich vor Anteilnahme. Grenzüberschreitend, denkt Alice. Mit solchen Affektäußerungen ist mir nicht gedient, und außerdem meint sie nichts davon, es gehört zu ihrer Gesprächsschulung. Ziemlich wahrscheinlich, dass so ein Telefonat vom Leiter der Personalabteilung mitgehört und beurteilt wird. Mit mir hat das nichts zu tun. Zu ihrer Verwunderung wird sie nach einer Stunde zurückgerufen.

»Doktor van Pasen möchte gern einen Termin mit Ihnen, um den Programmverlauf zu evaluieren«, sagt wieder eine andere Frauenstimme, eine von den Schwestern, denkt Alice. Was gibt es zu evaluieren? Dreimal geschossen, dreimal daneben. Na und? Warum sollte ich darüber mit diesem Mann reden müssen? Noch einmal meine Untauglichkeit feststellen? Als wenn ich dazu Lust hätte. Sie sagt noch mehr, diese Frau, »Erwartungen mit Blick auf die Zukunft«, hört Alice. Sie sollten mal lernen, sich einer normalen Sprache zu bedienen, sie sollten aufhören mit diesen absurden Formulierungen. Programmverlauf, Erwartungen, Zukunft. Ich blute. So weit zur Zukunft.

Dennoch schreibt sie den Termin in ihren Kalender. Van Pasen möchte sie in einer Woche sehen. Sie wirft den

Terminkalender in eine Ecke des Zimmers, und ihr springen Tränen der Wut in die Augen.

Zum x-ten Mal radelt sie zur Fortpflanzungsklinik, zu den hoffnungsfrohen Frauen im Wartezimmer, den empathischen Schwestern am Empfangstisch. Mark hatte noch angeboten mitzukommen, aber Alice hatte resolut abgelehnt. Es verleiht Freiheit, sich dem allein zu stellen, und sie bezahlt dafür mit Einsamkeit. So ist es. Ich bin nicht ganz bei mir, denkt sie, so fanatisch, so verbiestert – ich muss loslassen, dieser Arzt hat sein Bestes getan, alle hier tun ihr Bestes, keiner dieser Menschen trägt irgendeine Schuld. Es liegt an mir. Ich bin nicht ganz richtig im Kopf. Tief Luft holen, Schultern fallen lassen, ruhig umschauen, ich kenne das hier, und sie kennen mich. Diese Wut, diese Überreiztheit – es ist Ballast, es ist überflüssig. Ich darf heute meine Kleider anbehalten. Kein Ultraschall, keine Insemination. Ich brauche nicht mal in dieses Wartezimmer zu gehen, sondern werde gleich in das gemütliche grüne Büro des Arztes durchgewunken. Seine Tür steht einladend offen. Er quetscht sich hinter seinem Schreibtisch hervor, um ihr die Hand zu geben.

Als sie einander gegenübersitzen, sieht er sie lange an, sein großer Kopf auf den Händen ruhend.

»Wie geht es Ihnen?« Er wartet. Alice will antworten, aber ihre Atmung verwandelt sich in ein Schluchzen. Sie schüttelt den Kopf. Van Pasen redet weiter. »Es ist eine große Enttäuschung. Obwohl wir wussten, dass die Wahrscheinlichkeit des Misslingens nicht unerheblich war, leider. Ich habe Sie eingeladen, um einmal gemeinsam zu besprechen, wie es jetzt weitergeht, *ob* es weitergehen soll.«

Alice sieht ihn fragend an. Welche Rettungsbojen könnte er noch auswerfen? Dreimal versuchen, dann war's das. Protokoll. Sinnlos, weiterzumachen.

»In-vitro-Befruchtung«, sagt er. »Außerhalb der Gebärmutter also. Wir müssten Ihre Eizellen entnehmen, das ist eine unangenehme Prozedur, aber machbar. Wussten Sie übrigens nach der letzten Insemination, dass es nichts geworden war? Haben Sie gefühlt, dass sie keine Schwangerschaftssymptome hatten, Ekel vor Kaffee oder so?«

»Nein. Ja. Beim vorigen Mal hatte ich das, weiß ich noch. Und immer müde.«

»Wie meinen Sie das, beim vorigen Mal? Es gab doch keine Schwangerschaft in der Vorgeschichte?«

Jesus, jetzt habe ich es doch erzählt. So ein Mist. Jetzt kommt mein Betrug ans Licht, was wird er wütend sein. Dumm, dumm, dumm.

Van Pasen klickt wütend auf seiner Tastatur, um den Bericht vom Aufnahmegespräch anzusehen. Durchhalten, denkt sie, jetzt kann ich genauso gut alles erzählen.

»Vor fünfzehn Jahren. Ich lebte damals mit meinem Lehrer zusammen. Ein alter Mann. Ich wurde schwanger. Er verließ mich. Ich denke nie mehr daran, weil es so schlimm war. So schrecklich. Ich zog in ein Hausboot. Ich wusste mir keinen Rat mehr.«

Van Pasen schaut vom Monitor auf. Er ist überhaupt nicht böse. »Das muss furchtbar für Sie gewesen sein«, sagt er. »Können Sie erzählen, wie es ausgegangen ist?«

Alice muss so heftig weinen über diese unerwartete Freundlichkeit, dass sie nach Worten ringt. Er reicht ihr ein Taschentuch. Nase schnäuzen. Tief atmen.

»Ich hatte einen Termin bei einer Abtreibungsklinik. Ein paar Tage vor dem Eingriff hatte ich eine Fehlgeburt.« Wieder ein Weinkrampf.

»Wie weit fortgeschritten war die Schwangerschaft, wissen Sie das?«

»Etwa zwölfte Woche«, flüstert Alice. »Es war eine so seltsame, abgekapselte Phase, als gehöre das alles nicht zu meinem Leben. Ich habe es hier nicht absichtlich verschwiegen.«

Van Pasen nickt. »Das verstehe ich. Ich mache Ihnen auch gar keinen Vorwurf.«

»Ich habe es selbst meinem Mann nie erzählt. Es ist nicht mal ein Geheimnis, es *existiert* einfach nicht.«

»Nein. Richtig«, sagt van Pasen. »Aber nun, da wir darüber reden, existiert es auf einmal schon. Hat es Sie in letzter Zeit vielleicht gedanklich beschäftigt? Haben sich Fragen ergeben? Liege ich da richtig?«

Alice sitzt mit zu Fäusten geballten Händen im Schoß da. Dieser Mann weiß Dinge, es ist sein Fach, denkt sie. Er hört zu. Frag es einfach.

»Könnte es sein«, sagt sie zögernd, »dass ich in irgendeiner Weise Marks Samen abstoße, oder abtöte?«

Der Arzt setzt sich auf. Er nickt nachdenklich. »Das vaginale Klima könnte Einfluss auf die Befruchtung haben, ja. Das ist nicht ausgeschlossen. Wir wissen noch sehr wenig darüber. Die ›feindliche Vulva‹! Daran denken Sie.«

Er scheint beinahe enthusiastisch zu werden. Was für ein Ausdruck! Fühlt es sich so an, fühlt sich Mark als der Feind an? Und lässt sich das dann mit so einer künstlichen Befruchtung umschiffen?

Van Pasen findet, dass jetzt erst einmal eine Phase der Ruhe kommen müsse, die verabreichten Hormone müssten die Gelegenheit erhalten, den Körper zu verlassen, und der natürliche Zyklus müsse sich einstellen.

»Ich würde Sie gern in einem halben Jahr wiedersehen. Das gibt Ihnen auch etwas Zeit, darüber nachzudenken, ob Sie eine eventuelle In-vitro-Behandlung in Erwägung ziehen würden. Sind Sie damit einverstanden?«

Ruhe, denkt Alice, ja, das wäre schön. Gute Idee, ich gehe weg und komme vorläufig nicht wieder. Sie verabschieden sich, und sie geht zum Empfang, um den Termin festzulegen. Ende August, ein Meer von Zeit. Erleichtert tritt sie ins Freie.

51

Sie war todmüde von ihrer eigenen Trödelei. Der Dirigent des Chors, der gerade daran arbeitete, Fördergeld für das Oratorium zu organisieren, rief sie an. »Es ist früh«, sagte er, »das weiß ich, aber ich möchte sichergehen, dass ich genügend Zeit habe, alles einzustudieren und geeignete Solisten zu suchen. Wie weit bist du?«

Er hat recht, hatte Alice gedacht. Sie fühlte sich ertappt. Sie wollte dieses Stück doch schreiben, warum ließ sie sich dann so leicht ablenken und in den Zoo mitlotsen?

»Ich weiß, was ich will, im Großen und Ganzen, aber jetzt stecke ich fest. Ich brauche Text. Für eine Art Erzähler, für die Chorpassagen und für die Arien. Ich dachte, dass ich schon etwas finden würde, aber bisher ist es mir nicht gelungen.«

»Vielleicht kann ich dir dabei helfen. Ich kenne eine Lyrikerin, sie ist zwar alt, aber sie arbeitet noch immer, hat voriges Jahr noch einen Gedichtband veröffentlicht. Soll ich sie mal fragen, ob sie Interesse hat?«

»Wie sollen wir sie bezahlen? So jemand muss doch Geld bekommen, der kann nicht ins Blaue hinein an die Arbeit gehen.«

Der Dirigent wiegelte ihre Bedenken ab. Das Fördergeld würde sicher ausreichen, um auch einen Textschreiber zu bezahlen. »Ja, viel ist es natürlich nie, aber es wird schon in Ordnung gehen, ich werde es ihr erklären.« Er würde mal bei ihr vorfühlen, und wenn sie darauf eingehen sollte, würde Alice sofort von ihm hören.

»Überleg du dir inzwischen, was genau du von ihr willst. Es muss ein bisschen Dampf hinter dieses Projekt kommen. Ich melde mich bald!«

Das hat mir gerade noch gefehlt, dachte Alice, als sie grübelnd den Hörer auflegte. Da hocke ich dann womöglich wieder mit so einem alten Weib in einem Zimmerchen und rede über meine Seelenregungen. Vielleicht versteht die Frau auch nichts von Musik, dann sind wir schnell fertig. Oder sie findet das Thema lächerlich. Was hab ich mir da bloß eingebrockt, warum denke ich mir so ein unsinniges Stück aus, warum lasse ich mich von einem ehrgeizigen Dirigenten aufscheuchen?

Aber als er ihr ein paar Tage später die Telefonnummer gab, rief sie sofort an. Die Dichterin hatte eine angenehme Stimme und wusste, worum es ging. Noch nicht dement also, dachte Alice, das will schon mal was heißen.

»Ich habe viel Zeit, was halten Sie davon, wenn wir uns bald einmal kennenlernen? Dann können Sie mir erläutern, was Sie von mir wollen und bis wann. Es redet sich leichter, wenn man einander gegenübersitzt, finde ich.«

Nicht kneifen, sagte Alice zu sich selbst. Das gehört dazu. Ich will etwas, bei ihr kann ich das kaufen. Es ist keine Psychotherapie, es ist eine geschäftliche Transaktion. Los, Terminkalender, Verabredung, notiere ihre Adresse.

Am nächsten Tag schon klingelte sie bei ihr. Ein verwahrloster Vorgarten, eine blau gestrichene Tür, ungeputzte

Messingklingel. Pflanzen vor den Fenstern eines Erkers. Es dauerte lange, bis sie Schritte hörte und die Tür aufging. Die Kleidung der Dichterin war ebenfalls blau. Sie hatte ein ansprechendes, ungeschminktes Gesicht und war spindeldürr.

Oh, diese Kennenlerntraditionen! Reinkommen, Mantel aufhängen, »ich gehe mal eben voran«, Abmachungen über das Duzen, am besten an den Tisch, einander ansehen, Lesebrille oben auf ihren Kopf geschoben in diese ungepflegte Frisur, Tee, Kaffee – wenn das alles abgehakt war, war man schon völlig erschöpft. Da musste sie erst noch anfangen, musste erzählen, was sie eigentlich wollte, worum es ging. Das gelang ihr ganz passabel, fand sie, während sie sich selbst zuhörte. Die Frau hörte auch zu, fiel ihr nicht ins Wort und nickte hin und wieder, als ob sie verstand.

»Dein Protagonist hat einen schweren Verlust erlitten und sucht Trost bei Schicksalsgenossen, wenn ich dich richtig verstanden habe«, fasste sie zusammen. »Er entdeckt, dass sie heimlich mit ihrem Leben weitergemacht haben. Er fühlt sich verlassen und betrogen. Aber da ist auch ein Konflikt in ihm selbst, nicht? Fragt er sich, ob er das auch könnte? Er will an seinem Kummer festhalten, aber er will auch leben. Denkst du an einen verführerischen Sopran?«

Alice musste lachen. »Ja, daran denke ich, in der Tat. Ein Duett mit dem geplagten Witwer.«

Sie sprachen über die verschiedenen Textsorten, die Alice benötigte. Kurz, singbar, mit einer charakterisierenden Rhythmik für die diversen Themen. »Es muss nicht poetisch sein. Dinge beim Namen nennen, erzählen, ist das ein Problem?«

Keineswegs, die Dichterin verstand das, die Poesie müsse

in der Musik stecken, und der Text sei ein Sprungbrett dorthin, ein Skelett, um das der Komponist Muskeln und Haut drapieren würde. »Ist das eine zutreffende Vorstellung?«

Wir sind dabei, einander vorsichtig zu befragen, dachte Alice, erkundende Bewegungen umeinander herum. Es war leichter, als sie gedacht hatte, und Gott sei Dank auch weniger persönlich. Sie war darauf gefasst gewesen, dass die Schriftstellerin vertrauliche Mitteilungen über eigene Verluste ausbreiten würde, auf die sie, Alice, nicht zu reagieren wüsste. Dass diese Frau die Problematik sofort für sich vereinnahmen würde, dass sie selbst zum Beispiel einen verstorbenen Mann hatte, aber dennoch ein freudvolles und befriedigendes Leben. Dass sie sich Alices Gedanken aneignen würde, anstatt zu erwägen, sie aus der Distanz zu betrachten und ruhige, unaufgeregte Worte dafür zu finden. Nach der Aufführung stehe ich vielleicht mit ihr auf dem Podium, um mich für den Applaus zu bedanken, ob sie sich verbeugen konnte, ohne umzufallen? Sie ist steinalt, sie kommt nicht mal das Treppchen hoch, dann muss ich sie am Arm führen, was für ein Theater, geht doch gar nicht. Sie bremste ihre verfrühten Gedanken ab, es war völlig daneben, jetzt schon über das Konzert zu fantasieren, ich sollte jetzt erst mal ihren Text abwarten, dann sehen wir weiter.

Zu Alices Erleichterung fand die Dichterin, dass ihr Gespräch nun wohl beendet sei. »Ich habe den Eindruck, dass ich ungefähr weiß, was du beabsichtigst. Ich werde ein bisschen im Garten werkeln, da treiben dann meistens Textfetzen an die Oberfläche. Sobald ich etwas zu Papier gebracht habe, können wir weiter beraten. Du musst mit dem Rhythmus der Sätze etwas anfangen können, also zögere nicht durchzustreichen, was dir ungeeignet erscheint. Das gehört dazu, es wird ein Weilchen dauern, die Form zu finden, die dir passt. Ich werde dir etwas zuschicken, und danach sprechen wir uns wieder, ist das eine gute Strategie?«

Alice ging wieder zur blauen Haustür hinaus, nicht übertrieben froh, aber unbeschwert und mit dem angenehmen Gefühl, dass gearbeitet werden musste. Und dass das mit dieser Frau durchaus gelingen konnte. Kinder, ob sie Kinder hatte? Keine Fotos gesehen, kein herumliegendes Spielzeug für eventuelle Enkelkinder. War die Dichterin genauso eine armselige Versagerin wie sie, die sich an die künstlerische Produktion klammerte, um ja nicht in Kummer über die fehlenden Nachkommen zu ertrinken? Sie lief nach Hause, etwas zu schwerfällig, kopfschüttelnd.

52

In der Buchhandlung kaufte sie den jüngsten Gedichtband der Lyrikerin, der Textschreiberin ihres Oratoriums. Sie war angenehm überrascht. Schlichte, nicht extrem lange oder komplizierte Gedichte über alltägliche Themen, unter denen sich nicht explizit genannte, aber erkennbare Emotionen verbargen. Die Unzulänglichkeit sozialer Kontakte, die Ambivalenz hinsichtlich selbst gewählter Einsamkeit, die rührende Vergeblichkeit der Blüte im Frühling – das alles anhand von Eierbechern hinten in einem Küchenschrank, einem Pullover, der zu hässlich zum Tragen ist, der Anschaffung von Gartengerätschaften in einer Gärtnerei. Beim Lesen musste sie ein paarmal auflachen. Es gefiel ihr, und sie merkte, dass sie positiver über die Frau zu denken begann, weniger auf der Hut war.

Bei ihrem nächsten Treffen lagen Texte auf dem Tisch. Eine Arie für den Witwer, darüber, wie es war, für sich selbst zu kochen und das auch noch essen zu müssen. Unauffälliger Rhythmus in den kurzen Zeilen, eine hübsche Wendung kurz vor dem Ende. »Genau das, was ich gesucht habe«, sagte Alice erfreut.

»Ich möchte dir etwas über den Erzähler unterbreiten«, sagte die Dichterin. »Was würdest du davon halten, wenn das zwei Personen sind? Dann kannst du mehr Nuancen anbringen und vielleicht auch den inneren Zwiespalt des armen Mannes widerspiegeln. Kannst du was damit anfangen?«

Ja, das konnte Alice sofort. Ein tiefer Alt und der Tenor, den sie schon im Sinn hatte. Jeder mit seinem eigenen Continuo-Instrument, einer Bratsche und einem Cello, ganz nahe an den Singstimmen also. Aber schon beide begleitet von den Pauken als Stellvertretern für das Cembalo.

»Ich möchte eigentlich alle Solisten außer dem Witwer aus dem Chor kommen lassen. Das geht, weil es ein guter, professioneller Chor ist. Klein, zwölf Leute, jede Stimme drei. Ihre Solos sollen nicht zu lang werden, weil sie auch alle Chorpartien singen, es soll schon durchzuhalten sein.«

»O ja, kurz, das finde ich schön. Ich mache kleine Texte dafür, du kannst Ausschnitte davon wieder aufnehmen, wenn du das nötig findest. Und darf ich für manche Chorpassagen reimende Zeilen schreiben, wie bei einem Psalm? Oder geht das zu weit?«

Alice genoss die Besprechung. Sie fühlte das Stück wachsen und konkreter werden. Sie sah die Ausführenden schon auf dem Podium: ein kleines Orchester, nur Streicher – acht Geigen, drei Bratschen, zwei Cellos und ein Kontrabass. Ein Paukist mit fünf Pauken, das dann schon. Der Chor auf einer Erhöhung unmittelbar hinter dem Orchester, und der Witwer auf einem Stuhl hinter den ersten Geigen. Zum Singen erhob er sich und ging nach vorn. Den Dirigenten hatte sie nötig, denn sie wollte Taktwechsel und plötzliche Tempoübergänge einbauen. Die musste er angeben. Wenn man wollte, dass so ein Stück später wieder einmal von anderen Ensembles gespielt wurde, musste man das auch berücksichtigen. Keine Instrumente verwenden, für die ein

Orchester teure Außenstehende anheuern musste. Flexibel sein, was den Umfang betrifft, man könnte mehr Streicher aufstellen, und wenn der Chor weniger versiert war, konnten die kleinen Arien und die erzählenden Passagen von professionellen Sängern übernommen werden. Das hatte alles Zeit bis später. Jetzt ging es darum, den Charakter der Arien zu bestimmen, den Erzählstrang herauszuarbeiten und eine Verteilung zwischen Chorpassagen und Solos zu machen.

Als sie am Ende des Nachmittags nach Hause ging, hatte sie rote Wangen. Sie schritt entschlossen und hielt die Hände in ihren Manteltaschen zu Fäusten geballt. Sie wollte an die Arbeit, sie konnte es gar nicht erwarten.

Bei der Premiere war der Saal halb voll. Sie hätten Stuhlreihen herausnehmen sollen, dachte Alice, das ginge sehr wohl. Zu viel Mühe sicher. Die Pfeifen. Viele alte Leute. Ein Paar Schüler aus ihrer Kompositionsklasse, zum Glück. Haneman war auch da, er saß neben der Dichterin, und sie unterhielten sich angeregt. Verstohlen suchte sie an der Seite und hinten im Saal nach einem Rollstuhl mit einer blonden Krankenschwester daneben. Vielleicht auf dem abgeschlossenen Balkon versteckt? Ach was, bilde dir doch nichts ein, so weltbewegend ist sie weiß Gott nicht, diese Premiere von dir. Die Vergangenheit kann ich besser vergangen sein lassen. Jetzt ist heute, ich sitze neben Mark.

Mit der Aufführung war sie zufrieden, obwohl der Dirigent sich einmal verschlug und der Witwer einen Einsatz verpasste. Der Paukist spielte souverän, und der Chor verausgabte sich in der Realisierung verschiedener Klangfarben. Das Ganze hatte Schwung, der Spannungsbogen brach nirgends ein, und das Ende war rundweg wunderbar – getragen und traurig. Das Publikum war offenkundig überrascht und wusste sich keinen Rat damit. Verhaltener Applaus, niemand stand auf oder jubelte. Was habe ich denn gedacht, fragte sich Alice, hätte der Saal für mich toben sollen? Unsinn, ich habe gehört, dass es gut ist, darum geht es. Sie hatte Glück, dass zwei Journalisten gekommen waren, einer von der wichtigsten Abendzeitung und der andere von einem tonangebenden kulturellen Wochenblatt. Beide Männer sollten in der Woche nach dem Konzert eine überaus lobende Rezension schreiben. Männer, ja, Männer. Die Besprechungen wurden im Ausland aufgegriffen, und so begannen *Die Witwer* ihren Siegeszug durch Europa und Amerika.

Das wusste Alice noch nicht, als sie, mit Mark und der Dichterin, hinter die Bühne ging, um den Ausführenden zu gratulieren. Haneman erschien mit einer geöffneten Flasche Sekt, den sie aus Plastikbechern tranken. Er hatte schon ganz schön viel Grau in seinen feuerroten Haaren, sah sie. Der Dirigent schämte sich für seinen falschen Schlag, und der Solist sagte, auf die Frage, ob er zufrieden sei, »es könnte immer noch besser sein«. Alice plauderte mit dem freundlichen Paukenspieler, schöne Partie, fand er, und über die kleinen Fehler und Unsicherheiten zuckte er die Achseln. Darauf komme es doch gar nicht an, es sei eine gute und konzentrierte Aufführung gewesen. Sie prosteten sich zu.

»Froh?«, fragte Mark, als sie Arm in Arm nach Hause gingen. »Ich fand es ergreifend, wirklich. Eigenartig, aber echt schön. Ich würde es gleich noch mal hören wollen.«

Alice ging still neben ihm her. Ihre aufgekratzte Stimmung war plötzlich verflogen, sie fühlte, wie die Freude verebbte. Sie verstand es nicht. Mist, dachte sie, es stellt nichts dar. All die Mühe, das Streben nach Perfektion, als gehe es um etwas Wichtiges, als wäre es wesentlich. Das ist nicht so. Svea war nicht gekommen. Nein, die blieb bei ihren Kindern, die hatte was Essenzielleres zu tun. Vierunddreißig bin ich, dachte Alice, und ich habe Erfolg. Sie blinzelte verzweifelt mit den Augenlidern, um die Tränen zurückzuhalten.

53

Der amerikanische Verleger hatte natürlich um eine Übersetzung gebeten. Er wollte *Die Witwer* gern publizieren, aber die Ausführenden müssten schon wissen, was sie singen. »Das Publikum versteht nichts, selbst wenn in seiner eigenen Sprache gesungen wird. Das ist nicht schlimm. Man veröffentlicht den Text im Programmheft. So können sie mitlesen.«

Und alle gleichzeitig raschelnd die Seiten umschlagen, dachte Alice. Und in ihren Schoß blicken anstatt zum Podium. Ein Meer gesenkter Köpfe.

»Aber die Sänger«, fuhr der Verleger fort, »die müssen verstehen, was sie singen. Das trägt zum Ausdruck bei.«

Er hat recht. Ich zicke rum. Aufhören damit. Dieser Mann kümmert sich um dein Werk. Sei froh darüber.

Die Dichterin wusste Rat, sie hatte, wie sich zeigte, einen sehr kompetenten Lyrikübersetzer an der Hand, der den Text für eine kleine Vergütung, die aus irgendeinem Fonds floss, schnell übertrug. »Mit den Betonungen an der richtigen Stelle und unter Berücksichtigung des Rhythmus, das ist er von den Gedichten gewohnt, das kann er.«

Unnötige Sorgen gemacht, dachte Alice, als sie die Partitur, in der die beiden Versionen des Textes fein säuberlich untereinander abgedruckt waren, zu sehen bekam. Lass es gut sein. Du musst Musik schreiben, und andere machen den Rest.

So lief es auch. Ein Jahr später saß sie mit Mark in einem Freilufttheater in Avignon und lauschte ihrem Oratorium, während des jährlichen Festivals. Große Besetzung, mehr Sänger, das Publikum anfangs totenstill und dann jubelnd. Mark stieß sie an und gab ihr einen Kuss. Fünfunddreißig, dachte sie. Die Monate und die Jahre rasen vorüber.

In einem gemieteten Auto fuhren sie durch Südfrankreich. In Arles sahen sie sich die Überreste an, die die Römer dort hinterlassen hatten. Eine Frau in dem Museum erzählte, dass auf dem Grund der Rhône ein riesiges römisches Schiff liege. Taucher seien dort gewesen und hätten Gegenstände geborgen. Sobald genügend Geld gesammelt worden sei, würde das Schiff vorsichtig heraufgeholt, getrocknet, konserviert und, in der Zukunft, in einem speziell dafür entworfenen neuen Saal ausgestellt werden. Der müsse noch gebaut werden.

Jeder hat Pläne. Jeder freut sich auf das, was kommen wird. Mir gelingt das nicht. Ich schaue mit Grausen voraus. Mit Schaudern. Mit Beklommenheit.

Sie fuhren an die Küste, nach Aigues-Mortes, diesen völlig versandeten Hafen, Endpunkt eines Wasserlaufs, aus dem nichts mehr geboren werden konnte, das sah man sofort. Gemeinsam standen sie auf dem Aussichtsturm und ließen den Blick über die stille Landschaft wandern. Fast sechsunddreißig.

Nach Amerika reiste sie allein. Mark musste arbeiten, und Alice hatte auf dem Festival einen so straffen Zeitplan, dass kein Freiraum dafür sein würde, etwas zusammen zu unternehmen. Tanglewood – es war eine Ehre, das begriff sie wohl. Zwei Aufführungen von *Die Witwer*, drei Vorlesungen für die dort anwesenden Musikstudenten und einige Interviews. Man legte Wert darauf, dass sie ein paar Tage früher kam, um den Proben des Oratoriums beizuwohnen. Wenn sie den Briefen der Festivalleitung glauben durfte, war sie die begnadetste Komponistin des Jahrhunderts, und alle würden über ihr Kommen vor Freude umfallen. Übertreiben, Honig um den Bart schmieren – das ist ihre Kultur, dachte sie, es geht wirklich nicht um mich. Sobald ich weg bin, machen sie es mit dem Nächsten genauso.

Bei den Proben erwies sich der Solo-Witwer als kleiner, dürrer Mann mit imposanter Stimme. Er wird das Publikum damit einwickeln und mitreißen, dachte Alice, sehr gut. Das Ohr gewinnt gegen das Auge. Die Studenten waren bei den Proben anwesend und versammelten sich nach der Generalprobe zur ersten Vorlesung. Alice erzählte etwas über die Struktur des Stücks, die musikalischen Elemente, die sie benutzt hatte, die Besetzung. Ich muss sie zum Reden animieren, dachte sie, es hat keinen Sinn, wenn sie passiv und bewundernd dasitzen, sie lernen mehr von mir, wenn ich weiß, was sie neugierig macht, was ihnen auffällt, wie sie zuhören, was sie denken.

Ein groß gewachsener Junge in den hinteren Reihen hatte eine Frage zu den Rezitativen – warum würden die von einem Instrument mit dem gleichen Tonumfang wie die Stimme der Erzählerin begleitet? Verwirrend fand er das. Er nannte es sogar krank machend, zumindest wenn Alice ihn richtig verstand. Sie fing Feuer.

»Bei Bach ist die Continuo-Partie – Cello mit Cembalo oder Orgel – eine Basis, worüber der Sänger seine Linien zieht. Der Bass stellt die Wirklichkeit dar und stützt die darüber liegende Gesangslinie. Sicherheit. Geborgenheit. In meinem Stück gibt es keine Sicherheit, und es herrscht keine Geborgenheit. Die Realität verhält sich launisch, erstickt manchmal die Gesangslinie, bringt Verwirrung in das Ganze. Was ist Fantasie, was ist wirklich? Diese Bratsche ist keine Beruhigung für die Sängerin, die sich – mit *ihrer* Altstimme – an den Zuhörer wendet. Ihr Duett macht unbehaglich; da ist kein Halt, kein Boden.«

Wo holte sie das her?, dachte sie. Noch nie hatte sie es so ausgesprochen, aber es stimmte. Der Junge nickte. Auf einmal wurde eine Mädchenstimme laut, ja, sie hatte zwei Mädchen in der Studentengruppe gesehen. Und zwanzig Jungen.

»Aber die Pauken«, sagte die Studentin, »die helfen schon, haben Sie das so beabsichtigt?«

»Die Pauken bringen die Rettung«, sagte Alice resolut. »Die halten uns noch einigermaßen auf dem Boden. Ohne das Schlagzeug wären wir verloren, das hast du richtig gehört.«

Errötend setzte sich das Mädchen wieder. Die Studenten hatten ihre Verlegenheit überwunden und bombardierten Alice den Rest der Stunde mit ihren Fragen. Gut, dachte sie, gelungen, schön. Besser als all diese dämlichen Interviews, wo man so auf seine Worte achten und an der Schmeichelei des Interviewers vorbeihören musste.

Die letzte Aufführung des Oratoriums war eine Nachmittagsvorstellung. Der kleine Tenor machte Eindruck, die Trinkszene mit den falschen Witwern war mehr als gelungen, der Chor aus toten Ehefrauen schaudererregend. Alice war zufrieden, dass niemand einen Versuch machte zu schauspielern. Die Sänger standen beim Singen regungslos da, keine Gebärden, keine Grimassen. Die Musik verrichtete die Arbeit.

Abends dinierte sie mit ihrem Verleger, der eigens gekommen war, um das Stück zu hören und sie zu sprechen. Er fiel mit der Tür ins Haus. Warum hatte sie ihm nie ihr Werk *nach* dem Trompetenkonzert angeboten? Erst jetzt, mit dem Oratorium! Er hätte das Blockflötenstück herausgeben wollen, die *Klagegesänge*, und mit Sicherheit auch diese Fanfare für Blasorchester.

»Nie dran gedacht«, antwortete Alice. »Das schienen mir Stücke mit rein lokaler Bedeutung zu sein, also habe ich sie zu Hause herausgeben lassen, bei so einem kleinen, staatlich subventionierten Verlag. Die haben es gern gemacht.«

»Weil du eine Frau bist!«, schnaubte der Verleger. »Frauen denken klein und können nicht vorausschauen, von daher dein zögerliches Vorgehen. Hättest du doch einen Agenten genommen! *Verkauf* dich! Es ist jammerschade, es wimmelt hier auf dem Land von Harmonieorchestern, jede Schule hat eins – ich hätte Gold für dich verdienen können.«

Weil er ein Mann war, mit vorausschauendem Blick und Sinn fürs Große, war er bestimmt in der Lage, die Verwertungsrechte für diese Stücke von dem kleinen Verlag zu übernehmen, dachte Alice mit zusammengepressten Zähnen. Er konnte sie zweifellos mit Leichtigkeit über den Tisch ziehen. Sie sagte nichts. Mit seiner enormen männlichen Denkkraft konnte er ja wohl selbst darauf kommen.

So schnell es ging, stand sie auf, um in ihr Hotel zu gehen. Siebenunddreißig, dachte sie. Eine Frau ohne Kind, die sich von ihrem Verleger kleinmachen lässt. Siebenunddreißig. Lehn dich auf, tu was.

54

Im Flugzeug auf dem Heimweg hing sie müde, aber zufrieden in ihrem Sitz. Der Platz neben ihr war leer geblieben, fein, da konnte sie vielleicht nachher ein bisschen schlafen. In dem kleinen Fach an der Rückenlehne des Sitzes vor ihr steckte eine populärwissenschaftliche Zeitschrift, bestimmt von einem Passagier zurückgelassen und vom Putztrupp nicht bemerkt. Sie blätterte darin und stieß auf einen langen Artikel über Fruchtbarkeit. Erschrocken sah sie eine Grafik, in der diese mit dem Alter in Beziehung gesetzt wurde. Eine stetig sich neigende Linie, ein steiler Abfall auf minimale Reproduktionskapazität, wenn man einmal die vierzig überschritten hatte. Wusste ich ja doch irgendwie, dachte sie. Und so weit bin ich noch nicht, es wäre noch drin, wirklich. Im Text ging es um die zunehmende Wahrscheinlichkeit von Chromosomenabweichungen bei der Frucht. Sie schlug die Zeitschrift abrupt zu und stopfte sie tief in das Fach zurück, hinter die Anweisungen für die Notlandung.

Mark erwartete sie in der Ankunftshalle. »Du hast einen Preis bekommen«, sagte er, nachdem sie sich umarmt hatten. »Für die beste Werbung des Jahres. Und wofür? Diese Reihe für unser Büro! Der Mann von der Werbeagentur rief deswegen an. Er will dich so schnell wie möglich sprechen, ich glaube, dass du eine Fortsetzung machen sollst, wo es jetzt so einen Erfolg hat. Bist du müde? Willst du schlafen?«

Nein, sie würde dem Jetlag trotzen und rief, sobald sie zu Hause war, die Agentur an. »Es ist fabelhaft«, sagte Jacques, der stolze Manager. »Nicht dass es was einbringt, ja, nur eine potthässliche kleine Figur und die Namensbekanntheit. Freut mich. Wir waren gestern im Fernsehen. Alle fragten nach Frau Duck, denn die Musik hat im Jurybericht besondere Erwähnung gefunden. Ich sagte, dass unsere Katie in Amerika sei, das kam gut an, international aufgestellt und so weiter. Ich geb dir mal eben Jason, es wartet Arbeit auf dich!«

Übermüdet von der Reise hörte Alice sich alles an. Irgendetwas nagte an ihr, da war etwas, das sie störte, unruhig machte. Es hatte mit dem Flugzeug zu tun, was war denn nur? Sie kam nicht darauf.

»Sie haben ein neues Produkt«, sagte Jason. Er war ebenfalls ganz aufgekratzt. »Dieses Büro, wo dein Mann arbeitet. Grün anlegen, keine fossilen Brennstoffe mehr, die Umwelt berücksichtigen. Sie erwarten einiges von so einem Anlageportfolio und wollen so schnell wie möglich mit einer neuen Variante ihrer Werbereihe aufwarten. Kannst du heute Nachmittag kommen?«

»Diese grüne Kiste«, sagte Alice, »das ist Marks Abteilung. Er hat das vor einem Jahr oder so hochgezogen. Über eine neue Werbung hat er nichts gesagt.« Jason wusste nicht, ob die für den Inhalt Verantwortlichen darüber gebrieft seien, er verhandele mit dem Marketing, die seien nach der Preisverleihung sehr zufrieden und würden den Erfolg bestimmt intern kommunizieren.

»Achte auf deine Sprache, Jason. Sonst redest du noch genauso wie diese Leute, das müssen wir nicht haben. Ich komme vorbei, bis später.«

Auspacken, duschen. Mark anrufen, der sich eilig in sein Büro begeben hatte. Er musste lachen über die überstürzten Werbepläne. Alice fand es schön für ihn, aber hatte doch das Gefühl, dass es nichts zu lachen gab. Was habe ich bloß, dachte sie, was ist mit mir? Unbehagen vom Reisen, das muss es sein. Geht wieder vorüber.

In dem kleinen Büro waren Luftschlangen drapiert, und hinter dem Empfangstresen saß ein alter Mann, den sie noch nie gesehen hatte. »Sjors«, sagte Jason. »Von der Zeitarbeitsvermittlung für Rentner. Wallie ist in Mutterschaftsurlaub.«

Sie musste dem Alten die Hand geben, sie musste sich die in der Tat unförmige Figur ansehen, sie musste im Sitzungskabuff Sekt trinken. Ich habe es nicht sehen wollen, dachte sie. Die fröhliche Wallie, die immer mit Gläsern und Flaschen hin und her lief, die sich um die Post kümmerte und die Verträge abwickelte – die hatte hier mit einem dicken Bauch gesessen, und sie, Alice, hatte es nicht bemerkt.

Aufpassen jetzt, Ideen für den neuen Werbespot bekommen. Werteorientierte Anlageportfolios mit Windrädern darin. Grüne Bauernhöfe, Insektenzüchter, Erdwärme. Ein idyllisches Ganzes, das nach einer Querflöte schrie. Und einer Siciliano-Rhythmik. Nicht zu schnell. Um die Einfachheit zu betonen, keine Begleitung, *nur* die Flöte? Riskant, aber schon sehr gut. Die kleine Melodie war in allen Folgen der Reihe die gleiche, sie brauchte sie nur anzupassen. Zum Schluss würde die Flöte fast nahtlos in die Stimme des Schauspielers übergehen, der den Werbetext sprach.

»Eine Frauenstimme«, sagte Alice. »Eine tiefe Frauenstimme mischt sich perfekt mit dem Klang der Flöte.«

Jason zog die Augenbrauen hoch. »Das geht nicht. Geld anlegen ist Männersache. So eine große Veränderung kriegst du bei dem Büro echt nicht durch. Dann befürchten sie, dass die Zuhörer das Portfolio für Käse halten. Weggeschmissenes Geld so eine Werbung.«

»Mangelnde Weitsicht«, sagte Alice mit starrer Miene. Es interessierte sie nicht die Bohne, welche bornierten Vorurteile alle hatten. »Es ist ein komplett neuer Markt, so musst du es sehen. Frauen verdienen auch Geld. Wollen auch anlegen. Außerdem sind sie nicht auf die Ölindustrie und die Chemiekonzerne fixiert. Sie sind offen für neue Initiativen und haben mehr Mut, sich eine andere Zukunft vorzustellen. Energie aus der Gezeitenströmung, Mehlwürmer, biologisch abbaubarer Plastikersatz. Du musst kreativer denken, Jason.«

Es wurde so still, dass man die Sektbläschen in den Gläsern zerspringen hören konnte. »Alice hat nicht ganz unrecht«, fand der Manager. »Wir werden es dem Auftraggeber vorschlagen.«

»Nein, wir machen zuerst diesen Spot. Das geht kommende Woche. Danach lässt du es ihn hören, und dann werden wir sehen, was sie davon halten. Nichts fragen, sondern ein fix und fertiges, perfektes Produkt anbieten.«

»Junge, Junge«, sagte Jason, »du bist heute aber entschieden. Es ist ein nettes Experiment. Ich rufe nachher diesen Flötisten aus dem Karteikasten an. Und eine Synchronsprecherin. Der Text muss überarbeitet werden. Etwas mit Verantwortung für die Umwelt, die Nachkommenschaft und so. Haben wir schon besprochen, sie liefern was, in Kürze.«

Alice atmete auf. Man hatte auf sie gehört. Logisch, sie hatte ja auch völlig recht. Trotzdem fühlte es sich wie ein Sieg an. Sie hob ihr Glas und stieß mit dem Manager und mit Jason an.

Zu Hause erzählte sie die ganze Geschichte Mark, der das sehr amüsant fand. »Mein Büro darf dir gern ein paar Prozent von den abgeschlossenen Verträgen auszahlen. Was hast du für einen fabelhaften kommerziellen Durchblick!«

Sie fühlte sich extrem betrübt. Boni, Preise, Akklamation, Applaus. Mag alles sein. Durchblick, ja, Durchblick bei allem Möglichen außer bei mir selbst. Ich muss ins Bett, dachte sie, ich muss schlafen gehen und abwarten, wie die Welt morgen ausschaut.

55

Es ist, als ob van Pasen ihr in diesem letzten Gespräch Urlaub gegeben hat. Ein halbes Jahr erlöst von den Injektionen, vom ängstlichen Abwarten, von den erniedrigenden Untersuchungen. Es gibt ihr die Ruhe, die sie braucht, um an dem Auftrag zu arbeiten. Sie weiß, dass sie eigentlich über weitere Optionen nachdenken sollte, sie wird das In-vitro-Verfahren mit Mark besprechen müssen, denn darüber muss ein Beschluss gefasst werden. Keine Eile, der Termin ist noch Monate entfernt. Will sie das denn? Sie hat Angst davor. Nicht vor den Schmerzen, sondern vor der Möglichkeit, dass sie, mit ihrer »feindlichen Vulva«, wie van Pasen sagte, auch eine bereits von Mark befruchtete Eizelle abstoßen wird. Weiter kommt sie nicht mit ihren Gedanken.

»Hast du dich damit abgefunden, dass das Projekt bei dieser Klinik abgeschlossen ist?«, fragt Mark. Nein, damit hat sie sich gewiss nicht abgefunden, aber das traut sie sich nicht zu sagen, nicht laut, nicht zu ihm. Sie lässt die Gelegenheit verstreichen, die Reagenzgläschen anzusprechen. Was hält sie davon ab? Als sie damals aus Amerika zurückkam, hat sie, nach langem Zögern, doch auch mit ihm sprechen können. Mitteilen können, dass etwas geschehen müsse. Sie hatte lange genug gewartet, die Zeit drängte, sie wollte untersuchen lassen, warum sie nicht schwanger wurde. Er hatte es anfangs für unnötig gehalten, war aber schließlich einverstanden gewesen. So waren sie bei der Fertilitätsklinik gelandet und wurden beide untersucht. Geprüft. Den neuen Plan kann sie ihm auch unterbreiten. Zu einem geeigneten Zeitpunkt.

Die Sehnsucht nach einem Kind ruht jetzt für eine Weile, aber sie weiß, dass es eine Fortsetzung geben wird. Wenn sie Svea mit ihren Kindern sieht, steigt eine erstickende Eifersucht in ihr auf, bei der sie sich keinen Rat weiß. Darunter verbirgt sich ein anderes, noch unangenehmeres Gefühl: Scham. Das ist es, denkt sie in einem klaren Moment. Ich schäme mich, dass ich unfruchtbar bin. Dass ich dem Samen meines Mannes den Garaus mache. Ich denke, dass alle mich auslachen: Schau sie dir an, sie denkt, dass sie so erfolgreich ist – eine trügerische Fassade, diese Kompetenz, diese Leidenschaft. Dahinter bin ich ganz einfach jämmerlich. Nicht imstande, meinen tiefsten Wunsch zu realisieren. Jeder, wie dumm oder ungeschickt er auch sein mag, kann ein Kind kriegen. Nur ich nicht. Zum Totschämen. Ich muss das abstreifen, ich will an die Arbeit, ich habe Urlaub von dem Elend bekommen, ein halbes Jahr Verschnaufpause.

Am Konservatorium kommt die Kompositionsklasse zusammen, von Erstsemestern bis zu Examenskandidaten. Drei Frauen sind darunter. »Die studieren hier, weil *du* hier unterrichtest«, sagt Haneman. »Du bist ihr Vorbild, sie sehen, dass es möglich ist. Wir bekommen von Jahr zu Jahr mehr Anmeldungen. Ein zusätzlicher Dozent muss her, derzeit sind ein paar Schüler beim Instrumentierungslehrer. Der macht das ausgezeichnet, keine Frage, aber so sollte es natürlich nicht sein. Expandieren! Ich werde demnächst mit dem Direktor reden.«

Die Studenten sitzen in einem großen Kreis an Tischchen, auf die sie ihre Notizblöcke und Hefte gelegt haben. Sie blicken erwartungsvoll auf Alice. Haneman ergreift das Wort und erzählt von der Anfrage, die Alice bekommen hat, dem Jubiläum des Sinfonieorchesters Glanz zu verleihen. Welche Ehre das ist. Und was für eine Verantwortung! Wie kann ein Komponist das angehen? Einerseits ist da diese totale Freiheit, aber andererseits bedeutet es auch, dass man überhaupt nichts hat, woran man sich festhalten kann.

»Mein Halt ist die Orchesterbesetzung. Und die Zeitspanne. Das sind die einzigen Begrenzungen.« Alice ist aufgestanden. »Einfälle«, sagt sie. »Wenn es etwas gibt, das dich schon seit Wochen, seit Monaten beschäftigt, besteht die Chance, dass das ein fruchtbarer Einfall ist. Den muss man ernst nehmen.«

Ich lüge ihnen etwas vor, denkt sie, während sie spricht. Welche Dinge drängen sich mir auf, tagtäglich? Wie der Garten bei bewölktem, windstillem Wetter riecht. Was soll man damit? Oder eine Schilderung Haydns in seinen Londoner Notizen, viertausend Kinder in einer Kathedrale, er wird sicher übertrieben haben; die gesamte Kinderschar sang eine Choralmelodie, ohne Begleitung. Er notierte das Lied in seinem Tagebuch, ganz einfach, E-Dur. Nichts habe ihn in seinem Leben so tief gerührt wie dieser »unschuldige« Kindergesang, schreibt er. Als Komponist kann man damit nichts anfangen. Dass mich gerade diese Notiz so beschäftigt, hat mit etwas ganz anderem zu tun.

Sie stellen Fragen, die lernbegierigen Studenten. Ob die

Einfälle melodisch sein müssen? Geht es um eine Akkordfolge, eine Harmonie? Neuerdings ist alles erlaubt, die klassische Harmonielehre hat ausgedient, und man braucht auch keine Zwölftonfolgen mehr zu machen, man muss eigentlich nichts. Wovon geht man dann aus, was ist die Basis? Wie geht sie das bei diesem Auftrag an?

Das will ich euch überhaupt nicht erzählen, denkt Alice querköpfig. Hab ich mich von Haneman doch wieder überlisten lassen. Es ist noch so zerbrechlich, wenn ich etwas sage, lege ich es fest und kann nicht mehr weiter. Ich werde nichts von dem abgerissenen Mädchen erzählen. Nein. Viel zu persönlich und vollkommen unerklärlich. Haneman springt ihr bei.

»Interessant, dass ihr gleich die wichtigsten Dimensionen der Musik nennt. Melodie – daran werden die Bläser und Streicher unter euch wohl zuerst denken. Die Pianisten gehen meistens von der Harmonie aus. Nun ist es so, dass Frau Augustus einen Hintergrund im Schlagzeug hat. Hilft dir das, Alice?«

»Ja«, sagt sie dankbar. »Ich beginne meistens, oder es beginnt für mich, mit der Rhythmik. Im besten Fall denke ich dann die Bewegung des gesamten Stücks durch, die Veränderungen, die Volumen. Melodiefetzen heften sich daran, und in einem späteren Stadium kommt der harmonische Verlauf hinzu. Wenn ich nicht weiterkomme und irgendwo stecken bleibe, habe ich nicht genau genug nachgedacht. Dann beginne ich von vorn, mach es noch einmal. Kein Vergnügen, aber das ist der einzige Weg. Es ist schon lustig, dass diese Arbeitsweise sich mit dem deckt, wie ein Kind durch Musik angesprochen wird. Immer zuerst der Rhythmus – den kennt schon ein Baby vor der Geburt, dieses Pochen vom Herz der Mutter. Später kommt die Melodie hinzu, Lieder singen, einstimmig. Harmonie nimmt ein Kind erst wahr, wenn es etwas älter ist, sieben, acht Jahre. Ich glaube, dass die Unterscheidung von Timbres noch später in der Entwicklung kommt. Vielleicht kann man das mit der Instrumentierung vergleichen, das machen wir auch als letzten Teil des Komponierprozesses.«

Haneman übernimmt. Er spornt die Studenten an, sich Kompositionen von Kollegen anzuhören, Partituren zu lesen, sich die Architektur eines Stückes genau anzusehen. Alice ist mit ihren Gedanken woanders. Sie ist ein paar Tage allein, ganz und gar frei zu tun, was sie will, wann sie will. Sich nicht anpassen müssen, auf niemanden Rücksicht nehmen. Mark ist in Schweden, um umweltfreundliche Betriebe zu besuchen. Wärme aus der Erde, sagte er gestern am Telefon, er verstand nicht, wie das dort möglich sei, der Boden sei fast immer gefroren. Er langweile sich, alle Schweden lägen schon um halb zehn im Bett, und mit Alkohol sei es kompliziert. Er habe also alle Zeit, sich in diese Innovationen zu vertiefen und seine grüne Anlagestrategie auszuweiten. Sie hatte erzählt, dass sie heute in die Kompositionsklasse gehen würde und ihr schon leidtat, dass sie Haneman zugesagt hatte. Morgen rufe ich diesen Schlagzeuger vom Orchester an. Das Geräusch von einem Seil auf Stein und kurz darauf das Auftreffen von zwei Füßen. Mit welchem Instrumentarium lässt sich das nachahmen? Wenn es regnet, klingt es wieder anders, satter, mit diesem nassen Seil.

Haneman fragt sie etwas. Sie erschrickt. Um die Deadline geht es, wie es ist zu wissen, dass ein Stück zu einem bestimmten Termin fertig sein muss. Erzähle ich ihnen wieder was, denkt sie mutlos. Hat keinen Sinn. Sie müssen selbst die Erfahrung machen. Wer von diesen Kindern wirklich etwas machen will, wird einen Weg finden. Die anderen schreiben Komponiertipps auf und werden ein Meer unaufgeführter Stücke produzieren. Oder das Handtuch werfen und was anderes in der Branche machen. Bei einem Fonds arbeiten, der Fördergelder verteilt. Künstlerischer Berater bei einem Orchester werden oder Tontechniker. Musikprogramme beim Radio.

»Alice?« Sie hört den ermahnenden Klang in der Stimme ihres Kollegen. Sie ist eine Antwort schuldig.

»Gut in den Terminkalender schauen«, sagt sie. »Präge dir die Monate ein, die dir zur Verfügung stehen. Unbewusst wirst du das berücksichtigen, dein Arbeitstempo anpassen. So wie man wach wird, kurz bevor der Wecker klingelt. Und auf dem Stuhl am Komponiertisch sitzen bleiben. Keine Ausflüchte, nicht noch mal kurz in einen Laden, um etwas Wichtiges einzukaufen. Nichts ist wichtig, nur dein Stück.«

»Aber was macht man, wenn man völlig feststeckt«, fragt eines der Mädchen, »wenn das ganze Sitzen nichts hilft?«

»Dann machst du etwas Abwegiges. Etwas total Unerwartetes. Etwas, das komplett gegen deinen Plan verstößt. Du führst etwas Neues ein. Du entwirfst einen widersinnigen Übergang. Egal wie: Du machst etwas!«

Das hält Haneman für einen Ratschlag, mit dem sich die Stunde gut abschließen lässt. Einige Schüler kommen, um sich bei Alice zu bedanken, andere verlassen den Unterrichtsraum ohne noch eine Spur von Interesse zu zeigen.

»Wir geben unser Bestes«, sagt Haneman. »Schön, dass du kommen wolltest. Ich finde es wichtig, dass sie einen Komponisten erleben, der funktioniert, der gefragt ist und gespielt wird. Die Denkdisziplin, die sie sich hier erwerben, wird ihnen immer zupasskommen, auch wenn sie keine kleinen Berios oder Stockhausens sind.« Er versichert es ihr mit der Hand auf dem Herzen unter dem schönen, gut gebügelten Oberhemd. »Vielen Dank!«

56

Haneman bleibt im Unterrichtsraum zurück und ordnet seine Papiere. Alice tritt auf den Gang hinaus und sieht am Empfang einen großen Mann stehen, der etwas in den Raumplan einträgt. Der gebeugte Rücken ist ihr vertraut, die schwarzen Haare auch, obwohl sie jetzt silbergraue Strähnen darin erspäht. Auf dem Boden steht ein Trompetenkoffer. Spürt der Mann ihren forschenden Blick? Er dreht sich um, und sein Gesicht verzieht sich zu einem breiten Lächeln. Er rennt zu ihr herüber und legt seine großen Hände auf ihre Schultern.

»Alice! Die schönste Überraschung, der ich hier begegnen konnte. Du bist es!«

Sie lässt sich von seiner Freude anstecken, sie ist plötzlich auch ganz in diesem Gefühl – leicht, sorglos, jung.

»Klaas«, sagt sie lachend. »Was machst du hier?«

Er lehnt jetzt mit dem Rücken am Empfangstresen und deutet auf die Eingangstüren zum großen Saal, hinter denen die Laute von vier Posaunen erklingen.

»Workshop Blech. Die ganze Woche. Dafür haben sie mich eigens aus Montreal kommen lassen! Und du?«

»Eine Art Unterricht, vor der Kompositionsklasse. Wir sind Dozenten geworden, ist das nicht seltsam?«

»Wo ich dich jetzt sehe, fliege ich im Nu zwanzig Jahre in

der Zeit zurück. Da gab es Lehrer, die für *uns* sorgten, und jetzt müssen wir uns um diese Studenten kümmern. Eine ganz schöne Konfrontation mit unserem Alter! Wollen wir so tun, als wäre es vor zwanzig Jahren? Da standen wir auch hier, da war das Gebäude genauso ein verwohnter Kasten wie jetzt, und wir waren am Überlegen, ob wir studieren oder Bier trinken sollen. Es hat sich nichts verändert.«

»Ich habe es mal in einem Film gesehen«, sagt Alice. »Die Hauptpersonen waren auf einmal wieder in der Vergangenheit und erhielten die Chance, ihr Leben neu auszurichten, einem anderen Gleis zu folgen. Zu sehen, was sich *daraus* ergibt.«

»Dann gehen wir jetzt in die Kneipe. Ich hab solche Gelüste nach Bitterballen, die gibt's in Kanada nirgendwo.«

Als sie die Straße entlanglaufen, legt er den Arm um ihre Schultern. »Mann, Alice, bin ich froh, dich zu sehen! Ich hab das ja schrecklich schleifen lassen, damals. Ich bin in dem Leben da drüben aufgegangen. Keine Entschuldigung, aber so ist das gelaufen. Das wird dich wohl gefrustet haben, denke ich.«

»Ja, natürlich. Aber wir waren Kinder. Ich habe auch nichts getan. Bin einfach hiergeblieben. Hab dir nicht mehr geschrieben. Es ist zu kalt, um draußen zu sitzen, gehen wir nach drinnen?«

»Ich hatte mich so auf den Frühling hier gefreut. Es ist Mai! Blumen, Sonne, milde Luft! Aber es ist eiskalt, und es regnet die ganze Zeit. Wir haben ellenlange Winter, und so sterbenskalt, wie es bei uns ist, das findest du nirgends sonst. Minus zwanzig Grad und heftiger Wind, da frieren dir die Ohren ab.«

Sie sitzen mit sich berührenden Knien an einem kleinen Tisch. Doppelte Portion Bitterballen. Bier.

»Nachher gehen wir aber was essen, ja. Hast du Zeit, oder musst du für deinen Mann kochen? Hast du einen Mann? Ich will alles wissen.«

Alice erzählt, dass ihr Mann ein paar Tage auf Reisen ist.

»Ha!«, sagt Klaas. »Unsere Zukunft liegt offen vor uns. Erzähl! Mit was bist du beschäftigt? Bist du glücklich?«

Fragen, mit denen Alice nichts anfangen kann. »Erzähl du zuerst.« Sie braucht nicht zu drängen.

»Ich hab dich so vermisst! Voriges Jahr habe ich einen Freund dein Stück für Amateur-Harmonieorchester anschaffen lassen. Ich übe es jetzt an einer Schule ein, da unterrichte ich einmal die Woche. Alle diese Kinder tröten. Das Stück, da sind so echte Alice-Sachen drin, so ein schöner Choral, bei dem plötzlich eine Klarinette dazwischenquäkt – dann denke ich an dich, sehe dich wieder kurz vor mir. Ich bin ein nostalgischer alter Mann geworden.«

Das Orchester ist gut, und er ist inzwischen zur ersten Trompete aufgestiegen. Er hat feine Kollegen, mit denen er in den Schnee geht. »Da ist Wildnis, sobald man aus der Stadt heraus ist. Die Leute jagen, ein Freund von mir auch, der hockt den ganzen Tag totenstill auf so einem hohen Sitz in der Eiseskälte, um einen Hirsch zu schießen. Dabei mach ich aber nicht mit, keine Bange. Wir haben ein großes Haus; weißt du, dass die Häuser da Treppen an der Außenseite haben? Wie sie wohl darauf gekommen sind!«

»Wir?«

Ja, er ist verheiratet. Drei Kinder noch dazu. »Eine Kollegin, Cellistin. Ich habe ihr drei Jahre lang auf den Rücken geblickt. Dann haben wir geheiratet. Du doch auch? Jemand vom Fach? Ich hörte so etwas.«

»Nein. Ein Jurist. Aber davor habe ich eine Zeit lang mit Duk van Dijk zusammengelebt, das stimmt.«

»Das ist nicht dein Ernst! Der alte Fiesling! Eine Studentin verführen, soso. Lebt er eigentlich noch? Er muss ja an die hundert sein.«

»Er lebt noch. Er sitzt in einem Wägelchen.«

Ist mir doch alles ganz gleich, denkt Alice. Das aufgekratzte Geplauder von Klaas ist ansteckend, und vom Alkohol wird ihr leicht ums Herz. Sie gehen essen. Italienisch, das ist lecker bei diesem nasskalten Wetter. Wein dazu, das versteht sich. Als sie wieder nach draußen kommen, steht Alice unsicher auf den Beinen. Klaas stützt sie; den Trompetenkoffer trägt er auf dem Rücken.

»Ein schönes Hotel haben sie für mich gebucht, die ganze Woche. Ein Saal von einem Zimmer und nahe bei der Schule. Komm mal mit, dann kannst du es sehen. Oder ist das nicht drin? Sei ehrlich!«

Sie geht mit, natürlich geht sie mit, sie sind doch in dem Film von vor zwanzig Jahren, oder? Es ist in der Tat ein imposantes Zimmer, mit bodentiefen Fenstern und gedämpfter Beleuchtung. Klaas schließt alle Vorhänge. Sie erkunden die Minibar und reihen die Fläschchen auf dem niedrigen Tisch auf.

»Das Trompetenkonzert, das ist so gut. Wir haben es mit Marsalis gemacht, vor langer Zeit. Ich erkannte ganze Stücke aus dem Ding wieder, das du für meine Abschlussprüfung gemacht hattest. Ich war so gerührt, es war einfach kindisch. Sie dachten, dass ich eifersüchtig wäre, weil ich es nicht selbst spielen durfte, aber mir war die ganze Zeit zum Heulen. Später habe ich es aber schon einmal selbst gespielt, nicht in Montreal, sondern auf Tournee durch die Provinz. Da siehst du's, Alice, ich bin stets mit dir in Kontakt gewesen. Wir hätten es niemals so weit kommen lassen dürfen, hätten nie auseinandergehen sollen. Du hättest doch auch dort arbeiten können. Ich bin immer ein bisschen in dich verliebt geblieben. Es ist ein Geheimnis, du darfst es nicht weitererzählen.«

Er flicht die Finger durch ihre Haare und dreht ihr Gesicht zu sich hin. Die Stoppel auf seinen Wangen, seine warme Zunge in ihrem Mund. Ja, denkt sie, ja, wir gehen zwanzig Jahre zurück, das hier hat mit dem normalen Leben nichts zu tun.

Später, in dem riesigen Bett, muss sie *ihm* ein Geheimnis erzählen, findet er. Alice erstarrt – soll ich jetzt sagen, dass es mich innerlich zerreißt vor Sehnsucht nach einem Kind? Dass ich schon seit Jahren vergeblich nach meiner Tochter suche? Bloß nicht, das Geheimnis gehört hier nicht hin.

»Na los«, sagt Klaas, »du musst mir etwas anvertrauen, was niemand weiß. Um das hier zu besiegeln, verstehst du?«

Tauschhandel. Die eine Vertraulichkeit gegen die andere, damit wir auf Augenhöhe sind.

»Ich bin reich«, sagt sie. »Steinreich. Seit Jahren.«

»Von deinen Kompositionen? Das kann doch nicht sein?«

»Werbung. Ordinäre Werbung, für die ich banale Musik mache. Keiner weiß das.«

»Wie kriegst du das hin? Hast du ein Pseudonym? Sag es! Ich *muss* es wissen!«

»Katie. Katie Duck. Mit ck.«

Sie brüllen vor Lachen. Klaas wird es für sich behalten, verspricht er wiehernd. Sie trinken darauf, aus den letzten noch verbliebenen Minifläschchen. Sie spürt, wie die Spannung schwindet. Jetzt sind wir quitt, denkt sie, jetzt besteht keine Gefahr mehr. Sie dreht sich zu ihm hin, in seinen Armen.

Mitten in der Nacht wird sie wach und muss pinkeln. Als sie ins Zimmer zurückkommt, sieht sie ihn mit seinem langen Leib unbekümmert schlafen und fragt sich plötzlich, was sie hier tut. Still zieht sie sich an und schlüpft aus dem Zimmer.

Der Nachtportier wundert sich über nichts. Er brummt einen Gruß, und Alice verschwindet durch die Drehtür. Sie läuft etwas taumelig zum Konservatorium, um das Fahrrad zu holen. Sie kann ihr Gleichgewicht nicht halten, merkt sie schon bald. Jetzt konzentrieren, ich darf mir nicht die Hüfte brechen oder eine Gehirnerschütterung zuziehen, geh einfach zu Fuß, halt dich am Lenker fest, ruhig.

Es gelingt, nach Hause zu kommen. Schön, so an der frischen Luft. Auch keine Kopfschmerzen. Sie lächelt. Sie fühlt sich zufrieden. Sie schlüpft gleich ins Bett und fällt in einen tiefen Schlaf.

57

Heute muss ich nichts, denkt sie, als sie gegen Mittag wach wird. Lange unter dem heißen Strahl der Dusche stehen, Kaffee trinken, den Computer anmachen.

»Liebe Katie (so darf ich dich doch jetzt wohl nennen, oder?), ich bin zufrieden aufgewacht, doch du warst weg! Das darfst du nie wieder tun, ja? Kommst du heute Abend vorbei? Ich bin um fünf Uhr fertig mit diesen Bläsern. Kann es nicht erwarten, dich wieder in den Armen zu halten!«

Nein, denkt sie, so war das nicht gedacht. Seine Freude ist ein Kompliment, und sehr verführerisch – trotzdem ist er natürlich ein Arschloch. Eine Woche im Ausland, tun, als hätte er keine Frau, keine Familie. Und dann munter wieder nach Hause. Dieses ganze Gelaber, dass er mich vermisst und mich nie vergessen konnte? Das sind Gelegenheitsgefühle, es legitimiert sein infantiles Seitensprungverhalten. Streift er sofort wieder ab, wenn er nach Hause kommt. Ich muss jetzt rigoros sein.

»Klaas, das gestrige Treffen scheint mir nicht für eine Wiederholung geeignet. Ich war sehr betrunken. Wir sollten es hierbei belassen. Alice.«

Druck auf die Taste, weg. Wie kommt er an meine Mailadresse? Dozentenliste, am Empfang. Kann jeder einsehen. Wenn er zurückschreibt, antworte ich nicht mehr. Fertig.

In den folgenden Tagen fühlt Alice sich wundersam befreit und arbeitet an ihrem Auftrag weiter. Sie besucht eine Probe des Sinfonieorchesters, wo an einem dämlichen Programm für ein Sommerfestival gearbeitet wird, und bespricht sich anschließend auf dem Podium mit dem tonangebenden Schlagzeuger. Wie klingt der Schlag eines festen Seils auf Stein? Holzblöcke, denkt er. Alice findet diesen Klang eine Spur zu scharf, und sie experimentieren mit verschiedenen Schlägeln. »Der mit dem Lederkopf, der Klang ist genau richtig. Und dann etwas umflorter, vielleicht auf der kleinen Trommel, für das Auftreffen der Füße?«

Der Schlagzeuger probiert es aus, ein schöner, regelmäßiger Schlag, von einer einzelnen Person auszuführen. »Geht prima«, sagt er. »Hast du noch weitere Wünsche?«

Ich frage es einfach, denkt sie, ich muss es wissen. Wenn es nichts wird, muss ich mir etwas anderes einfallen lassen. »Wie heißt die erste Flöte? Ich kenne ihn nicht.«

»Marinus. Da drüben, der mit dem Lappen in der Hand.« Der Mann reinigt gerade sein Instrument. Sie geht zu ihm hin, erzählt, dass sie die Komponistin des Jubiläumsstücks ist und dass sie sich hinsichtlich des verfügbaren Instrumentariums orientiert. So erwachsen klingt das, denkt sie, so gar nicht zurückgezogen oder schüchtern. Es geht gut, so muss es sein. Sie fragt, ob jemand in der Flötengruppe Blockflöte spielt, und der Mann nickt. »Unsere zweite Flöte ist eine Virtuosin auf der Blockflöte, in ihrer Freizeit. Da hast du also Glück. In der Matthäus spielt sie immer diese eine Nummer, weißt du, zusammen mit der Piccolo, die kann's auch.«

Energie, Tatkraft – ob ich manisch bin?, fragt sie sich.

Aber es fühlt sich ganz natürlich an, nicht überdreht. Sie kehrt eilig nach Hause zurück, um weiterzuarbeiten.

Mark erscheint zwischen den automatisch auseinanderweichenden Mattglastüren jenseits des Zollpostens. Sie umarmen sich. Alice freut sich vorbehaltlos, ihn zu sehen. Quasselnd gehen sie zum Parkhaus, um ihr Auto zu holen. Zu Hause öffnet er seinen Koffer. Geschenke – ich bin aufgekratzt wie ein Kind, denkt sie. Ein Holzpferdchen, dunkelblau angemalt, mit einem Blumendekor; ein Glas Marmelade aus unbekannten gelben Beeren, eine sehr schöne und sehr warme Strickjacke, die ihr genau passt.

»Gott, bin ich froh, dass ich zurück bin«, sagt er, während Alice ihm, in der Strickjacke, gegenübersitzt. »Bei denen ist es so aufgeräumt und unheimlich langweilig. Aber ich habe schon ein paar nette Unternehmen besucht, also der Zweck ist erreicht. Sie machen da auch alles Mögliche, was bei uns kein Thema ist, in puncto Energiegewinnung. Wir können nun mal keine Wasserfälle anlegen, mit Stauseen und so. Sie machen auch viel mit Holz, sie können sich da kaum retten vor Wald. Sie trinken den ganzen Tag Kaffee, wusstest du das? Ich hatte eine Koffeinvergiftung, echt. Jetzt müssen unsere Ökonomen ran, sehen, ob dort ein Markt ist, wie viele Leute dieses Heizungssystem anschaffen würden und ob so ein Betrieb in der Lage ist zu expandieren. Ich habe nur die Vorarbeit gemacht. Das Feld sondiert! Wie das Ganze strukturiert ist, ob kein Halunke an der Spitze steht. Morgen schreib ich gleich den Bericht.«

Höre ich schon wieder einem palavernden Mann zu, denkt sie. Es ist ein Bedürfnis, sie müssen erzählen. Da gibt's kein Halten. Sie fragen sich nicht, ob der andere es auch interessant findet. Hübsche Jacke hat er mitgebracht. Alkohol, daran scheint es zu mangeln im Norden. Deshalb köpfen sie zu zweit fast zwei Flaschen. Mühelos, ohne peinlichen Übergang, landen sie im Bett. Sie vögeln. Mark streichelt ihr Gesicht. »Schön, dass das jetzt kein Muss ist«, sagt er. »Kein Terminkalender, kein Thermometer, kein Zwang. Nur du.«

Fast fertig, der Auftrag. Alice arbeitet an der Instrumentierung, ganze Stunden ohne Pause. Es ist furchtbar viel Arbeit, eine Minute Musik kostet sie manchmal einen ganzen Tag. Es muss sein, ihr Manuskript geht zum Verlag, die Partitur wird gedruckt, und die Stimmen werden herausgeschrieben. Dann die Druckfahnen korrigieren; wenn das auch fertig ist, kann der Dirigent das Stück einstudieren. Eile!

Die Musik nimmt ihr ganzes Denken in Beschlag, vom Moment des Erwachens an. Bevor sie abends einschläft, spielt sie das Finale im Kopf ab. Es ist kein Platz, an etwas anderes zu denken. Dass ihre Brüste spannen, fällt ihr nicht auf. Das Ausbleiben von Menstruationskrämpfen genauso wenig. Bis sie an einem schönen Morgen im Garten sitzt, ein kurzer Moment in der Sonne, bevor sie letzte Hand an die gewagte Schlusspassage ihres Stückes legt, und auf einmal registriert, dass sie längst ihre Tage hätte haben müssen. Oder? Sie zählt die Wochen an ihren Fingern ab, nein, sie irrt sich nicht, sie ist mindestens zwei Wochen über der Zeit, und ihr Auftrag ist fertig. Sie legt die Hand auf ihren Bauch, lehnt sich im Stuhl zurück und schließt die Augen. Die Sonne scheint grell auf ihr Gesicht und trocknet die Tränen, die unter ihren Augenlidern hervorrinnen.

58

Nein, nicht mit Svea, sondern ganz und gar selbstständig in die Drogerie. Nicht dass sie Gewissheit braucht, denn sie ist vollkommen überzeugt von ihrer Schwangerschaft. Gelassen wirft sie einen Blick auf das Testergebnis, natürlich, denkt sie, was sonst? Die Tage sind jetzt leer, ohne Verpflichtungen. Alice atmet tief und ruhig, während sie langsam durchs Haus geht. Ein Gotteswunder, ein Stück geboren und später ein Baby. Unwillkürlich lächelt sie die ganze Zeit vor sich hin. Nicht ganz bei Trost bin ich, echt neben der Spur, aber so glücklich, so glücklich. Soll ich den Garten machen, ein bisschen jäten? Aber es gelingt ihr nicht, das keimende Unkraut aus der Erde zu ziehen, so rührend sehen diese hellgrünen Sprossen aus. Sie spaziert um die Beete herum, blickt auf die rosafarbenen Blüten der Quitte und streift mit nackten Füßen durch das noch feuchte Gras.

»Was ist mit dir?«, fragt Mark, als er ins Zimmer tritt. »Du machst ein Gesicht, als hättest du im Lotto gewonnen! Weil du dein Meisterwerk abgeliefert hast?«

Nein, antwortet Alice kopfschüttelnd. Sie sitzt auf einem hohen Stuhl im Erker und starrt ihn an. Wenn ich jetzt den Mund aufmache, sage ich es, denkt sie, etwas anderes kann mir gar nicht entfahren. Ist nicht schlimm. Vielleicht sogar gut.

»Ich bin schwanger.«

Jetzt ist es still im Zimmer. Späte Sonne scheint herein, eine Amsel singt von der Dachkante herab. Mark lässt seine Arbeitstasche mit einem Knall auf den Boden fallen. In drei Schritten ist er bei ihr, er reißt sie hoch und umarmt sie so heftig, dass sie nach Luft schnappen muss. Er beugt den Kopf an ihren Hals. Sind das Tränen? Ja, er weint. Er zieht die Nase hoch und wischt sich die Augen trocken. Legt die Hände auf ihre Schultern und sieht sie an.

»Jesus, Alice. Mir fehlen die Worte. Jesus!«

Wieder eine Umarmung, jetzt ruhiger. Sie bewegen sich synchron hin und her, im Takt eines unhörbaren Menuetts. Er streichelt vorsichtig ihren Bauch.

»Ich werde für dich kochen! Du musst sitzen. Dich hinlegen! Aufs Sofa! Wir machen das ganz achtsam. Gesunde Ernährung. Viel Ruhe. Wie ist es möglich, ich krieg mich gar nicht wieder ein.«

Als sie auf dem Sofa liegt, setzt er sich zu ihr. Zu guter Letzt verschwindet er in die Küche, aber alle naselang kommt er zurückgerannt, als wolle er sich vergewissern, dass sie noch da ist, schwanger und wohlauf. Erst als sie beim Essen sitzen, beruhigt er sich einigermaßen, fragt, ob sie es nicht bei van Pasen melden müsse, ob sie wisse, wann das Kind komme, ob er es seiner Schwester erzählen dürfe. »In der wievielten Woche bist du?«

»Sechste? Siebte? Die meisten sagen, dass man es erst nach drei Monaten erzählen darf, aber ich finde, das ist Unsinn, wie kann man das *nicht* erzählen?«

Mark rechnet nach. »Es ist bestimmt von dieser Nacht, als ich aus Skandinavien zurückkam!«

Alice nickt, ohne mit der Wimper zu zucken. Das Vermögen, störende Erinnerungen gut versiegelt in die hinterste Ecke zu verbannen, lässt sie nicht im Stich.

»Alles wird jetzt anders«, sagt Mark. »Soll ich das Babyzimmer herrichten? Eigentlich möchte ich lieber, dass er bei uns schläft, was findest du?«

Er? Sie lacht. Mit der Tochter wird er genauso glücklich sein. »Wir haben alle Zeit«, sagt sie. »Erzähl es ruhig Floor, es ist kein Geheimnis.«

Bevor die Partitur in Druck geht, muss noch ein Titel her, und ein kleines Vorwort. Mit Letzterem ist sie in fünf Sätzen fertig, sie beschreibt das Relief der jungen Seilspringerin und den unseligen Abriss der Mauer. Sie dankt dem Künstler für die Inspiration. Ein Titel ist schwieriger. »Seilspringerin«? »Seilspringen«? Nur »Springen«? Am Ende entscheidet sie sich für »Abriss«, das ist besser und heftiger als »Abbruch«. Ich kann das nicht, denkt sie, dieses Getue mit Worten. Müssen sie eben daraus machen, was sie wollen. Es geht um den Klang, um die Musik.

»Ich hab Mark noch nie so fröhlich gesehen«, sagt Floor. »Er ist überglücklich. Das hätte ich nie gedacht. Ich wusste nicht, dass er so gern Vater werden möchte. Schlimm, dass ich meinen Bruder so schlecht kenne. Was für eine gewaltige Veränderung für euch, schreckt dich das?«

Alice schreckt gar nichts. Sie erzählt ihrer Schwägerin von den furchtbaren Fertilitätsbehandlungen mit einer Offenheit, die sie selbst verblüfft.

»Nicht zu fassen, dass ich davon überhaupt nichts mitbekommen habe«, sagt Floor beschämt. »Das bedeutet ja schon, dass euer Kind mehr als gewünscht ist. Ist doch so gut für ein Kind, wirklich willkommen zu sein, oder?«

Einen Moment lang denkt Alice an ihre Fantasie von einer bösen, vorwurfsvollen Tochter, die sich austauschbar fühlte, eine Prämie für ihre Eltern, ungeachtet, als wer sie sich entpuppen würde. Aber jetzt ist alles anders, ganz bestimmt.

»Wie war das denn bei dir, Floor, warst du nicht glücklich, als du schwanger warst?«

»Ich bin da reingetappt. Das kommt durch unsere Mutter, mit ihren Vorstellungen darüber, wie es zu sein hat. Ich war so irre jung, noch an der Kunstakademie. Betriebsunfall, ungeplant. Meine Mutter redete mir ein, dass ich gleich weitermachen solle. Leg dir drei kurz nacheinander zu, dann bist du noch nicht steinalt, wenn du die Hände wieder frei hast. Ich hätte natürlich niemals auf sie hören sollen. Hätte es nicht mal erzählen sollen! Aber ich habe ihren Rat gehorsam befolgt. Ich habe mich auch über die Babys gefreut, keine Frage, über alle drei. Das ist es nicht.«

»Was ist es dann?«, will Alice wissen.

»Etwas mit meinem Denken«, sagt Floor nach einer Weile. »Du wirst das verstehen, du hast auch ein Fach, für das du ungehindert denken können musst. Tag und Nacht diesen einen Einfall untersuchen und ihn im Kopf auf alle möglichen Arten realisieren. Das tat ich, bevor die Kinder da waren. Herrlich. Und das hat sich total verändert. Ich rede nicht von Zeit- oder Schlafmangel oder was – darum geht es nicht. Ich hatte keinen Platz mehr im Kopf; dieser Raum wurde von meiner Beschäftigung mit den Kindern eingenommen. Babys schlafen am Anfang viel, und später sind sie im Hort oder in der Schule. Zeit genug. Aber kein Platz. Ich stand im Supermarkt und studierte die Gläser Babynahrung. Erbsen mit Apfelmus, Spinat mit Kabeljau. Keine freien Gedanken mehr, ich wusste nicht mal mehr, was das ist, es war einfach weg!«

»Und dann?«

»Hab ich mich wohl irgendwann damit abgefunden. Es war ja auch großartig, diese kleinen Kinder um mich herum. An der Akademie hatte ich immerhin malen gelernt, also machte ich Porträts, im Auftrag. Leute, die ihren alten Vater oder ihr Kind an der Wand wollten. Oder sich selbst. Ich organisierte Malklubs und gab Unterricht. Aber für mich machte ich nichts mehr. Ging nicht. War weg. Also eigentlich war ich abgesehen von diesen Freuden als junge Mutter tief unglücklich. Ich hab ein einziges Mal mit meinem Vater darüber geredet, als er ein Etagenbett bei uns montieren kam. Er hörte zu. Er erkenne das schon wieder, sagte er, und er sei sich sicher, dass das zurückkommen werde, dieser Gedankenraum, den ich so vermisste. Weil ich ihn als Kind schon gehabt hätte, sagte er. Ich müsse Geduld haben. Scheiße fand ich das, eine billige Beschwichtigung. Aber er hatte schon recht, im Nachhinein.«

Alice schaut gespannt in das Gesicht ihrer Schwägerin. »Es hat sich wieder eingerenkt, oder?«

»Ja«, sagt Floor. »So etwa auf der Hälfte der weiterführenden Schule der Kinder. Da konnte ich mich ein bisschen weniger mit ihnen beschäftigen, und ich bekam dann und wann mal eine Idee. Und hatte Ruhe, sie auch auszuarbeiten. Jetzt ist es okay, jetzt tue ich, was ich will. Ich sollte dir das gar nicht erzählen, wie taktlos, entschuldige, echt dumm von mir. Du kannst uns auch nicht vergleichen, ich war Anfang zwanzig und hatte noch nichts erreicht – du hast schon zwanzig Jahre Erfahrung als selbstständige Komponistin, das verlierst du nicht so eins, zwei, drei. Habe ich dich beunruhigt?«

Ich stelle es mir eigentlich schön vor, denkt Alice, diese volle Aufmerksamkeit für die Gläschen Babynahrung im Regal, und dort dann ein bisschen vor sich hin sinnieren. Ich verstehe ihre Geschichte, aber kann sie unmöglich auf mich beziehen. Das Vorstellungsvermögen reicht nicht aus. Oder hat er jetzt schon angefangen, der Platzmangel?

»Nein, ich bin nicht beunruhigt. Ich lass es alles auf mich zukommen. Bin schon neugierig, wie es sein wird. Ich bin froh, dass du es erzählt hast. Wenn ich in kreative Panik verfalle, kann ich mich ja an dich wenden.«

Floor strahlt vor Erleichterung. Sie machen Pläne. Alice braucht ein Kleid für die Premiere, in drei Monaten, ein weites Kleid. »Deine Schultern und deine Beine bleiben in Form, auf die muss die Aufmerksamkeit fallen«, findet Floor. »Nächste Woche gehen wir gemeinsam auf die Suche.«

59

»Frau Augustus, da sind Sie ja wieder!« Die Frau hinter dem Empfangstresen lächelt freundlich und blickt in den Terminkalender. »Sie dürfen gleich durchgehen, Doktor van Pasen erwartet Sie schon.«

Die Tür vom Sprechzimmer steht halb offen. Van Pasen ist mit seinen Pflanzen beschäftigt, er pflückt verdorrte Blätter heraus und gibt ihnen mit einem kindlichen grauen Gießkännchen in Form eines Elefanten Wasser. »Schön, Sie zu sehen, machen Sie die Tür ruhig zu«, sagt er, als Alice hereinkommt. Sie setzt sich an den Schreibtisch, während er den Pflanzenabfall in den Papierkorb rieseln lässt. Als er ihr gegenübersitzt, blickt er eindringlich in ihr Gesicht. Dann beginnt er zu lachen. »Ist es wahr, was ich sehe?«

Alice errötet. Dieser Mann weiß alles. Eine Art Gott. Dennoch ist es eine gewagte Bemerkung, denn angenommen, er läge falsch, dann wäre ich tief getroffen und würde mich sehr miserabel fühlen – oder nein, dann könnte er ja umschwenken und erklären, dass er finde, ich sähe sehr gesund aus oder etwas in der Art? Taktlos ist er nicht, vor offenen Fehleinschätzungen sichert er sich ab.

»Ja«, sagt sie. »Vierter Monat, denke ich.«

»Das sind wunderbare Nachrichten, wirklich, ich freue

mich sehr für Sie. Die Feindseligkeit der Vulva hat sich also nicht bestätigt?«

Alice schweigt. Sie zupft an der Schmuckborte ihrer Strickjacke. Der Strickjacke, die Mark ihr aus Schweden mitgebracht hat. Ihr steht ein Bild von einer gruseligen dunkelroten Grotte vor Augen, in der giftige Flüssigkeitsströme Marks ahnungslose Spermatozoen angreifen und lahmlegen. Es ist totenstill im Sprechzimmer.

Van Pasen räuspert sich. »Wie auch immer«, sagt er. »Die häuslichen Gegebenheiten tun hier nichts zur Sache. Vielleicht ist es gut für Sie zu wissen, dass ich einige Male miterlebt habe, dass Patienten nach Beendigung so eines anstrengenden Fertilitätsprogramms auf natürliche Weise schwanger wurden. Die Spannung ist gewichen, es ist kein Muss mehr – und dann, schwupps, glückt es plötzlich. So kann es wohl auch bei Ihnen gegangen sein.«

Er sagt »wohl auch«, denkt Alice. Er ist nicht doof. Aber sehr diskret. Wir brauchen über nichts zu reden, und doch begreifen wir einander. Van Pasen blickt auf seinen Computerbildschirm.

»Ich werde Sie an den Gynäkologen hier im Krankenhaus überweisen. Angesichts der Vorgeschichte empfiehlt sich das. Sie werden sich wohlfühlen in der Abteilung, und mein Kollege wird Sie gut betreuen. Ich schreibe eine Überweisung, und Sie können einen Termin vereinbaren, wenn Sie anschließend kurz dort vorbeigehen.«

»Was steht in so einer Überweisung?«, fragt Alice mit heiserer Stimme. Aufpassen jetzt, alles muss weiterhin gut gehen. »Mein Mann kommt bestimmt mit zu den Kontrolluntersuchungen. Er freut sich sehr auf das Baby.«

»Genau. Ja. Ich gebe in der Überweisung Bericht über Ihre Behandlung bei mir. Das ausbleibende Ergebnis. Und die unerwartete Entwicklung seither. Ich schreibe hinein, dass ich auf eine sorgfältige Betreuung bei sowohl Schwangerschaft als auch Niederkunft zähle. Und dann schreibe ich ›mit kollegialen Grüßen‹ darunter. So machen wir das.«

»Worüber wir beim letzten Mal gesprochen haben, muss das auch hinein?« Sie hört, dass ihre Stimme zittert. Nicht so kindisch, denkt sie, nicht verunsichern lassen. Ich kann, wenn es sein muss, diese ganze Überweisung ablehnen oder ihn zur Not auf seine Schweigepflicht hinweisen.

»Wie ich sagte, es geht um die Behandlungsgeschichte in unserer Klinik. Ich beschreibe Sie in diesem Brief entsprechend der *ersten* Vorstellung hier. Was sonst wie en passant besprochen wurde, gehört nicht in den Bericht, da können Sie sich sicher sein. Sind Sie damit beruhigt?«

Alice nickt. Sie stehen beide auf. Er gibt ihr eine warme Hand, er wünscht ihr alles Gute. Sie geht.

Sicher, denkt sie. Was geschehen ist, kann ich begraben. Niemand kann Mark wehtun, wenn niemand davon weiß. Na ja, Klaas, dieser feige Sack. Der ist längst wieder auf der anderen Seite der Welt, späht auf die Rücken der Bratschistinnen und schießt mit seinen Freunden Elche. Der wird nicht anfangen, die Monate zu zählen, wenn er je dahinterkommt, dass ich ein Kind gekriegt habe. Lass es, denk nicht mehr dran. Aber hat ein Kind nicht das Recht zu wissen, wer seine Eltern sind? Ich weiß es selbst nicht *wirklich* mit Sicherheit, oder? Ich bleibe das Hurenluder. Aufhören mit der Grübelei. Jetzt. Aufhören.

Die Geburtshilfeambulanz befindet sich im anderen Flügel des Krankenhauses. Es geht dort weniger zuvorkommend zu als bei der Fortpflanzung, und das Wartezimmer sieht verwahrlost aus. Mark und Alice sitzen auf Plastikstühlen die Zeit ab, bis sie zu ihrem Termin gerufen werden. Um sie herum Frauen in den verschiedensten Schwangerschaftsstadien, die in Klatschzeitschriften lesen oder bewegungslos vor sich hin starren.

Der Gynäkologe ist ein kleiner Mann mit Zottelhaar, das er sich quer über seinen kahlen Schädel gekämmt hat. Weißer Kittel, randlose Brille, ausdrucksloses Gesicht. Er ist sachlich, es geht schnell. Alice liegt mit entblößtem Bauch auf der Untersuchungsliege. Er horcht die Herztöne mit seinem Stethoskop und danach mit einem altmodischen Holzhorn ab. Dann schmiert er ein Gel auf den Bauch, um einen Ultraschall zu machen. Auf dem kleinen Bildschirm erscheinen sich bewegende Flecken.

»Möchten Sie das Geschlecht wissen, falls ich es schon sehen kann?«

»Ja, gern«, sagt Mark.

»Nein!«, ruft Alice. Der Arzt schweigt. Dann sagt er, dass er eine Amniozentese empfiehlt, angesichts des Alters.

»Sie sind vierzig. Die Wahrscheinlichkeit von Anomalien ist beträchtlich.«

Mark will wissen, wie dieses Verfahren vonstattengeht und ob es wehtut.

»Wir stechen mit einer hohlen Nadel durch die Bauchwand den Uterus an und saugen etwas Fruchtwasser ab. Darin schweben Zellen des Fötus, die wir auf Chromosomenaberrationen hin untersuchen können.«

»Sind die auf so einem Ultraschall nicht zu sehen?«

»Manchmal«, sagt der Mann seufzend. »Trisomie 18 sehen wir meistens schon, aber 21, was viel häufiger vorkommt, längst nicht immer.« Mark sieht ihn fragend an.

»Downsyndrom«, verdeutlicht der Arzt. »Deshalb machen wir bei einer Schwangeren von über vierzig eine Fruchtwasserpunktion.«

»Erscheint mir nicht ungefährlich«, sagt Mark. »Was, wenn sie in das Kind stechen?«

»Es besteht ein gewisses Risiko für die Beschädigung der Frucht, obwohl wir das natürlich zu vermeiden versuchen. Und manchmal führt der Eingriff zu einer Fehlgeburt. In Ausnahmefällen.«

»Nein«, sagt Alice. Sie wischt mit einem Knäuel Papier aus dem Spender, der über der Liege angebracht ist, das Gel von ihrem Bauch und zieht schnell ihre Bluse runter, als könnte der Arzt jeden Moment mit seiner langen Nadel zustechen.

»Bewegen Sie sich? Sport?«, fragt der Arzt, als sie wieder am Schreibtisch sitzen.

»Nein. Ich sitze die ganze Zeit.« Der Arzt sieht sie leicht missvergnügt an.

»Dann ist es ratsam, mit Schwangerschaftsgymnastik anzufangen. Die Sekretärin wird Ihnen eine Broschüre geben. Und dann machen Sie gleich einen Termin für in sechs Wochen aus.«

»Tyrann«, murmelt Alice, als sie auf dem Flur stehen.

»Ein kleiner Macho, ja. Halt dich ein bisschen zurück, er wird immerhin die Entbindung machen!«

Sie blickt weiterhin störrisch, während sie zum Empfang laufen. »Ein neuer Termin?«, fragt die Sekretärin strahlend. »In vier, sechs oder acht Wochen?«

»Acht«, antwortet Alice sofort.

»Perfekt!« Die Frau notiert den Termin auf dem großen Tischkalender.

»Der Doktor sprach von Schwangerschaftsgymnastik«, sagt Mark. »Sie wissen mehr darüber, sagte er.«

Sie zieht eine Schublade auf und reicht ihm einen kleinen Stapel glänzender Broschüren.

»Wir haben hier Gruppen, aber Einzelstunden sind auch möglich. Schauen Sie sich's mal an. Ihr eigener Hausarzt hat auch Informationen über Gruppen bei Ihnen in der Nähe, das ist vielleicht einfacher.«

Mark steckt die Prospekte in seine Tasche und dankt ihr.

»Du bist rebellisch«, sagt er zu Alice, als sie draußen sind. »Wird unser Kind das von dir erben? Das kann ja heiter werden. Bist du eigentlich sicher, dass du diese Punktion nicht willst? Vielleicht wäre es doch vernünftig, damit wir keine bösen Überraschungen erleben.«

Gene, Chromosomen, Vererbbarkeit. Die Hälfte ihres genetischen Materials kommt von mir. Ich will nicht darüber nachdenken. Diese ganze Situation beruht auf einem bizarren Zufall. Mit so einer Untersuchung macht man sich weis, dass die Dinge vorhersagbar und zu beeinflussen sind. Das ist völlig daneben. Nicht mitmachen.

Sie nimmt Marks Arm. Sie spazieren zum Auto. In der Sonne.

»Wirf diese Broschüren mal weg«, sagt sie, als sie an einem Abfalleimer vorbeikommen.

60

»Willst du es versteckt halten?«, fragt Floor vor dem Schaufenster des Bekleidungsgeschäfts. »Dürfen sie nicht sehen, dass du schwanger bist?«

Alice denkt nach. »Nein, lieber nicht. Es ist provozierend. Der Komponist hat ein Mann zu sein. Das bin ich nicht, und wenn ich auch noch sichtbar schwanger auf dem Podium stehe, schlägt das dem Fass den Boden aus.«

»Dann darfst du auch nicht so schwanger *dastehen*, mit überstrecktem Rücken und Bauch voraus. Die Haltung ist eine knallharte Verräterin, noch viel mehr als ein dicker Bauch, weißt du! Einfach die Schultern über dem Becken behalten, dann sieht niemand was.«

Alice lacht auf. »Komm«, sagt sie, »empfiehl mir auch gleich ein geeignetes Kleid.« Sie gehen hinein.

Sie wählen ein lächerliches, ärmelloses Kleid aus geschmeidigem graugrünem Stoff aus, der von der Brustpartie bis auf die Knie fällt.

»Passt gut zu deinen Augen«, sagt Floor. »Nimm es.«

Mit dem Kleid in einer Papiertasche setzen sie sich in ein Straßencafé.

»Ich hätte das nicht sagen dürfen, neulich. Dass Kinderkriegen fatal für deine Kunst ist. Tut mir leid, mir rutscht immer zu viel heraus.«

»Keine Sorge, das hat mir schon mal jemand gesagt. Du bist nicht die Erste. Gleich als ich anfing zu studieren, sagte mein Dozent schon, dass ein Komponist keine Kinder hat. Er war da ganz klipp und klar. Auch wenn es vielleicht nicht stimmt.«

»Ein Komponist hat eine *Frau*, die Kinder hat«, sagt Floor verächtlich. Alice sagt nichts mehr.

Einige Tage nach dem Empfang der Partitur hatte der künstlerische Direktor des Orchesters Alice angerufen. »Ich habe eine gute und eine schlechte Nachricht«, sagte er mit seiner etwas zu hohen Stimme. Alice hatte sich kurz hingesetzt. Es ist nicht mehr in meinen Händen, hatte sie gedacht, ich habe ihnen das Spielzeug gegeben, und jetzt müssen sie selbst etwas damit anfangen.

»Die gute Nachricht ist, dass Hardenberger definitiv zugesagt hat. Schon vor einem Jahr gefragt, wie du weißt, aber jetzt ist es sicher. Er hat übrigens dein Trompetenkonzert früher schon einmal gespielt.«

»Da war ich dabei. In Brüssel. Ich habe damals auch mit ihm gesprochen. Er mag neue Musik.«

»Gut, gut. Ich freue mich, dass wir einen Solisten von Weltruf haben, das passt zu unserem Orchester. Aber nun der Wermutstropfen. Unser fester Dirigent ist alt, er leitet das Orchester schon seit dreißig Jahren, na ja, in den letzten Jahren macht er ein einziges Programm pro Spielzeit, er ist weit in den Achtzigern. Er hat deine Partitur studiert, aber er traut sich das nicht zu. Zu viele neue Noten, zu komplizierte Rhythmik, Taktwechsel – das kriegt er alles nicht mehr in den Kopf, sagt er. Ich habe natürlich eine

Lösung gefunden; du weißt, dass er jahrelang einen Assistenten hatte, Pettson. Der ist schon lange kein Assistent mehr, sondern hat eine sehr schöne Karriere hingelegt und kommt regelmäßig zu uns, das Orchester kennt ihn gut. Er wird dein Konzert *und* das neue Stück machen, und unser eigener Dirigent führt dann die Haydns aus. So haben wir einen hübschen Mix aus Jung und Alt. Wie findest du das?«

Ausgezeichnet. Ein zitternder Greis sollte sich nicht an ihrem Stück verheben, und Pettson war gut.

»Wann beginnen die Proben?«

»In der letzten Septemberwoche. Mein Plan ist, mit deinen Stücken anzufangen. Später in der Woche Haydn. Hardenberger kommt einen Tag vor dem Konzert. Ich würde es begrüßen, wenn du die ganze Woche über verfügbar bist. Es sind Vormittagsproben.«

»Ich werde da sein. Gib Pettson meine Nummer, dann kann er anrufen, wenn er jetzt schon etwas zu fragen hat.«

Während der Probenwoche sitzt Alice jeden Morgen im großen Saal und hört mit der Partitur auf dem Schoß zu. Was sie in ihrem Arbeitszimmer erdacht hat, wird vor ihren Ohren und Augen in der Wirklichkeit aufgebaut. Es ist ein Wunder, das sie mit Dankbarkeit erfährt. Sie mischt sich so wenig wie möglich ein, der Dirigent soll sich frei fühlen, seine eigene Interpretation zu realisieren, es ist jetzt an ihm. Dann und wann setzt er sich zu ihr, um einen Tempoübergang zu besprechen, über Stimmführung zu reden, nach einer Präzisierung von Akzenten zu fragen. Dann klettert er wieder auf sein Podium, und sie bauen weiter. Alice schaut auf die finnische Bratschistin, lauscht dem Schlagzeuger mit seinem

Holzblock und sieht die Blockflöte der zweiten Flötistin auf einem Hocker neben ihrem Stuhl bereitliegen. Wenn sie nach der Probe nach Hause kommt, legt sie sich schlafen, erschöpft durch das, was sie gehört hat.

Dann ist es so weit. Die Premiere. Alice, in ihrem neuen Kleid, steht mit Mark am Seiteneingang zum großen Saal und sieht das Publikum hereinkommen. In der ersten Reihe vom Balkon sitzen der Bürgermeister, der Vorstandsvorsitzende des Orchesters und der Kulturminister. Sie erheben sich, als die Königin an ihren Platz gebracht wird. Wie wird die erschrecken, denkt Alice. Nicht zu ändern, es muss geschehen. Haneman geleitet wie ein Pfadfinderführer eine Gruppe Kompositionsschüler in den Saal, der Direktor des Konservatoriums unterhält sich im Stehen mit dem Orchesterdirektor, und in der Reihe der geladenen Gäste, irgendwo in der Mitte des Saals, sitzen Marks Eltern, aufrecht und gespannt, und spähen auf das Podium, die Arme wie Schulkinder übereinandergelegt. Floor ist da, Svea und Sven setzen sich dazu, und auch Jens ist gekommen. Er sitzt neben der alten Dichterin und schnattert in ihr Ohr. Er breitet die Arme weit aus, er erzählt bestimmt von der wundersamen Rettung des weißen Fischs, denkt sie. Die alte Frau lacht, ihr Gehstock ruht neben ihren Knien.

Ein Saaldiener weist Alice und Mark ihre Plätze an. Das Orchester hat fertig gestimmt, der Dirigent betritt die Bühne, und die Lichter werden gedimmt. Der Paukist sitzt startklar, um mit seinem Eingangstrommelwirbel loszulegen. Alice lehnt sich entspannt zurück. Die vorletzte Sinfonie ihres Freundes Haydn, geschrieben während seines zweiten Aufenthalts in England, die heroische Leistung eines von Kummer geplagten Mannes. Sie lauscht mit tiefer Anteilnahme. Nach der großartigen Aufführung folgt ihr eigenes Trompetenkonzert. Hardenberger und Pettson betreten miteinander scherzend die Bühne, wie zwei befreundete Fußballer. Nicht nachdenken jetzt, Gedanken an die Zeit, in der sie dies schrieb, vor fast zwanzig Jahren, will sie nicht zulassen. Verliebt, verlassen, verloren. Nein.

Pause. Sie würde am liebsten auf ihrem Stuhl sitzen bleiben, aber das geht nicht, sie wird in ein Foyer gebracht, wo sie bedeutungslose Schwätzchen mit Würdenträgern führen muss. Mark führt meistens das Wort, sie ist damit beschäftigt, die Schultern gerade über dem Becken zu halten.

Dann ist es Zeit für *Abriss*. Kaum hörbar beginnt der Schlagzeuger seine Springseilimitation, als käme das Mädchen von weither. Die Streicher fügen sich mit einer einfachen Melodie, die an den zweiten Teil der soeben gespielten Haydn-Sinfonie erinnert, in den Rhythmus ein. So idyllisch bleibt es natürlich nicht, Bläser, zuerst das Holz und dann das Blech, stören das liebliche Lied und kommen mit ihren eigenen Themen. Nach und nach, in einem sehr gemächlichen Crescendo, verändert sich die Atmosphäre: Bedrohung, Unheil – Gewalt. Pettson lenkt das Orchester mit straffer Hand zur riesigen Klimax hin. Abwärts donnernde Tonleiterpassagen in allen Instrumentengruppen, überwältigend, kaum zu ertragen. Dann erhebt sich über den Trümmerhaufen der arglose Klang einer Blockflöte. Das kleine Lied, die Melodie vom Anfang, als ob das Mädchen unversehrt weiterspringt, sein Seil prallt ganz sanft gegen den Boden, doch das Geräusch erstirbt, die Blockflöte ist noch kurz da, und dann löst sich auch dieser Klang in nichts auf. Das Mädchen steht in verblassenden Bleistiftlinien vor einem hellweißen Himmel und verschwindet dann ganz.

Es ist still im Saal. Alice empfindet etwas, das sie noch nie empfunden hat. Ich bewege mich nicht, denkt sie, und doch bewegt sich etwas in mir – es trappelt, es flattert –; sie hält die Luft an, aber was in ihr ist, rührt sich weiter. Dann bricht der Applaus los. Er brandet von hinten im Saal mit Wucht über sie hinweg. Sie sitzt wie gelähmt auf ihrem Stuhl.

»Du musst nach vorn!«, brüllt Mark in ihr Ohr. Sie reagiert nicht. »Aufstehen!«, schreit er über den Tumult hinweg. Er zieht sie hoch. Pettson winkt, sie soll auf die Bühne kommen. Mark zerrt sie zu der kleinen Treppe, schiebt sie im Rücken an, zwingt sie nach oben. Der Dirigent ergreift ihre Hand und zieht sie hoch.

»Verbeugen«, sagt er, während er ihre Hand weiterhin fest umschlossen hält. »Umdrehen, dem Orchester danken. Gut so. Dem Konzertmeister die Hand geben. Zur Perkussion hinüberwinken, zur Flöte. Jetzt wieder nach vorn.« Der ganze Saal steht, die Menschen rufen Bravo und klatschen sich die Hände wund. Jemand bringt Blumen, sie nimmt sie entgegen und hält sie vor ihren Bauch. Hinter ihr trampeln die Musiker mit den Füßen auf den Bretterboden, vor ihr jubelt und stampft das Publikum. Sie spürt, wie sich ihre Augen mit wütenden Tränen füllen.

Jesus Christus, denkt sie, ich bin schwanger. Ein Versehen. So war das doch nie gemeint. Nein. Was soll ich um Himmels willen tun, was soll ich tun? Hier stehe ich, hilf mir, schwanger, nein, nein. Nein!

Die Originalausgabe erschien 2021 unter dem Titel »Sloop«
bei Uitgeverij De Arbeiderspers, Amsterdam.

Nederlands letterenfonds
dutch foundation
for literature

Der Verlag dankt dem
Nederlands Letterenfonds
für die Förderung der
Übersetzung.

FSC
www.fsc.org
MIX
Papier | Fördert
gute Waldnutzung
FSC® C014496

Penguin Random House Verlagsgruppe FSC® N001967

1. Auflage

Umschlaggestaltung: buxdesign | München
unter Verwendung einer Illustration von © Ruth Botzenhardt
Satz: Buch-Werkstatt GmbH, Bad Aibling
Druck und Einband: GGP Media GmbH, Pößneck
Printed in Germany
ISBN 978-3-630-87722-8

www.luchterhand-literaturverlag.de
facebook.com/luchterhandverlag